古典詩歌研究彙刊

第一輯

龔鵬程　主編

第 6 冊

盛唐詩時空意識研究（上）

陳清俊　著

國家圖書館出版品預行編目資料

盛唐詩時空意識研究（上）／陳清俊 著 — 初版 — 台北縣永和
市：花木蘭文化出版社，2007〔民96〕

目 4+194 面；17×24 公分（古典詩歌研究彙刊 第一輯；第 6 冊）

ISBN-13：978-986-7128-92-8（全套：精裝）
ISBN-13：978-986-7128-75-1（精裝）
1. 中國詩－歷史－唐（618-907）2. 中國詩－評論
820.9104   96003201

ISBN - 9867128751

9 789867 128751

古典詩歌研究彙刊
第 一 輯　第 六 冊　　　　ISBN：978-986-7128-75-1

盛唐詩時空意識研究（上）

作　　者　陳清俊
主　　編　龔鵬程
出　　版　花木蘭文化出版社
發 行 所　花木蘭文化出版社
發 行 人　高小娟
聯絡地址　台北縣永和市中正路五九五號七樓之三
　　　　　電話：02-2923-1455／傳眞：02-2923-1452
電子信箱　sut81518@ms59.hinet.net
初　　版　2007 年 3 月
定　　價　第一輯20冊（精裝）新台幣 28,000 元

盛唐詩時空意識研究（上）

陳清俊 著

作者簡介

陳清俊：臺灣省新竹市人。國立臺灣師範大學國文研究所博士班畢業，現任國立
臺北教育大學語文與創作學系副教授。

提　　要

　　詩歌是詩人生活、情志的反映，生活與情感不能脫離時空而獨存；是故，詩
心的起伏、詩意的轉折，往往和時空的結構脈絡相連。時空的描寫與詩境的大小、
淺深，乃至與詩歌的風格、意境實息息相關。

　　中國詩歌史上，傷春悲秋、懷古嘆老、以及去國懷鄉的作品，反復吟詠著時
間易逝，與空間迢隔的感懷，詩中大都具有濃郁的時空意識；而時空意識內蘊著
對理想追尋與生命本質的省思，故能成為詩歌重要的「抒情源泉」。因此，由時空
意識的角度，不但能真正詮釋詩人低迴感慨的根本原因；在中國詩歌史中，時空
感懷詩歷久不衰的現象也可以得到合理的解釋。

　　此外，時空觀念實是文化體系的重要表徵，透過詩人的時空觀念，不但能了
解其生命情態，及其人生觀、歷史觀、與宇宙觀；進一步還能把握詩人所處時代
的精神，乃至整個民族心靈特有的思維模式；凡此，亦可見盛唐詩時空意識研究
的意義。

　　至於本書的論述以「盛唐」為範限，則是基於盛唐是詩歌史上最璀璨的時期，
各體詩作粲然大備，李、杜、王、孟、岑、高各領風騷；在時空意識的考察上，
較能作更多樣性、更典型化的探索。

　　本書首先由時空的涵義、盛唐的社會背景、與盛唐的思想背景導入正題；其
次分別從季節與時間、歷史與時間、以及生命與時間的角度，探討盛唐詩中時間
感懷的主要內涵；再由他鄉與故鄉、天涯與京師、以及異域與中土的乖隔，論述
空間感懷的主要內涵；而後透過儒釋道三教互補的觀點，把握盛唐詩人時空意識
的消解與超越之道；進而藉由詩中的時空描寫，歸納盛唐詩人時空觀念的特質，
並據以說明「盛唐氣象」所以形成的原因。全書論述，由詩人主體感懷的疏通，
而至客觀理念的釐清，最後歸結於時間、空間、與自我的和諧圓融。

　　關鍵詞：盛唐、唐詩、時間、空間、時空觀念、時空意識

目錄

第一章　緒　論

第一節　研究旨趣、範圍、與方法

壹、研究旨趣與相關文獻檢討

　　人自出生即存在於時空的舞臺，和天地萬物一般，佔有一定的時間與空間；可見生命肇始之際，吾人便與時空結下不解之緣。時間與空間又是人類藉以認識外在世界的基本模式，縱目所見，宇宙萬象森然羅列，無論山河大地、動植飛潛，皆內在於空間之中；而時間自古而今，流逝不息，萬物的生住異滅，人類的生老病死，無不與其息息相關。若抽離時空的架構，人類的歷史、宇宙的秩序將完全崩潰、瓦解；所以說時空的探討對於了解宇宙、人生的眞相，具有重要的意義。就常識層面而言，人人對時空皆相當熟悉，並有一定程度的認識；然而，若論及時空的本質，時空的起源，時空與宇宙、人生的關係，縱是睿智的哲人亦不免興起不得其解的慨歎〔註1〕。由此可知，時間與空間看似尋常，卻又蘊藏著無窮的奧祕，宛如千古難解的謎題，引領人去沈思、探索。

〔註1〕如西哲奧古斯丁即曾感歎：「時間究竟是什麼？假使人家不問我，我像很明瞭；假使要我解釋起來，我將茫無頭緒。」（《懺悔錄》卷十一、第十四章）。

　　而詩歌是現實生活與詩人情志的反映，生活與情感皆不能脫離時空而獨存；是故時空自然成爲構成詩篇的要素。中國詩歌史上，傷春、悲秋、懷古、嘆老以及去國、懷鄉的作品，反復吟詠的正是對時間易逝與空間迢隔的感懷。時空意識意蘊著對自我生命的省思，故能在以抒情爲主流的中國詩歌中，成爲最重要的「抒情源泉〔註2〕」。

　　在藝術的分類中，詩歌屬於時間的藝術。時間的推移變化，往往和詩心的起伏、詩意的轉折脈絡相連，故爲詩中最常見的敘事結構。晨昏交替、春秋更迭，今昔對比、古今相形，經由時間的綿延、遷化，詩中的情感層層累加，而時間的滄桑亦使詩境由淺近而具有歷史的縱深。至於空間意象，大至日月山川，小至花鳥蟲魚，皆是使詩歌形象鮮明的要素。所謂寫景如畫、寓情於景，正說明空間描寫在詩中的重要。是故，由時空意識的角度，契入中國詩歌中，或能眞正釐清詩之所以感人的根本原因，並賦予傳統詩篇新的生命力〔註3〕。

　　此外，時空觀念實是文化體系中的重要表徵，人們體驗、知覺時空的方式，以及其所構築的時空模式，隨著不同的時代、不同的民族而不盡相同。由時空觀念的異同，可窺見一民族文化的特殊取向，亦可把握不同時代的精神面貌。透過詩人的時空意識，不但能了解其生命情態，及人生觀、歷史觀、與宇宙觀的特質，進一步還能把握其所處時代的脈動，乃至整個民族心靈特有的思維模式。凡此亦可見詩歌中時空意識研究的意義。

　　至於以盛唐爲時代的範限，一方面是受限於個人的能力、學養，

〔註 2〕松浦友久〈詩與時間〉有言：「時間意識本身對於把抒情與韻律作爲客觀表現核心的詩歌來說，具有最爲有效而又持續的『抒情源泉』的功能。」唯其所舉的類型中，離別一類，我們認爲其抒發的情感主要是一種空間意識，並非時間意識的範疇。(《中國詩歌原理》，頁3)

〔註 3〕蕭馳《中國詩歌美學》第十一章中認爲：「時間意識問題當然不是中國古老詩歌之謎的最後解答。卻有可能成爲觀察籠罩在歷史煙雲中的藝術世界的眾多觀點中的一個重要視點。」頁 257。

無法作全唐的研究；另一方面則是基於它是詩歌史上最璀璨的時期，各體詩作粲然大備，李、杜、王、孟、岑、高，諸家各領風騷；在時空意識的考察上，較能作更多樣性、更典型化的探索。

由盛唐到今日，千餘年來時代的遷替極為迅速，世殊事異，每個時代的時空意識也迥然不同。就今日而言，為了精確的掌握時間，計時的儀器日益精密；然而，最後卻將時間簡化成桌曆上、計時器上的數字。日夜的更替、四季的變化，被杜絕在人為構築的空間之外；人只成了時間的奴隸。事事求新求變，而懶於回顧，古蹟保存的呼聲抵擋不住現代化的浪潮；歷史被漠視的結果，是對未來產生無限的迷惘。在空間方面，人類已展開外太空之旅，地球村的往來頻繁，人的視野遠較古代開闊；唯個人日常的生活空間卻日漸侷促，與自然的關係亦逐漸疏離。當時空被視為概念化的僵固符號，人對自己的認識也將變得模糊不清了。

其實，在種種變遷之流中，仍有不變者存焉。了解自己、認識自己所處的宇宙時空，進而安頓自我的生命，是千古以來人性共同的渴求。然則，經由詩人對季節更迭的感懷、登臨古蹟的詠嘆，以及對家國的眷戀等詩篇，或許能喚醒我們，由另一個角度去體驗時空；真切地感受時間、空間與自我的關係，並進一步思索人類存在的命限，理想與現實的糾葛，有限與無限的矛盾，以及如何在時空的限制中安身立命的重大課題。這或許是盛唐詩時空意識研究的另一層意義。

關於時空與詩歌創作關係的探討，其起源極早。鍾仲偉《詩品·序》中，已論及四時變化對詩作的影響；並指出：「楚臣去境，漢妾辭宮」、「負戈外戍，殺氣雄邊」，這種和故國、家園乖隔的處境頗能感蕩心靈，激發詩歌創作的動機。劉彥和《文心雕龍·物色第四十六》，則剖析了節候代序、物色更異，與詩人情感的互動關係，對於我們理解詩人的季節感懷，具有相當的助益（詳見第二章第一節）。

當然，以詩歌中的時空意識作為研究主題，乃是晚近之事。劉若愚《中國詩學》曾簡要說明時間、歷史、和鄉愁，在中國詩中所呈現

的特質；而其〈中國詩中的時間、空間與自我〉，則對自我與時間的
方向性，時間觀點與空間意象的聯繫，提出了試探性的考察。柯慶明
〈試論幾首唐人絕句裡的時空意識與表現〉，首先揭示了「時空意識」
的命題，並認為時空意識是唐人絕句表現的基本感受，是故亦是探
討、詮釋這類詩作的鎖鑰。黃永武《中國詩學・設計篇》中，〈詩的
時空設計〉則將詩歌裡時空描寫的手法，歸納為十五種不同的類型，
並討論時空設計與抒情效果的關聯。廖蔚卿〈論中國古典文學中的兩
大主題──從登樓賦與蕪城賦探討「遠望當歸」與「登臨懷古」〉，其
中所謂「望歸」與「懷古」的主題實與時空意識息息相關，故援引西
方存在哲學的理論，由時間與空間的角度探索生命的處境，對時空意
識的涵義亦有頗為精到的分析。松浦友久《中國詩歌原理・第一篇詩
與時間》，認為時間意識在季節詩中具有抒情源泉的作用，並詳細列
舉事實、反復論證；其觀點對季節詩的內涵與發展趨勢，皆有極高的
解釋能力。宗白華〈中國詩畫中所表現的空間意識〉，以富於哲思智
悟的方式，把握中國詩畫中空間意識的特質，並將它和中國人的宇宙
觀、生命情調相互結合，對於詩歌時空美的探討極具啓發性。蕭馳《中
國詩歌美學・第十一章中國詩人的時間意識及其它》，則強調時間是
中國詩歌的永恆主題，並論及時間憂患的解脫之道。此外蔣寅的〈李
杜蘇詩中的時間觀念及其思想淵源〉、〈時空意識與大曆詩風的嬗
變〉，則論述了李、杜、蘇詩中所表現的不同時間感，及其與個人主
導思想的關係；並認為時空意識的差異，正是盛唐至大曆詩風嬗變的
關鍵。

　　凡此種種對時空意識的探討，皆各有其重點，亦各見精采；唯大
都是單篇論文，抑或是附屬於全書的一個章節，其論點不免各有偏
重，論據亦往往稍覺單薄，是故雖已獲得一定的研究成果，但卻無法
完全展現詩歌中時空意識的全貌。因此，一部更詳盡、更深入的論著，
便有其必要。這亦是本論文撰述的旨趣所在。

貳、研究範圍與研究方法

　　在文學史上，唐詩大體分爲初、盛、中、晚四期。宋代詩論家嚴羽在《滄浪詩話》中，雖分唐詩爲：初唐、盛唐、大曆、元和、晚唐等五體；然名爲五體，四唐的概念已初步成形。至明高棅在其《唐詩品彙總敍》中云：「有唐三百年詩，眾體備矣。……略而言之，則有初唐、盛唐、中唐、晚唐之不同。」四唐之分期於是正式確立，至今仍廣爲文學史家所沿用〔註4〕。本文所謂之盛唐，即採高氏之說，其時間約自開元至大曆初年。若就本文研究的基本素材《全唐詩》而言，大約包括包融（卷一一四）以至於賈至（卷二三五）的作品；唯劉長卿、韋應物之作，在文學史中一向歸入中唐，故不列入研究範圍之內。

　　而題目中所謂「意識」一詞，乃是心理學或心靈哲學中常見的用語。關於其起源、發展、內容、機能、以及其本質等問題，足供學者著書立說，實非三言兩語所能完全概括〔註5〕。是故以下僅就意識一詞在本論文中的意涵略加說明：

（1）意識是一種醒覺狀態

　　當我們說及意識時，其實意即對某種現象的醒覺。而由於精神的作用，人不但能意識到外在的現象，還能覺察到自身的意識；亦即人不僅有知覺，更具有自覺的能力，這是更高層次的意識作用〔註6〕。

〔註4〕關於唐詩的分期，梁超然〈唐詩分期論綱〉中，提出六期說。一、沿襲期：自高祖武德至高宗永徽顯慶年間。二、變革期：自高宗龍朔年間至玄宗開元初。三、鼎盛期：自玄宗開元年間至代宗永泰年間。四、徘徊期：自代宗大曆至永貞元年。五、探索期：自憲宗元和至文宗大和年間。六、深化期：自文宗開成年間至唐末。六期說對唐詩的沿革、變遷有更清晰的說明，唯四唐說通行既久，其他諸說恐難取代其地位。（中國唐代文學學會第五屆年會暨唐代文學國際學術討論會：1990年）

〔註5〕曾霄容即著有《意識論》一書，由不同角度詮釋意識一詞。

〔註6〕游恆山編譯之《心理學》云：「意識是醒覺狀態的一般術語，……意識亦包含醒覺狀態本身。」頁408。又王國維譯《心理哲學》云：「意識之語，不但表感覺觀念感情等之內面的示現；以（亦）表自己意識，即自己對感覺觀念感情等之注意也。」頁78。

（2）意識常伴隨現象的變化而生

單純不變的現象，如靜定的山巒、熟悉的街道，較不易引發鮮明的感受。反之，環境的變動、物色的改變、乃至感情的起伏等，凡對比愈強烈者，愈能令人產生清楚的意識。

（3）記憶是意識所以形成的基石

無舊事物的記憶，則不能有新事物的認識；心靈中若無過去的記憶，則所謂變化亦失去意義。因此，記憶既是意識機能的一環，又是意識所以能產生的基礎。

（4）意識的內容包括感覺、思考、情感、與觀念等〔註7〕

所謂意識，不僅是動物對外在刺激的本能反應，還涵攝主體對現象的感受，以及由此引發的情感，這是較偏向感性的層次；至如對現象的思考，以及由思考而產生的觀念，則屬於理性的層面。

基於以上的論述，所謂時空意識，意謂人們對時間與空間的一種醒覺狀態。時間的流逝，空間的變動，牽引著我們的注意，再經由記憶的作用，於是產生對時空的感覺、思考、情感、與觀念等等。本文所說的時空意識，實包含以上不同的層面，然在行文中，因上下文而各有所偏重。如在第二、三、四章中，時間意識主要意謂詩人面對時光流逝、人生無常的憂懼；而空間意識意指對於空間轉換、生命飄泊無根的感懷。至如第五章中，時空意識則意謂對時空的思考，與詩歌中內蘊的時空觀念。在下文中，亦將依據需要，隨文進一步補充說明其內涵。

至於研究方法的良窳，固然和研究結果有密切的關聯；唯個人認為，方法不重新巧，研究貴在踏實，以平實的方法深入主題，亦能獲致良好的成績。因此研究之初，首先將盛唐詩逐首反覆閱讀，舉凡詩篇中具有詩人之時空感懷、時空觀念，或在時空描寫上，呈現出特有風貌，抑或涉及時空憂患的消解之道者，皆一一謄錄，再三揣摩。大

〔註7〕以上2、3、4點見註6引《心理哲學》，頁50、51。其中第4項又可參見游譯《心理學》，頁408。

體而言，在季節感懷、登臨懷古、悼亡傷逝的詩篇中，有較濃厚的時間意識；而在緬懷故園、懷戀京闕、與邊塞征戍的作品中，具有較強烈的空間意識；而時空描寫、和時空觀念，則散見於各類詩作中，凡此皆是研究的重點所在。當然，正確理解、詮釋詩作的旨意是詩歌研究的基礎，是故前賢的註解，今人的賞析、評釋，對於研究工作的奠基，實是不可或缺的工具。

　　再者，時空意識並非憑虛而立，時代風尚、社會背景、文化思想對於盛唐詩人時空意識的形塑，必有相當程度的影響。因此，經由史籍與文獻的佐助，勾勒盛唐社會、思想背景的輪廓，亦是了解其時空意識必要的工作。而對於前代詩文的檢討，可以見出同一題材作品在歷史中的沿革、變化。因為時代環境的改變，與詩作本身的承繼發展，致使時空意識在詩人筆下各自呈顯出不同的樣貌；為了對盛唐詩中的時空意識有較正確的認識，當然必須追溯其源流。類書對同類型作品的蒐集雖不盡完備，卻已頗有可觀，如《古今圖書集成》，除詩歌外，旁及辭賦、散文、筆記小說等體類，對於本文的研究，提供了相當多的助益。

　　其次，詩歌是一種語言的藝術，由時空語詞的掌握，可進而探討詩人之時空美學。例如詩中對空間的描繪每每著意於其遼闊、綿延，「外」字、「遠」字，是詩人常用的語詞。杜甫〈客亭〉云：「日出寒山外，江流宿霧中」；王維〈漢江臨泛〉云：「江流天地外，山色有無中」；李白〈江夏行〉則云：「眼看帆去遠，心逐江水流」；凡此，詩人描寫空間皆由立足之處向遠處綿延，直至視野的盡頭，乃至想像在視野外的空間，以表現一種悠遠無窮、虛實相生的空間感受。藉由引得的幫助，歸納詩人使用時空語詞的習慣，可看出其獨特的時空感覺，及其時空描寫的特殊傾向，進而探討其中內蘊的時空觀念。

　　當然，不要忘記，時空一直是思想史上的論題，由中西哲人的時空觀點，可以讓我們對時空的本質有更深刻的認識。雖然詩人對於時空偏於主觀的感受，而較少理性的剖析，或系統的思辨；然而，透過

其敏銳的直覺，往往亦觸及時空的本質。理性與感性之間，哲學與文學之間，仍存有互相溝通的橋梁。因此，藉著哲學的思索，更深入詩人所關注的時空問題的核心，亦是本文研究的必要途徑。

　　總之，本文先由時間與空間的涵義，及盛唐的社會背景、與思想背景而導入正題。其次分別從季節與時間、歷史與時間、以及生命與時間的角度，探討盛唐詩中時間感懷的主要內涵；並由他鄉與故鄉、天涯與京師、以及異域與中土的乖隔，論述空間感懷的主要內涵。而後透過儒釋道三教互補的觀點，把握盛唐時空意識的消解與超越之道。進而經由詩中的時空描寫，歸納其含蘊的時空觀念，並分別由日常時空觀念、歷史觀與宇宙觀、以及天道觀與天人觀等層面展現盛唐詩人時空觀念的全貌。全文論述，由近而遠，由淺入深，由日常體驗而抽象思維，由詩人主體感懷的疏通，而至客觀理念的釐清，最後歸結於時間、空間、與自我的和諧圓融，期能為盛唐詩的時空意識研究，奠立基本的架構，為未來進一步的探討提供參考的方向。

第二節　時間與空間的涵義

　　在一般概念中，時間意謂日月的交替、歲月的運行，它是我們起居作息、行動計劃的準據；而空間則是包納萬物，生成萬象的場所，亦是人類一切活動的舞臺。由於時空和人的生活、生命具有密不可分的關係，是故在西洋思想史中，對於時間的起源、性質，時間與運動的關係，時間運行的方向，時間與永恆的議題，皆有深入的探討。此外，對於空間的性質、物體的延展、距離與處所的問題，以及相對或絕對空間的概念，亦有不同觀點的論辯。若說時空的討論是西方思想史中重要的一頁，應不為過。以下便擇要概述自柏拉圖以來哲人對時空的看法。

壹、時間意涵的探討

　　希臘哲學家柏拉圖對於與時間相關的問題已提出相當精闢的解

釋，他認為：時間與宇宙同時誕生，由於其所由產生的模型是永恆的，所以它和永恆一樣永遠持續不盡〔註8〕。在《巴曼尼得斯篇》中，柏氏對時間的性質有進一步的說明，他說：時間永遠不斷向前推進，存在於時間中的事物，皆隨之而變化。大體而言，它具有過去、現在、未來三種樣相，而其流動的方向，則是由過去而現在，再由現在邁向將來〔註9〕。現在，在三者之中居關鍵的位置。嚴格來說，事物只存在於每一個當下，過去的事，發生於過去的「現在」；未來的事，當它發生時，已不是將來，而是「現在」了。換句話說，現在永遠伴隨著自我，經過整個的人生歷程；生命存在的每一時刻，其實都永遠是現在。(《巴曼尼得斯篇》一五二D)因此對個體生命而言，現在是唯一真實的時間；而時間恰是現在流動遞嬗的歷程。

　　在柏拉圖奠定的基礎之上，亞里士多德對時間作了更全面更系統的分析。其要義可歸納如下：(1)時間以運動或變化為先決條件，沒有時間，變化不能發生；反之沒有變化，時間亦不能為人所認識。(2)時間是依從前後系列運動的數量〔註10〕，而時間、運動和長度，作為一種度量都是連續的統一體，都具備無限可分的性質。(3)正如運動是運動體的移動一般，時間乃「現在」的移動；然而又如幾何點不是直線的部分，「現在」也不屬於時間的一部分，而是時間的邊界。亦即時間乃是位於兩個剎那(現在)間的東西，而在嚴格限定的現在(即剎那)中，物體既不靜止又不運動，因為靜止和運動均需時間的綿延〔註11〕。(4)時間成立於物體運動與心智活動的結合，捨離心智，

〔註8〕見路易・加迪等著《文化與時間》中〈希臘思想中的時間觀〉，頁159、160。
〔註9〕見柏拉圖《巴曼尼得斯篇》一五二A：「時間豈不前進麼？前進。那麼如若『一』依著時間前進，它永遠變化比它自己年老些。」又一五二B：「往昔前進到以後的將決不越過現在。」
〔註10〕此句或譯作：「按前後去計算(測量)運動」，見曾仰如《亞里斯多德》，頁199。或譯作：「時間是運動先後的數目」，見註8引書，頁161。本文從曾宵容《時空論》第8頁所述。
〔註11〕以上諸義，皆採自註8所引篇章，頁161、162。又：曾宵容《時空

時間便不存在；充其量只能說具有不完整的存在〔註12〕，這種觀點可視為由主觀立場來詮釋時間的開端。由上可知：亞氏的時間觀側重時間與運動的關係，是故每每以物理學的方式來詮釋現在與時間；他又認為時間與運動的測量相關，而測量屬於心智的活動，因而強調時間無法自外於人類的心靈而獨自長存。

中古初期，基督教思想家奧古斯丁，在時間的探索上，提出頗多精到而富有原創性的論點。站在基督徒的立場，奧氏相信時間和天地皆是由上帝所創造。在創世之前，沒有所謂的時間，而造物主是超時空的永恆存在〔註13〕。至於永恆，並非時間不斷的積集、綿延，而是永遠的現在。對於凡人來說，時間來臨，而後消逝；但永恆者的歲月是既不過去，也不到來的，他是同時、而且永久的存在。

對於過去、現在、未來，奧氏踵繼前賢，作了深入的分析。首先他對三者的存在提出質疑，在《懺悔錄》十一卷、十四章中，他說：「過去已不存在，將來還沒有。現在假使永遠是現在，不流入過去，那麼，就不是時間，而是永遠了。為此，假使現在是時間，當流入過去。怎麼我們能說，它存在，正為了它的要素是過去（不存在）？」然而儘管在抽象的思辨上，時間存在與否頗為弔詭，但在經驗裡，我們真切的感覺到時間的流動變化，並能覺察其長短的異同，乃至能以測量將其量化，其存在之迹十分顯明，這又該如何說解？

最後他由心理學的角度加以詮釋，認為所謂過去與未來皆內在於現在之中。精確的說，當「提到過去的事物，是在現在的刹那中考慮

論》第9頁中認為：現在為同一（固定、靜止、存在）而又差異（變異、移動、非存在）的；亦即在刹那的現在中，物體既靜止又移動。其說可供參考。

〔註12〕見曾仰如《亞里斯多德》第四章引多瑪斯註，頁202。

〔註13〕見奧古斯丁《懺悔錄》十一卷、十四章，頁216。世俗的觀點或許會質疑，天主在造天地、時間之前，他側身於何處？他在做什麼？然奧古斯丁認為這只是俗世之人的淺見，凡人皆以時空模式來思考，但上帝是超越時空的永存者，所以這個難問並不成立（《懺悔錄》十一卷、十章）。

它們的概念；當我想到未來時，一些可能的行動想像呈現在我現在的心中。有的只是現在，以及在現在中的三種時間。記憶是關於過去的現在，直觀是關於目前的現在，期望是關於未來的現在。」（卡爾‧雅斯培著《奧古斯丁》，頁 59）換言之，唯一眞實存在的時間是現在的刹那，雖然它稍縱即逝，但卻是時間成立的基礎〔註 14〕。經由記憶，時間向過去延伸；透過期望，未來奔赴目前。記憶、直觀、與期望三種精神的活動，使時間呈現出綿延的性質，於是有先後、短長，乃至可以量測計數。

此外，奧古斯丁駁斥了「時間就是日月星辰的運動」，以及「時間即是物體的運動」等說法。雖然時間不能脫離運動，但卻不等於運動本身；天體的運動固然常用作計時的單位，但是倘若太陽停止運轉，時間仍將進行。因此他認爲：「時間是種延長。……心靈的延長。」（《懺悔錄》十一卷、二十六章）總之，較諸亞里士多德強調主客觀的統合，奧氏的時間觀似更偏向於主觀心靈的活動，甚至以爲，時間本身即是心靈的伸展、延長。

由時間的探索，奧氏進一步提出對歷史的看法。在《上帝之城》中，他指出人類歷史循著直線而發展，每一歷史事件都是獨一無二的。這個新的觀察視角，與古希臘循環的歷史觀迥然不同，奠定他在西方歷史哲學中的崇高地位〔註 15〕。

十八世紀的德國哲學家康德，在其《純粹理性之批判》中，對時

〔註 14〕同註 13 所引，第十七章，頁 219：「三個時間中，只有現在存著，其餘的兩個時間，在烏有之鄉。」按：對於現在存在與否的問題，奧古斯丁曾提出質疑（見前文），然並未正面解答，本章則逕自肯定其存在。事實上，存在的事物，儘可邁向不存在；原來的質疑似不能成立。

〔註 15〕同註 8 引文，頁 168。唯關於線性與循環時間的爭論，雅斯培認爲：空論性的概要原則，已經喪失令人信服的力量。然對個人而言，相信直線發展的觀念，令人著重於永恆的選擇（唯線性時間可以超越，而邁入永恆）；循環重複的觀念，則令人耽溺於重複中的永恆眞實性。見雅氏著《奧古斯丁》，頁 115、116。

空亦有獨到的見解。他認爲時間是一切現象之先驗的形式條件；但時間並不附著於對象，而附屬於「直覺這些對象」的主體〔註16〕。析而言之，其要義可略述如下：

（1）時間不是一個經驗概念，而是先驗的。「只有在時間中，現象底現實性才是可能的。現象可盡皆消滅，但是時間其自身不能被移除。」亦即，時間的觀點並非由經驗世界歸納而來；而是先有時間觀念，然後方能感知事物的先後變化，所以說它是「先驗的」。

（2）「時間只有一度；不同的時間是不同時的，而且是相續的。這些原則皆不能從經驗中而被引生出，因爲經驗既不能給出嚴格的普遍性，亦不能給出必然的確定性。」這段話亦在論證時間的先驗性，其意以爲，關於時間的命題具有普遍性與確定性，然而經由經驗，並無法獲致普遍性和確定性，所以時間是先驗的。而由其中的論述，亦可見康德認爲時間具有前後相續的線性特質。

（3）時間不是客觀的存在，而是主體的直覺形式。它是我們認識自己，認識自己內部情態，乃至世界現象的形式條件。因爲它不是絕對隸屬於事物自身的條件或特性，而是純粹主觀的直覺形式，所以若離開主體便不能眞正存在〔註17〕。總之，康德的時間觀從屬於其先驗的觀念論，其論述重點，集中在時間的先驗性與主觀性，而否認有所謂「時間自體」的存在〔註18〕。在時間的探討上，可說是別具一格。

生命哲學家柏格森，在時間的看法上，和康德一樣同具濃厚的唯心色彩。柏氏認爲：「時間是宇宙創新不息之流，是不可分割的『綿

〔註16〕以下關於康德之時間觀，皆引述自牟宗三譯註的《純粹理性之批判》，頁135～145。

〔註17〕原譯作：「如果我們抽離了感觸直覺之主觀條件，時間便是無，而且它亦不能依『自存』或『附著』之路數而被歸屬給『對象之在其自身』。」同註16引，頁142。

〔註18〕曾霄容以爲：康德先驗論的時間觀，乃混同了時間自體與時間認識；對象的認識固然是主觀，但對象自體卻是客觀的；抽離了認識主觀，時間自體仍應存在。見其《時空論》，頁66。

延』。所謂綿延，即生命衝動的本身，其性質是聯續的、創新的、堆積的。前一剎那與後一剎那的相續，猶如流水的相續。前一剎那之積於後一剎那，則猶如雪球的愈滾愈大」；「綿延是過去繼續的進展，侵入於將來，而於其前進時，逐漸擴大〔註19〕。」綿延說是柏格森哲學的特色，他主張個人內在的生命雖變遷不絕，但卻又永遠相續；每一個現在，都含攝無窮的過去，而後又成為未來的一部分。三者之間，交錯連結，不能迴然劃分；生命、人格，遂隨之而日新又新。至於外在的事物，乃至宇宙本身，亦因此而綿延不息。

柏式又分時間為性質的時間與分量的時間兩種。性質的時間，即具體的或實在的綿延，其實就是我們的內在生命本身，亦即是生命流動的過程。它是不能分割、不可計量的「異質時間」。分量的時間，即通常社會生活所使用的時間，此種時間是「同質的」，意即此一小時與別一小時完全相等，無性質之分；如用日月運行，或鐘錶指針之運動所計量的時間即是。同質時間可謂時間的空間化〔註20〕。

柏格森將時間（純粹綿延）等同於生命乃至意識本身，認為它不僅是自我意識的內面本質，更是生命的躍動，或者生命創造的原動力〔註21〕，可說將時間提高到無以復加的地位。至於以性質的、分量的時間，分別說明主客觀時間的異同，對時間觀念的發展，亦有一定的貢獻〔註22〕。

以上介紹了西洋哲學史中較為重要的時間觀念，雖然不能窺其全豹，但對於時間問題的複雜亦可見一斑。各家觀點固然有頗多歧義，

〔註19〕見謝幼偉著《哲學講話》第七章，頁 56。
〔註20〕見吳康著《柏格森哲學》第一章，頁 36。柏氏之論同質時間與具體綿延，詳見其《意識之直接與料論》第二章。此處所謂「時間的空間化」意指以空間的運動來計量時間。
〔註21〕同註 19，頁 129。
〔註22〕存在主義哲學大師海德格在其《存有與時間》一書中，分時間為通俗時間（世界時間）與原初時間，前者由後者所衍生。其所謂原初時間意指自我的時間性，屬於實存時間，其說與柏格森之論頗見雷同。

然而，我們仍可抽繹出較爲相近的見解：

（1）時間是綿延不絕、前後相續的連續體，它和宇宙同時產生，亦將和宇宙一般持續不盡。

（2）時間是變動不居的，變動是時間重要的特質，凡在時間中的事物，亦隨之而變化不已。

（3）時間具有過去、現在、與未來三相，過去的已逝，未來尚未到臨，唯有現在才是眞實的存在，而時間亦可視爲現在流動的歷程。

（4）時間是抽象的，必須藉外在事物的變化，方能爲人所認識；故時間的測量每以事物規律的運動爲準據，反之時間又是量測運動量的標準。

（5）經由理性活動，時間的測量乃得以進行，時間之奧義，方能逐漸彰顯。唯對自我而言，深一層說，時間實即生命本身〔註23〕。

貳、空間意涵的探討

與時間相比，空間似乎較爲具體而易於把握。以下仍摘要敘述數種不同的空間觀，期能把握空間的特質。

柏拉圖認爲；空間爲容納物質形相的基體，這種基體意指空虛的延續，亦是凡有事物現象據以生成的場所。

萊布尼茲對空間所作的定義可略述如下：空間是同時共存的秩序，亦即現象事物並立存在的秩序。空間又可視爲凡有物體所佔有的場所的總體概念，而抽象空間是具體空間的觀念形象，幾何學的絕對空間亦然。

牛頓則從物理學與神學混合的角度，建立他的空間觀。他提出絕對空間與相對空間分設的看法，所謂相對空間是物體所佔有的空間，即物體的位置，及其所在的場所。絕對空間則是依於自性，與外物無

〔註23〕時間即生命的觀點，除柏格森外，史作檉在其《空間與時間》亦曾論及：「追求時間之本意，實際上這就是在追求生命本身。甚至就此我們也可以肯定的說，時間即生命。」頁325。

關的空間；在本質上，它與神類同，具有恆常不變的、不動的、同質
的形態〔註 24〕。

　　關於空間的論述，康德仍從先驗的觀點來闡明。和時間一樣，他
相信空間不是由外在經驗而產生的經驗概念；反之是先有空間觀念，
我們才感知外在的事物。我們可以設想空間中空無一物，但卻無法想
像物體不在空間的情況。由此可見，「空間是一先驗的表象，此一先
驗的表象必然地形成外部現象之根據。」（《純粹理性之批判》，頁 126）
除了先驗觀點的論證外，康德還認為：空間本質上是完整而無所不包
的，是故其中含蘊無限的、共存的現象。而由於空間根源於心靈的直
覺，而不是一種概念；當離開了主觀的條件，空間即失去其意義〔註
25〕。

　　法哲柏格森則將空間歸屬於時間之中。他認為宇宙生命之流，本
是生生不息，變化綿延的；然而在其歷程中，同時又具有僵固靜止的
傾向，亦即物質化的傾向。變化綿延是動態的，屬於時間；僵固靜止
是靜定的，屬於空間。然則，空間，並非獨立於時間之外的存在，而
是「時間的一種弛緩」。相對於時間而言，它是靜止的、弛緩的、同
質的。至於空間中的現象，或此在彼旁，或彼在此側，則是同時並存
的〔註 26〕。

　　綜合以上諸家所論，對於空間可歸納出以下的觀點：

　　（1）空間是凡有事物、現象存在的場所，它是廣大空虛，而又
無所不包的。

〔註 24〕柏拉圖、萊布尼茲、與牛頓的空間觀，詳見註 18 所引書，第 5 頁、
　　　　34 頁、44 頁。又牛頓之說，見其《自然哲學之原理》，唐君毅《哲
　　　　學概論》第三部〈天道論〉中，亦曾論及。

〔註 25〕康德認為：「如果在直覺底進程中不能有那『無限制性』，則沒有（空
　　　　間）關係之概念能夠產生出一個關於『此空間關係底無限性』之原
　　　　則。」同註 16，頁 128。

〔註 26〕柏氏的空間觀參見（1）同註 19，頁 55。（2）同註 20，頁 28、29。
　　　　（3）唐君毅《哲學概論》第三部、十三章，頁 876。

（2）空間是同時而共存的秩序，其間一切事物，無不森然羅列，同時並立。

（3）空間在本質上是靜止的、不變的。如果抽離了時間因素，空間中的一切，即完全凝固靜止，沒有生住異滅，也沒有成住壞空的變化。

當然，無論是時間，或是空間，我們闡述各種不同的觀點，其目的並不在於求得一個周延縝密的定義；而是希望透過前人的思考，認清時空問題複雜、奧妙的特質，以引發更深一層的探索，並作爲研究詩人時空觀的參考。事實上，時空的看法所以眾說紛紜，乃導源於個人思想體系的異同；時空的觀點屬於整個思想體系的一環，故不免染有該體系的特殊色彩〔註 27〕，而各具特色。因此由時空觀的探討，可以進而窺見詩人心靈中內蘊的思維模式，乃至生命態度，這亦是本文研究的重點所在。

第三節　盛唐的社會背景與時空意識

時間與空間的觀念雖是人人所具有，然而不同的民族、不同的時代，對於時空的感受與觀念卻各不相同。因此在進一步探討盛唐詩的時空意識之前，對於盛唐的社會背景便不能不略加說明。當然，所謂社會背景可包羅政治、軍事、經濟、與文化等層面，欲詳細討論實有其困難，本文將僅就與詩歌創作，尤其是與時空意識相關者立論，其餘請參見〈附錄：盛唐詩大事年表〉。

壹、科舉制度與從政理想

對於中國古代的知識分子而言，內聖外王可以說是大多數人所追求的生命理想。《荀子‧解蔽》說：「聖也者，盡倫者也；王也者，

〔註 27〕如柏拉圖分世界爲理體界與現象界，理體界是現象界生成的根源；因而視時間（屬現象界）爲永恆（屬理體界）的投影，其時間觀即從屬於整個思想體系。

盡制者也。兩盡者，足以爲天下極矣。」聖王是人道與事功最極致的
表現，故能成爲儒家理想人格的典型。《大學》中更以格物、致知、
誠意、正心、修身、齊家、治國、平天下，作爲實踐內聖外王的具體
步驟。然而，堯舜、禹湯、文武等聖王，似乎只存在於三代以前，秦、
漢之後，天下一統，「在秦皇、漢武的統治下，外王問題變成了出仕
問題，知識分子所能爲者，只是培養自己，等待舉用〔註28〕。」事實
上，在整個中國歷史上，知識分子的外王事業必須是透過君王的舉用
才有實現的可能。子夏曾說：「學而優則仕」（《論語・子張》），的確，
踏入仕途是讀書人求取富貴，光宗耀祖，乃至完成理想最直接的途
徑。因此知識分子在學有所成之後，往往便離開鄉關，邁向京師，期
望能蒙朝廷拔擢，並得以一展所學，實現兼善天下的抱負。

　　然而，如我們所知，自魏文帝採納陳群的建議，以九品中正作爲
官吏選拔之法〔註29〕，世族壟斷政治的現象始終無法杜絕。《晉書・
卷四十五・劉毅傳》所說：「上品無寒門，下品無勢族」，實爲六朝
門閥專政最佳的寫照。一般寒門子弟縱有從政的理想亦難以實現，誠
如左思〈詠史・其二〉所云：「世胄躡高位，英俊沈下僚」；鮑照〈擬
行路難〉亦云：「自古聖賢盡貧賤，何況我輩孤且直」；都可見在門
閥世族政治下，庶族寒士一展才華的機會並不多見。

　　這種政治壟斷的現象到了南朝末期已經逐漸衰微；入唐之後，由
於君王的用心導引，終於有了更大幅度的改變。唐太宗下令重修《氏
族志》，曾昭示有司：「今特定姓族者，欲崇今朝冠冕，不需論數世
以前，止取今日官爵高下作等級。」（《舊唐書・高儉傳》）太宗重訂
氏族等第的目的，正是爲了扭轉社會上重視門第觀念，袪除世族把持
政權的風氣，同時也爲政壇新崛起的庶族階層適當的定位。於是沿襲
數百年、根深蒂固的門閥政治體系，遭受到前所未有的挑戰，由民間

〔註28〕見韋政通〈傳統中國理想人格的分析〉，（李亦園編《中國人的性格》，
　　　　頁23）。
〔註29〕見《三國志・魏書二十二・陳群傳》。

走向中央政府的新興力量逐步強盛起來〔註30〕。此外唐代的制舉選士制度，對於布衣之士從政亦有一定的號召力量，唐太宗貞觀年間多次下詔，要求各地推舉人才入宮參與策試；武后主政後，爲對抗舊有的李唐勢力，更大力栽培沒有任何政治背景的庶族文士。劉肅《大唐新語・文章第十八》說：「則天初革命，大搜遺逸，四方之士應制者向萬人。則天御雒陽城南門，親自臨試。」由應舉人士接近萬人來觀察，可見文士從政的意願達到空前熾熱的地步，這正預示著新興的庶族勢力將在政壇上取得更大的優勢，社會階層的流動也將趨向遠較前代暢旺的境地。

政治壟斷現象的逐漸消弭，仕進之路的日趨開放，固然可以說明有唐以來文士參與政治意願高張的緣故；然而事實上，和詩人從政具有更密切關係的，則是詩賦取士制度的建立。在中國，乃至整個世界文化史中，以詩賦選拔從政的人才，且成爲一種流傳久遠的制度，這確是一個特殊而值得討論的現象。其中隱含詩歌具備與六藝經典等同的人文意義〔註31〕，而驅遣文字、吟詩作賦的才華，與處理政事的能力可以完全相通。初盛唐君王對於詩歌都頗爲重視，甚且以能詩爲傲。《全唐詩》中即收錄了太宗、高宗、中宗、睿宗、明皇、及則天皇后的作品，篇中不乏君臣酬酢唱和之作〔註32〕，俱可見詩藝已經成爲君臣間政治生活的一部分，文學也成爲文士飛黃騰達最好的憑藉。「文學尤其是詩歌的文化地位大幅上升的趨勢，政權廣泛開放、士人以文學爲資本參與政治的趨勢，文學的政治功能凸出、文學與政治密

〔註30〕 參見李志慧《唐代文苑風尚》第一章，頁 1～3。

〔註31〕 參見鄧小軍《唐代文學的文化精神》第四章，頁 182、183。書中強調：「只有通過對經史實質的了解，把握到歷史文化的意義，才能夠使詩文達到很高的境界。同樣的道理，只有把握到歷史文化意義的人，才是眞正的人才。」這也正是以詩文取士的立足點。

〔註32〕 胡震亨《唐音癸籤》卷二十七載：「太宗作詩，每使虞世南；世南死，即靈座焚之。開元帝製春雪、春臺望等詩，舍人蔡孚稱美，請示百僚，編國史。孚撰偓佺篇，帝亦令群臣盡和之。」頁 281。

切結合的**趨勢**，終於在進士制度上統一起來。……盛唐時期形成以詩取士的進士科舉制度〔註33〕。」進士科普受君王、時人的重視，再加上以詩取士的方式逐漸成為進士考試的定制，不但促使詩歌在唐代蓬勃發展，而且也吸引了大批的詩人湧向京師，以走入朝廷為人生的正途。傳統的知識分子本就具有經綸天下的雄心壯志，如今在特殊的時代環境催化下，理想彷彿不再遙遠，以開元年間的宰相為例，盧懷愼、宋璟、源乾曜、張九齡等俱是進士出身的文學士〔註34〕，凡此對於有心政治的詩人而言，都有相當的鼓舞作用。

以上是由正面來肯定初盛唐政治舞台對庶族詩人的開放，然而，嚴格來說，這只是相對於六朝閉鎖的政治環境所作的論述。據《文獻通考・選舉考二》記載：「開元以後，四海晏清，士恥不以文章達。其應詔而舉者，多至二千人，少不減千人，所收百才有一。」由於進士科名額有限，競爭十分激烈，想要在眾人之中脫穎而出，除了自身的才學外，往往也需要王公貴族的薦引，因此奔競請託之風盛行。進士及第與否既非全憑真才實學，能否高中唯有盡人事以聽天命，胡震亨《唐音癸籤》卷二十八引《明皇雜錄》云：「天寶末，劉希夷、王泠然、王昌齡、祖詠、張若虛、張子容、孟浩然、常建、李白、劉眘虛、崔曙、杜甫，雖有文章盛名，皆流落不偶。」試想：以李白的才情、杜甫的學養，尚且不免於流落不偶，其他更不遑多言。

在一個國勢蒸蒸日上、政治開明、可以有所作為的時代，詩人的理想因環境的激蕩而愈為遠大。他們無不引領企盼能建功立業，實現自我的夢想，但是期望愈殷切，失望也就愈深沈。科舉的窄門看似提供了一個公平競爭的機會，然而，對許多詩人而言卻只是一個美麗的幻影。在從政理想落空之際，羈旅於京華，鄉愁乃油然而生；而一旦

〔註33〕同註 31，頁 180。至於以詩賦取士的年代，鄧小軍以為高宗永隆以後進士科所試雜文，除箴、銘、論、表外，還包括賦。至於進士科專試詩賦則在開元年間，詳該書，頁 171。

〔註34〕同註 32，頁 292。

黯然離開帝鄉，一種飄泊流浪、無所歸止的感受更將成爲揮之不去的陰霾。懷才不遇，白首無成，時間意識亦將隨理想的難以實現而益發強烈。

貳、漫遊、行卷、與宦遊

　　春秋、戰國時代游士的風氣相當興盛，如孔、孟皆曾周遊諸侯國，以求踐履個人的政治抱負。余英時嘗指出：戰國時代的士幾乎沒有不游的，唯秦漢以後，士逐漸在鄉土生根，游士的風氣遂逐漸衰微〔註35〕。隋唐科舉制度興起，社會階級的流動較六朝活絡，知識份子在自由、開放的時代風氣感染下，又紛紛走出狹隘的家園，投身於廣袤的疆域之中。

　　當然要從事長期的漫遊，必須有國富民安的社會條件相配合。唐室國力的強盛，社會的富裕，在以詩作史的杜子美筆下曾有如是的描寫：

　　　　憶昔開元全盛日，小邑猶藏萬家室。稻米流脂粟米白，
　　　　公私倉廩俱豐實。九州道路無豺虎，遠行不勞吉日出。齊紈
　　　　魯縞車班班，男耕女桑不相失。（〈憶昔二首・其二〉，卷二二○）
　　　　〔註36〕

經濟生活的豐實，社會治安的安定，以及整個國家所呈現出來的蓬勃開放的氣象，鼓舞寒窗苦讀的士人，踏出熟稔的家園，在大唐的江山，展開洋溢著自我歷練與理想追尋色彩的漫遊旅程。太白以爲「大丈夫必有四方之志，乃仗劍去國，辭親遠遊，南窮蒼梧，東涉溟海」（〈上安州裴長史書〉），其足迹幾乎遍及半壁山河。子美在入京求仕之前，也曾「東下姑蘇臺」，流連於吳、越故跡，並以「不得窮扶桑」爲憾；其後北上，過著「放蕩齊趙間，裘馬頗清狂」（〈壯遊〉，卷二二二）的生

〔註35〕見余英時《中國知識階層史論：古代篇》，頁86。
〔註36〕本文主要研究素材爲《全唐詩》，爲避免不必要的重複，凡出自該書者，將僅註明卷數，以下皆倣此例。

活〔註37〕。無論是太白的遠遊，或子美的壯遊，其時間之長、範圍之大，在歷史上除太史公外實屬罕見。

這樣長時期的離鄉背井，辭親遠遊，固然有其宏大的理想目標；但異鄉的風土人情，不同的空間景觀，在在喚醒詩人的空間感懷。然而，遼闊的版圖，壯麗的河山，以及悠遠的歷史遺跡，亦在潛移默化中開拓詩人的胸襟和時空視野。盛唐詩人的歷史意識、宇宙意識，即是奠基於壯遊的基礎之上。

唐人的漫遊除了體察民間生活，增廣見聞，開拓胸襟視野之外，又和其從政的理想密切相關。因為唐代科舉試卷並不糊名，洪邁《容齋四筆》卷五云：「唐世科舉之柄，專付之主司，仍不糊名」，因而「未引試之前，去取高下，固已定於胸中矣。」亦即唐代科考並不完全取決於一紙試卷，而要衡量考生平日的文學聲望，是故「由此衍生出一種行卷的風習，即應試者將平生精心撰作的詩文、雜著各類文章匯編成卷，投獻於達官名流，請他們為自己延譽〔註38〕。」而為了投獻詩卷，俾能廣邀聲名，詩人便不能再株守家園；所以說漫遊是和行卷、干謁的風尚相結合的。

如李白〈與韓荊州書〉，即在請求荊州長史韓朝宗的援引；杜甫亦曾向尚書左丞韋濟投獻詩文，其事見〈贈韋左丞丈〉、〈奉贈韋丞丈二十二韻〉。至於王維以〈鬱輪袍〉一曲，贏得公主的賞識，加以詩文深受公主推重，遂能高中解元一事，尤為文壇佳話（《唐才子傳》卷二）。

總之，行卷、漫遊其實皆可視為宦遊的一環。當然宦遊的範圍更廣，一方面包括科考之前的遍謁時賢、投獻詩文；另一方面亦包括通過科舉、征辟、或參加幕府而進入仕途後，任職於他鄉異域的羈旅生活。盛唐詩人大都具有長期宦遊的經歷，讀萬卷書，行萬里路，是他們共有的生活寫照。然而，「遊」的本質固然具有自由馳騁的適意，

〔註37〕參見陳伯海《唐詩學引論・清源篇》，頁 47。
〔註38〕同註37，頁 53。

但亦含蘊著變動不定，飄浮無根的客寓之感。生活空間的轉換，空間景觀的異同，易於觸動詩人對家鄉、故國的思念，並滋生一種距離迢遠、歸返無門的空間感受。

更重要的是，「宦遊」原本是爲了政治理想的完成，但是在科舉的窄門下，能僥倖題名金榜者實寥寥無幾；而縱使能由不同管道進入仕途，理想與現實的落差，每每令滿懷雄心壯志的詩人，充滿一種才命相妨的挫折與無奈。宦海的浮沈，理想的遙遠難及，加深了詩人飄泊流浪之感，在詩人行旅的感嘆中，實寓含功業難以圓成，心靈無所依止的徬徨和遺憾。

參、對外戰爭與安史之亂

在中國歷史上，異族的入侵，對外戰爭的成敗，常和王朝的興衰有相當密切的關係；因此，主政者對於邊患問題總不敢掉以輕心。以唐代而論，儘管文治、武功皆頗爲昌明，然而邊患卻是始終無法徹底解決的難題。《新唐書·卷二一五·突厥傳上》總序云：「唐興，蠻夷更盛衰，嘗與中國亢衡者有四：突厥、吐蕃、回鶻、雲南是也。」而事實上，唐室的外患絕不僅於此，其他如吐谷渾、高昌、高句麗、百濟、新羅、契丹、奚、室韋等部族，也都盤踞在邊境，以游牧爲生，他們「弱則臣服，強則入寇，敗則遠颺，勝則焚掠，亙唐朝前期的百餘年間，爲解除外患之侵迫，戰爭未嘗間斷〔註39〕。」

當然，初盛唐對外戰爭的頻繁，與唐君臣的心態亦密切相關。杜甫〈兵車行〉云：「邊亭流血成海水，武皇開邊意未已」（卷二一六），〈前出塞九首·其一〉云：「君已富土境，開邊一何多」（卷二一八）；《新唐書·卷二一六下·吐蕃傳》亦云：「唐興，四夷有弗率者，皆利兵移之，蹶其牙，犁其廷而後已。」凡此皆可見唐代君臣崇尚邊功，積極開疆拓土的態度。因此，不論是爲了防禦外族的入侵，或者是主

〔註39〕見陳光〈唐代的邊塞詩和戰爭詩〉，（《中國文化復興月刊》，第十卷第三期，頁 66）。

動的征伐，對外戰爭成爲不可避免的時代趨勢。

　　對外戰爭的頻仍召喚詩人由中原而邁向邊境，如岑嘉州即曾隨軍深入隴右，歷經酒泉（〈過燕支寄杜位〉）、燉煌（〈燉煌太守後庭歌〉）、輪臺（〈輪臺即事〉）、交河（〈使交河郡郡在火山腳其地苦熱無雨雪獻封大夫〉）、以至安西（〈安西館中思長安〉）等塞外之地。其行蹤所至，絕非流連於江南一隅的南朝詩人所能想見。邊塞的風光、異域的生活情調，節候的失序、戰爭的氣息，對於詩人而言，這是迥異於中土的時空體驗。而戍守邊城的寂寞，生離死別的痛苦，亦增添其回歸家國的想望。

　　至於戰爭所帶來的毀滅與死亡，更令人觸目驚心。如《資治通鑑》卷二一六載：天寶十年，四月壬午，「劍南節度使鮮于仲通討南詔蠻，大敗于瀘南。……士卒死者六萬人。」又卷二一七載：天寶十三年，「劍南留後李宓將兵七萬擊南詔。……全軍皆沒。楊國忠隱其敗，更以捷聞，益發中國兵討之，前後死者幾二十萬人。」戰爭的殘酷，死亡的陰影，對於詩人生命危脆、人生無常的感受自然有推波助瀾的作用。

　　除了對外戰爭外，影響唐朝國祚與詩人生活最深的實爲安史之亂。亂事起於天寶十四載，安祿山率領所部兵將凡十五萬餘，起兵於范陽。由於海內承平已久，百姓累世不識兵革，祿山所過州縣，望風披靡；而長安城中，玄宗君臣倉皇逃難，整個唐朝北方幾乎均淪入賊手。此次戰亂歷經玄宗、肅宗、代宗三朝，至代宗廣德元年，史朝義自縊，河北諸州的叛軍餘部投降，安史之亂才暫告一個段落〔註40〕。就大唐的國勢而言，這是由盛而衰的關鍵，戰亂結束了開元天寶的盛世，而在叛軍的鐵蹄下，百姓遭遇了家園殘破，骨肉流離的慘劇。

　　根據《資治通鑑》所載：天寶十三年，「戶部奏天下郡三百二十一，縣千五百三十八，鄉萬六千八百二十九，戶九百六萬九千一百五

〔註40〕參見《資治通鑑》唐紀三十三至三十八所述。

十四，口五千二百八十八萬四百八十八」；代宗廣德二年，「戶部奏，戶二百九十餘萬，口一千六百九十餘萬」。十年間人口與戶數銳減數倍之多，雖然不可驟認為死亡人數達數千萬人，但由戶口的散佚可見戰亂導致群臣、百姓離開家國，轉徙於江湖之間。詩人如李白、杜甫、王維等都見證了這一段歷史，也都曾在戰火的洗禮下，輾轉流徙，乃至陷身於叛軍之中〔註41〕。因此，在他們的詩作中，反映了流離生活中對家國的懸念，例如老杜的〈春望〉即是典型的例子。由此亦可見安史之亂所帶來的顛沛流離，對於盛唐詩人的空間意識應具有一定程度的影響。

當然這場唐代規模最大的內戰，亦導致兩軍慘烈的犧牲，以及無數無辜百姓的死亡。《資治通鑑》卷二二○記載張巡守睢陽：「前後大小戰凡四百餘，殺賊卒十二萬人」；而《舊唐書・卷九玄宗紀》天寶十五年記載：「（正月）壬戌，賊將蔡希德陷常山郡，執太守顏杲卿、長史袁履謙，殺民吏萬餘，城中流血。」由此可知，戰亂不只破壞了安定的生活，造成家園的殘破，帶來貧窮與匱乏；近在眼前的死亡，更使一切理想益形渺茫。根據學者對於唐人年壽的研究，唐代人口的平均壽命大約僅有三十歲左右，其主要原因除了醫療水準低落，及自然災害之外，最大的因素即是戰亂的頻仍〔註42〕。殺人盈城、流血漂櫓的戰事，導致成千上萬的軍民死於非命；而三十左右的平均壽命，對於渴望建功立業的詩人而言，又是何其短暫。在憂懼不安的心境下，時間流逝不返，人生如寄的存在感受自然滋生，時間意識遂成

〔註41〕 據辛文房《唐才子傳》卷二載：「賊陷兩京，駕出幸，維扈從不及，為所擒，服藥稱瘖病，祿山愛其才，逼至洛陽供舊職。」李白於祿山反後，為永王璘辟為僚佐，其後永王起事兵敗，白長流夜郎。至如杜甫，「肅宗立，自鄜州羸服欲奔行在，為賊所得。」三人皆深受安史之亂的影響。

〔註42〕 參見李燕捷《唐人年壽研究》，頁122、159。書中指出：根據樣本計算，平均死亡年齡雖為五七、五五，唯史料中對於年齡死亡的記載極少，並不能反映真實的狀況。至於三十歲左右平均壽命的推算，牽涉到統計學的知識，其推算過程繁複，讀者可自行參閱該書。

為詩人最為真切的吟詠主題。

第四節　盛唐思想背景與時空意識

　　時空意識意謂著對時空的感覺與觀念，以及個人理解時空的特殊傾向；它是個人心理與文化心態的反映，因此自然深受文化思想的制約作用。在中國傳統社會中，儒釋道三家思想一直位居主導的地位，對於整個民族心靈的影響可謂源遠流長。有唐一代，社會風氣較為開放，思想觀念亦較為自由，三教的思潮相互激盪、抗衡，展現出蓬勃興盛的氣象，詩人置身於三教爭鳴的時代環境中，其時空意識自不能不受影響。以下便概述儒釋道三教在初盛唐發展的情形，進而介紹三家的時空觀念，以作為探討盛唐時空意識的基礎。

壹、儒釋道三教的抗衡與調和

　　儒釋道三家思想雖是中國哲學的主流，然而在歷史的發展中，卻各有其起落興衰。漢初黃老思想一度盛行，成就了文、景之治；至武帝採行董仲舒的建議，罷黜百家、獨尊儒術，儒學遂在兩漢獨擅勝場；迄於六朝，玄風丕盛，佛道思想乃取代儒學，成為主導時代的思潮。為取得君王的信用，三教之間往往相互論辯，各道短長；如隋文帝時李世謙有三教優劣之論，煬帝時有惠淨、余永通之問答。高祖武德年間，太史令傅奕數度上疏，亟言六朝祚短，悉因信佛，佛法害國，殷鑑不遠，故請除釋教；並集魏晉以來駁斥佛教之論為《高識傳》十卷，刊行於世。道士李仲卿作《十異九迷論》，劉進喜作《顯正論》，附和傅奕之說，對佛教大肆撻伐。面對儒道的挑戰，法琳作《破邪論》以駁斥傅奕，並作《辯正論》八卷回應李仲卿等的攻擊，佛道之爭漸趨於白熱化〔註43〕。

　　佛道兩教的抗衡、爭執還包括席位先後次第的問題。典禮中席位

〔註43〕以上關於佛道二家的辯難，詳見湯用彤《隋唐及五代佛教史》，頁 9
　　　　～12。

座次的先後，實反映出朝廷主政者對二教的抑揚態度。《唐會要・卷四十九・僧道方位》有云：「貞觀十一年正月十五日詔，道士女冠，宜在僧尼之前。至上元元年八月二十四日辛丑詔，公私齋會，及參集之處，道士女冠在東，僧尼在西，不須更爲先後。至天授二年四月二日敕，釋教宜在道教之上，僧尼處道士之前。至景雲二年四月八日詔，自今已後，僧尼道士女冠，並宜齊行並集。」由此可見，太宗朝是「道先佛後」，武周朝則改爲「佛先道後」；其餘各朝大都以平行並列爲原則，以弭平二教之爭〔註44〕。

在佛道互不相讓，勝負互見的情況下，唯獨儒家被視爲立國之本，其地位始終屹立不搖。誠如學者所言：「唐王朝統治者儘管三教兼崇，有時甚且把老子和佛陀的地位抬高到周公、孔子之上，但一涉及治國大本，總還是以儒教爲依歸〔註45〕。」如太宗雖曾下詔確立「道先佛後」的尊卑次序，但其心之所向卻是堯舜之道、周公之教。《貞觀政要》卷六云：「朕之所好者，惟在堯舜之道，周孔之教；以爲如鳥有翼，如魚依水，失之必死，不可暫無耳。」因此他命顏師古考訂五經，頒行天下；又命孔穎達與諸儒，考正損益，撰作《五經正義》，統一南北經學，以作爲明經考試的依據〔註46〕。儒家思想在考試制度的保障之下，自是歷久而不衰了。

大體而言，高祖推崇道教，太宗重視儒學，而武周則以釋教爲尊。至於玄宗朝，爲革除武周舊習，重新尊崇道教，曾屢次追贈老子聖號，並設立「崇玄學」、「崇玄館」，以研習《道德經》、《莊子》、《列子》、《文子》等書；科舉制度中更有「道舉」一門，以提拔道學上有成就的人士。然而，玄宗對佛教亦不排斥，開元二二年敕令注釋《金剛經》，其後更在全國各州設立開元寺，而密教高僧不空三藏尤其深得禮敬

〔註44〕關於佛道在初盛唐發展的概況，請參見本書第四章第三、四節引言。
〔註45〕見陳伯海《唐詩學引論》，頁 62。
〔註46〕參見傅樂成《隋唐五代史》，頁 167。

〔註47〕。總之，初盛唐間三教由抗衡、論爭，而逐漸趨向於調和。在儒釋道兼容並蓄的表面形式下，所顯示的是君王的寬厚仁德，以及君權畢竟凌駕於三教之上的事實〔註48〕。然而不論如何，三家思想爭鳴促使盛唐詩人對三教的理論皆有相當的認識，其時空意識自然深受影響。因此對於儒釋道三家時空觀的探討，便有其必要性。

貳、儒家的時空觀念

　　談到儒家的時間觀，最常被徵引的莫過於《論語‧子罕篇》中，子在川上之語：「逝者如斯夫，不捨晝夜。」河水日夜不停東流，時間與過往的一切亦隨之漸去漸遠；在短短的語句中，含蘊著夫子對時光流逝的深切喟歎。然而程子卻認為：「此道體也，天運而不已，日往則月來，寒往則暑來，水流而不息，物生而不窮，皆與道為體，運乎晝夜，未嘗已也〔註49〕。」亦即強調天道運行的無窮，及其生生不已的力量；但是，細繹夫子的語氣，應是對時間流逝不息的感懷，而非對天道無窮的體悟。這種時間的悲感，正是唐代詩人反覆吟詠的主題。

　　事實上，孔子重視的是人文的化成，對於天道則是存而不論〔註50〕。儒家經典中，對時空問題有較深入探索的，當首推《易經》。鄭康成認為易有簡易、變易、與不易三義。孔穎達則云：「易者變化之總名，改換之殊稱。自天地開闢，陰陽運行，寒暑迭來，日月更出，孚萌庶類，亭毒群品，新新不停，生生相續，莫非資變化之力，換代之功。」易道主變化，然在變中又有不變者存焉，時間的本質亦是如此。萬物在時間中生長、茁壯、衰老、死亡，時間帶來變化、生滅的

〔註47〕參見鎌田茂雄《簡明中國佛教史》，頁 199、202。
〔註48〕參見董乃斌《流金歲月‧佛道爭勝與三教論衡》，頁 143。
〔註49〕見朱熹《四書集註》上論，頁 59。程子乃以易傳之觀念詮釋夫子之語，故略覺勉強。
〔註50〕見《論語‧公冶長》。

現象；然而，它又促使萬有生生相續、新新而不停〔註51〕。

　　的確，易傳中論及時間或著眼於它的變化，如〈繫辭傳上〉云：「法象莫大乎天地，變通莫大乎四時」；或強調其久長不已，如〈恆・象〉曰：「日月得天而能久照，四時變化而能久成。」唯程傳云：「四時，陰陽之氣耳。往來變化，生成萬物，亦以得天，故常久不已。」然則，據程子之意，所謂久成不僅指時間之恆常，亦說明時間的變化能生成萬物。〈豐・象〉云：「天地盈虛，與時消息，而況於人乎」，其中亦點出時間具有創生的力量。因此，唐君毅認為：「從中國哲人的時間觀上著眼，我們簡直可以說時間之流所動蕩成的波濤，即是天地萬物；或天地萬物之變化流行下面的一股貫注之力就是時間〔註52〕。」

　　《易・泰卦》曰：「無平不陂，無往不復」，泛論世間一切事物皆遵循反復之道進行。〈繫辭傳下〉則說：「日往則月來，月往則日來，日月相推而明生焉。寒往則暑來，暑往則寒來，寒暑相推而歲成焉。」日月的運行，時序的推移，經由交替循環，故能綿亙不輟；而晝夜、寒暑的變化是時間最直接的表徵，因而時間遂被視為是循環反復進行的〔註53〕。而時間的循環反復，也正是大化流行，萬物生生不已的原動力。

　　然而，儒者真正關懷的畢竟是屬於人生的問題，是故對宇宙自然的探索，終究要落實到人事之上。李澤厚說：「萬物、時空和人事在《易》中似乎具有一種相互牽制而影響著的密切關係〔註54〕。」人道

〔註51〕參見方東美《生生之德》中〈生命情調與美感〉，頁 133。方先生認為：「時間之真性寓諸變，時間之條理會於通，時間之效能存乎久。」
〔註52〕見唐君毅〈中國哲學中自然宇宙觀之特質〉，(《中西哲學思想之比較研究集》，頁 90)。
〔註53〕唐君毅認為由上引諸例可見中國人的時間觀是螺旋進展的，亦即一方面承認時間的直進，一方面也承認時間的循環。同前註，頁 93。然若就易傳的思想體系來看，似仍以循環反復之說為是。
〔註54〕見李澤厚《中國古代思想史論》中〈荀易庸記要〉，頁 119。

與天道、歷史與自然、人生與世界，原就相互滲透、交感。考察《易》
之經傳，每每再三措意於人事和天時的聯繫，如〈乾·文言〉云：「君
子終日乾乾，與時偕行；亢龍有悔，與時偕極」；又「夫大人者與天
地合其德，與日月合其明，與四時合其序」；亦即一個成德的君子必
須掌握時間的律動，配合它來進德修業。萬物因時間變化而生長，人
的德業，亦唯有在時間中才能完成；由此，遂衍生出及時、與把握時
機等觀念。詩人每有「時不我予」之嘆，與儒家這種以人為中心的時
間觀應有一定的關係。

　　《易經》的八卦，象徵自然界中天地山澤雷風水火之形，《說卦》
中更以震、兌、離、坎，代表東、西、南、北四個方位，而以乾、坤、
巽、艮，代表西北、西南、東南、東北。八卦代表的八個方位，看似
平面；然而上下自在其中，一個立體而完整的宇宙空間於是形成〔註
55〕。大體而言，儒家對空間的看法較為質實；故以天地形容空間之
廣大，以四海略盡空間之遼闊；在在可見，儒家的空間觀乃是以人為
本位，由中心向上下四方輻射的。

　　位置是從屬於空間的概念，《易》對「位」的重視，可和「時」
相比。〈易傳〉認為，六爻結構中每一爻的位次具有重要的意義。所
謂：「二與四，同功而異位，其善不同，二多譽，四多懼。……三與
五同功而異位，三多凶，五多功。」（〈繫辭傳下〉）二與四，同為陰
位，三與五，則為陽位；然二爻、五爻分屬上下卦的中位，故多譽、
多功。四爻居上卦，與全卦之尊位第五爻太過接近，所以多有疑懼；
三爻處下卦之偏位，屬卑賤之位，故多凶咎〔註56〕。位置異同，吉凶、
禍福亦隨之而不同；是故，在空間問題上，儒家所關切的，不是外在
的、客觀的虛空，而是人在整個天地之中、以及在人間世的位置。易

〔註55〕見陳江風《天文與人文》第三章，頁79。陳氏以為：八卦圖為我們
　　　　提供了華夏民族空間意識的模型。他所謂的空間意識，意指對空間
　　　　方位的知覺。
〔註56〕見劉長林《中國系統思維》第一編之〈周易系統觀〉。

言之，即是生命的定位問題。人要如何方能充盡其性，而與天地鼎足爲三？人要如何才能找到適合自己的位置，而讓生命得到安頓？這是哲人思索的主題，也是深受儒家思想影響的詩人所共有的人生課題。

參、道家的時空觀念

中國人在習慣上常以宇宙表示時空，《莊子》書中首先對宇宙一詞加以界說：「有實而無乎處者，宇也；有長而無本剽者，宙也。」（〈庚桑楚〉）陸德明《經典釋文》引《三蒼》釋曰：「四方上下爲宇，往古來今曰宙。」郭象注則云：「宇者，有四方上下，而四方上下未有窮處。宙者，有古今之長，而古今之長無極。」由此可知：宇，意指上下四方，即空間，空間具備實在性而不囿限於方所畛域，是無限廣大的；宙，合往古來今，即時間，時間具備連續性而無終始首尾，是綿亙不絕的〔註57〕。

的確，在中國思想中，道家的時空呈現出格外綿邈、玄虛的特質。道家所描繪的無限的時空遠景，尤其令人心馳神往。《老子》第五章云：「天地之間，其猶橐籥乎？虛而不屈，動而愈出」；十一章云：「埏埴以爲器，當其無，有器之用；鑿戶牖以爲室，當其無，有室之用」；其中用虛靈、空無來描摹空間，以見其含藏萬有、妙用無窮的性質；老氏所認識的，不是物質的、形體的物理空間，而是物體之外，無有形迹的虛空。《莊子》書中，〈人間世〉有言「唯道集虛」，「虛室生白，吉祥止止」；則由具體的空間，轉入心靈的虛靜。老、莊哲學在空間上對「虛無」的妙悟，對中國的藝術精神，有極深遠的影響。山水畫中的留白，書法中的「計白當黑」，建築中的中庭〔註58〕，乃

〔註57〕見王煜〈道家的時間觀念〉，（《老莊思想論集》，頁102）。又：宇、宙在《墨子》書中作宇、久。〈墨經上〉云：久，彌異時也。宇，彌異所也。〈經說〉則解釋久爲「合古今旦莫」，釋宇爲「冡（蒙）東西南北。」可比並參考。

〔註58〕見蔣勳〈中國藝術中的時間與空間（三）〉，（《美的沈思》，頁109~113）。篇中對「空白」的哲學內涵，建築與舞台中的空白，以及繪畫中的空白等，皆有深入淺出的論述。

至詩歌中，對於視野之外虛靈的無限空間的描寫，皆和道家的空間意識有密切的相關。

至如無限的時空遠景，莊子在其〈逍遙遊〉中，透過寓言的生動形式作了精采的描繪。大鵬鼓動如垂天之雲的雙翅，絕雲氣、負青天，飛上九萬里的高空，莊子引領我們去想像空間的廣袤：「天之蒼蒼，其正色邪？其遠而無所至極邪？其視下也，亦若是則已矣。」天空的蒼茫，源於整個宇宙的無邊無際，當我們離開熟稔的天地，在九萬里的太空中翱翔，回頭俯視，對於空間的浩瀚，更會有一種由衷的驚歎。

當然，九萬里並非極致。在個人的經驗中，我們擁有的只是相對的、有限的時空。無論是寸、尺、丈、里，或者是時、日、年、代，所有經驗的時間和空間，都有其開始與結束，以及範圍與邊際，畢竟屬於有限。故篇中又說：「朝菌不知晦朔，蟪蛄不知春秋，此小年也。楚之南有冥靈者，以五百歲為春，五百歲為秋。上古有大椿者，以八千歲為春，八千歲為秋。而彭祖乃今以久特聞，眾人匹之，不亦悲乎！」由朝菌、蟪蛄短暫的生命出發，莊子邀請我們進入上古洪荒時代；以八千歲為春、八千歲為秋的大椿，其全幅的生命歷程，究是何種光景？人生百年，又如何去構思那悠遠的歲月？

因此，莊子要我們打開視野，不要受到有限時空的範限，彭祖也罷、大椿也罷，不管生命再綿長，畢竟仍在時間之中，仍屬於有限，空間上亦復如此。時間的無限性，與空間的無窮盡，適足以襯托個體生命的短暫與渺小；是故，人應真切的認知時空對自己的限制，進而超越它，邁向絕對自由的逍遙境界〔註 59〕。〈大宗師〉篇嘗描述得道者的歷程，由外天下、外物、外生，「而後能朝徹，朝徹而後能見獨，見獨而後能無古今，無古今而後能入於不死不生。」錢穆《莊子纂箋》以為：「見獨乃無空間相，無古今乃無時間相」；得道之人能泯除時空相，亦即由相對的、有限的時空，進入絕對的、無限的時空裡，「上

〔註 59〕以上大意源自《莊子‧逍遙遊》。又參見前註引書，頁 105、106。蔣勳對莊子哲學中的時空觀，及時空與逍遙之關係，頗有精到之見。

與造物者遊，而下與外死生無終始者爲友」（〈天下〉）。

　　總之，道家的時空觀較諸儒家，似乎更爲玄妙超俗；然而，它並非憑虛而立，而是和老莊的整個思想體系相互融貫的。道家思想，尤其是莊子，具備濃厚的藝術精神〔註60〕；因此，道家的時空觀和藝術創作的時空美，實是脈絡相連；而其超俗的精神，對於時空憂患的消解亦具有一定的作用。

肆、佛家的時空觀念

　　佛教在兩漢之際引入中國後，逐漸流傳，魏晉時與玄學結合，其思想遂爲士大夫所接受。南北朝時期，由於君王的提倡、寺院經濟的發達，佛教的發展更爲蓬勃。至於隋唐，可謂佛教的全盛時期，無論是佛典的翻譯，佛教宗派的形成，乃至佛學思想的普及，都邁入一個新的紀元。佛教思想既已成爲唐代文化重要的一環，故要探討盛唐詩中的時空意識，自然不能不對佛教的時空觀有所了解。當然，要澈底釐清各宗派間時空觀的差異，實非本論文所能及，此處僅就普爲各宗派所接受的觀點加以陳述。

　　劫，是佛教計算長時間的單位，依《智論》說：人壽自八萬四千歲，每過一百年減一歲，減至十歲，再每過一百年增一歲，增至八萬四千歲。這一增一減所需的時間，名爲小劫，二十個小劫名一中劫，四個中劫，名一大劫〔註61〕。中劫可分成、住、壞、空四種，每一大劫，則是世界自有至無，由成而空的完整歷程。空劫之後，又一成劫相續，亦即大劫之後，復有大劫，終古不已〔註62〕。由每一小劫人壽的增減，進而至每一大劫中成住壞空的遞變，皆可見佛教循環輪迴的時間觀。整個宇宙的歷史，過去已有無量劫，未來復有無量劫，亦即時間透過循環而永無窮盡。

〔註60〕徐復觀《中國藝術精神》第二章〈中國藝術精神主體之呈現〉，亟言莊子對中國藝術精神的影響，可供參考。

〔註61〕見釋性梵著述《大乘妙法蓮華經講義》上冊，頁172。

〔註62〕見江紹原譯述《佛家哲學通論》第一分〈宇宙綜合論〉，頁41、42。

　　佛教又有過去、現在、未來三世之說。萬法原有「法體」與「作用」的不同，法體無生滅變化，三世乃依作用而成立，有生有滅，並無實體可言〔註63〕。《金剛經》中認為：「過去心不可得，現在心不可得，未來心不可得」；集註引肇法師曰：「過去已滅，未來未起，現在虛妄，三世推求，了不可得〔註64〕。」亦即時間的流轉變化，現象界的生住異滅，究竟來說，皆屬虛妄；若悟常住真心，則無過去、現在、未來的差別。三世本空，唯法體不生不滅，清淨具足。龍樹在《中論・卷三觀時品》中亦云：「因物故有時，離物何有時？物尚無所有，何況當有時！」時間伴隨著物體的運動而生，萬物本是因緣而生，空無自性，是故時間也是虛幻不實的。然而，以時間為假有，其目的仍在於提醒我們棄假尋真；若要不受生滅變幻所苦，必須洞澈現象的虛妄，不疲於生死之流，而直悟真如本性。

　　佛教的世界觀在各家思想中頗具特色，從西方人的觀點來看，世界是唯一的，縱使近代科學家認為太空中有無數星雲，宇宙雖大至無限，然世界仍只是一個。中國傳統的世界觀也只著眼於我們所處的天下。然而佛教思想則認為，此世界僅為無窮世界中的一個，尚有無量數的世界同時分布於空間之中〔註65〕。佛經中有所謂的「大千世界」、「三千大千世界」之說，《金剛經集註》引王日休曰：「三千大千世界者，此日月所照，為一小世界。其中間有須彌山，日月遶山運行，故南為閻浮提，東為弗婆提，西為瞿耶尼，北為鬱單越，是名四天下。日月運行，乃在須彌山之中腰，故此山之高，其半出日月之上。山上分四方，每方有八所，中間亦有一所，共三十三所，謂之三十三天。梵語謂之忉利天是也。日月運行於此四天下，謂之一小世界。如此一千小世界謂之小千，如此一千小千世界謂之中千，如此一千中千世界

〔註63〕見楊惠南《佛教思想新論》中〈成唯識論中時間與種熏觀念的研究〉，頁271、272。
〔註64〕見朱棣《金剛經集註》，頁220。
〔註65〕同註52，頁86。唐君毅以為中國宇宙觀具有無二無際之特質，與佛教觀念迥然有別。

謂之大千，以三次言千字，故云三千大千，其實則一大千耳〔註66〕。」三千大千世界之說，將佛家對空間的想像，具體地呈現出來，每一大千世界計含十億小世界，已足令人驚歎；然如《佛說無量壽經》乃有「百億三千大千世界」、「十方一切無量無數不可思議諸佛世界」〔註67〕之說，凡此，皆以天文數字，將空間的無邊無際作了淋漓盡致的描繪。

　　然在大乘佛法中，認爲現象界的一切，皆爲因緣和合而起，其性常空〔註68〕；然則，所謂三千大千世界，亦如海上浮漚，緣盡還滅。唯有虛空「無有邊畔」，「能含萬物色像、日月星宿、山河大地、泉源溪澗、草木叢林、惡人善人、惡法善法、天堂地獄、一切大海、須彌諸山」（《六祖壇經·般若品第二》）；其性湛然常寂，無有成壞〔註69〕。佛教視一切現象爲虛幻的觀點，對於時空意識的消解與超越亦有相當的影響。

　　由以上的探討可知，儒、道、釋三家對時空的基本觀念；然而，論及中國特有的時空觀點，除了以上的分析外，時空合一的特質，尤其不可忽視。張法在《中國文化與悲劇意識》一書中指出：「上下四方曰宇，古往今來曰宙，中國人的宇宙觀一開始就是時空合一的。建築本是空間藝術，中國建築卻以其群體性在空間慢慢展開，使你只有在時間的流動中才能領會其意味。繪畫也爲空間藝術，中國繪畫卻以散點透視把時間織入空間，……五行學說把空間方位東南中西北，……與一年的春、夏、長夏、秋、冬相通，更典型地體現了時空

〔註66〕同註64，頁75。

〔註67〕見曹魏康僧鎧譯《佛說無量壽經》，（《釋氏十三經》本，上卷頁13、下卷頁12）。

〔註68〕《大智度論》云：「諸法性亦如是，未生時空無所有，如水性常冷；諸法眾緣和合故有，如水得火成熱。」見丁福保《六祖壇經箋註·般若品》註，頁102。

〔註69〕參見丁福保《六祖壇經箋註》，頁209。引釋摩訶衍論三，論虛空十義。二周徧義，無所不至故；四廣大義，無分際故；七不動義，無成壞故。

合一。」文中由時空的語詞、時空的藝術、以及時空的配置，分別從語言學、美學、與哲學的角度，論證中國人時空合一的觀念，其說頗有可采〔註70〕。盛唐詩歌藝術中，時空的交錯、融合，或者以時間描寫空間、以空間描寫時間的手法，都是時空合一的具體展現。

〔註70〕唐君毅亦以爲：中國哲學中自然宇宙觀具有時間、空間不離的特色。同註 52，頁 95。劉君燦〈中國的時間和空間〉，《國文天地》第七期）認爲：古代中國的時空觀大致有三個特色：重視時空的綜合呈現；強調時空的相互依存性；描述時空中呈現的現象時採取時空交錯的方式。其論述與張法略同。

第二章　盛唐詩中時間感懷的主要內涵

　　劉若愚在《中國詩學》第五章說：「大部分中國詩展示出敏銳的時間意識，且表現出對時間一去不回的哀嘆。……哀悼春去秋來或者憂懼老之將至的中國詩不可勝數。」的確，在詩歌史上，「對時間一去不回的哀嘆」是詩作中重要的、反復出現的主題。

　　日本學者松浦友久進一步指出：中國詩的抒情泉源，最主要的就是「以對時不再來的自覺爲核心的時間意識﹝註1﹞。」換句話說，「時間意識」所以成爲詩人再三吟詠的主題，乃在於它具有「抒情泉源」的作用。亦即在中國詩歌的「抒情傳統」﹝註2﹞中，「時間意識」是觸動詩人內在情思，引發詩人創作意念的根源。

　　然而，我們不免要問：何以「時間意識」是抒情傳統內面重要的「抒情泉源」？在此，必須返回哲學上對時間與生命本質的思考。事實上，人和萬物一般，都存在於時間的網絡之中，生命隨時間而成長、茁壯，時間也帶來衰老和死亡。西洋存在主義哲學家認爲：「一切生命皆含括在誕生與死亡之間。只有人類能認識死亡﹝註3﹞。」透過對

﹝註1﹞ 見松浦友久《中國詩歌原理》第一篇〈詩與時間〉，頁13。

﹝註2﹞ 陳世驤由比較文學與文學史的角度立論，認爲中國文學的本質是抒情的，與西方重史詩與戲劇的文學傳統不同。詳見其〈中國的抒情傳統〉，（《陳世驤文存》）。

﹝註3﹞ 見亞斯培著，張康譯《哲學淺論》第十二章〈死亡〉，頁117。

死亡的思索，人真正體悟到生命的有限與缺憾。偶然地來到人間，必然地走向死亡，是人類共同的、不可逃避的命運。

「對酒當歌，人生幾何！」權傾一時的曹操，在〈短歌行〉中如此慨嘆；天才橫溢的一代謫仙則說：「夫天地者萬物之逆旅也，光陰者百代之過客也〔註4〕。」生命的短促、時間之匆匆，是千古以來詩人內心深處無以自解的憂傷。誠如張淑香所說：「人忽焉而生，忽焉而滅，短短一生，虛如夢幻，來去皆身不由主，更莫知所以然；彷彿迷失於無垠宇宙的旅者，踽踽飄泊於太空的孤影，……面對如此蒼茫飄忽的生命，這種無從究詰叩解的苦惱，這種終古的迷懼與悲涼，豈不就是生命最大的苦悶？最深的哀怨？而這就是人類被注定的悲劇性命運〔註5〕。」

總之，「時間意識」實包括著對自我生命的醒覺，與對人生無常的深沈感嘆，由這個角度出發，才能真正詮釋它所以能成為中國詩之「抒情泉源」的內在原因。

由盛唐詩中的現象來考察，無論是李白、杜甫、岑參、高適，抑或是王維、孟浩然，詩中都普遍存在著濃郁的「時間意識」。「哀悼春去秋來」的季節感懷詩，與「憂懼老之將至」的嘆老詩，明顯的和時間意識有密切的關係；至於懷古詩，在登臨前代勝跡之際，撫今追昔，而引發對歷史興亡的體悟，亦具有強烈的時間遷流的感觸。此外，繁華易逝，人生無常，以及生離與死別也牽引無窮的時間感懷，凡此皆是本章研究的重心所在。

在以下各節的論述中，首先將點出觸發「時間意識」的外在因素，進而探討它在不同詩類中的形貌，與詩人表現這一人性共同主題的藝術特質。

〔註4〕見李白〈春夜宴從弟桃花園序〉一文。

〔註5〕見張淑香《抒情傳統的省思與探索》，頁8。張淑香認為「抒情傳統」的本體意識在於：生命之自覺意識，以及「雖世殊事異，所以興懷，其致一也」的生命共感。本文則分別由時、空意識來說明抒情傳統的根源。

第一節　季節推移的感懷

壹、引　言

　　時間正如綿延不絕的長河，永不止息。然而，如前章所述，時間的本質不離變化，無時間則一切空間的物象皆停滯靜止；反之，萬物若無變化，人們也無法掌握時間的存在。天體的運行互古長存，日月的更迭，寒暑的相推，具體地展現出時間的流動；是故，觀察四時的交替變化，實是我們體觸時間最直接的方式。侯迺慧在《唐代文人的園林生活》中認為：「時間意識並非無時不在，並非時刻浮現、自覺的，必須物色之動來牽引。所以，常見的觸動文人時間意識而引起感歎的因素是季節代序﹝註6﹞。」這一段話中，更直接說明了季節代序和時間意識的關係。

　　事實上，季節的變化、陰陽的盛衰，關係著物類的生長與衰亡。《管子・四時篇》云：「春嬴育、夏養長、秋聚收、冬閉藏。」董仲舒《春秋繁露・四時之副》亦云：「天之道，春暖以生，夏暑以養，秋清以殺，冬寒以藏。」春生、夏長、秋收、冬藏的規律，說明自然物在歲時中的循環，和自然節候息息相關。春夏秋冬四時，與暖暑清寒四氣，左右著物類的生殺變化，進而導致自然景觀在不同季節中的差異。

　　四時寒暑的更迭，不僅影響到萬物的榮落，進而和人的內在情緒亦相互應和。《文心雕龍・物色篇》說：「陽氣萌而玄駒步，陰律凝而丹鳥羞，微蟲猶或入感，四時之動物深矣。……是以獻歲發春，悅豫之情暢；滔滔孟夏，鬱陶之心凝；天高氣清，陰沈之志遠；霰雪無垠，矜肅之慮深。」陰陽寒暑的變化，雖是蟲蟻都能敏銳的知覺；人，身為自然界的一員，又如何能脫離節候的支配、牽引？然則，春、夏、秋、冬實具有搖蕩性情的潛在力量。

　　就在這股默然流注的陰陽之力推蕩下，季節的異同，鮮明地呈現

〔註 6〕見該書第四章第六節〈時空感懷與故園的矛盾—秋日型〉，頁 394。

在自然景物上面。春天的桃紅柳綠，夏日的花木扶疏，秋天的明月，與冬日的白雪，將自然粧點成不同的形貌。不同的物色，召喚我們去欣賞、玩味、與沈思。讓我們或陶醉、流連於大自然的多姿多采，或感嘆於四時變化的玄奧。

〈物色篇〉中論及物色、感情、與詩作間的關係，認爲：「歲有其物，物有其容；情以物遷，辭以情發。一葉且或迎意，蟲聲有足引心。」鍾嶸《詩品》則云：「若乃春風春鳥，秋月秋蟬，夏雲暑雨，冬月祁寒，斯四時之感諸詩者也。」在在皆說明了：四時節候透過自然景物的變化，而觸動詩人的時間意識，引發其內在的情思，於是季節感懷之作遂成篇。當然，這是就創作的過程來立論，強調季節與物色能喚起詩人的情感，而成爲創作的重要泉源。

然而，物色的變動既是觸發時間意識的因素，物色又是表現時間意識的憑藉。「當作品完成時，也必經由物色意象化的表達，以澈顯作者心靈和大自然時間律動的感應關係〔註7〕。」亦即透過物色的意象化，詩人在時序流轉中，對時間的感嘆、思索與體悟，方能如實呈現，而不流於玄虛、枯淡。

至此，我們要進一步追問：四季不同的物色所引發的情感有何異同？在長久的歷史發展中，季節本身所寓含的詩情又如何？陸機〈文賦〉中說「遵四時以嘆逝，瞻萬物而思紛；悲落葉於勁秋，喜柔條於芳春。」陸氏拈出悲、喜二字來概括春秋二季所牽引而生的感情。黃葉的隕落，柔條的初芽，帶來生的喜悅，與生命流逝的慨嘆；進而導引詩人對春秋二季有不同的看法。所謂勁秋、芳春，不只是對秋氣凜冽、春光明媚客觀的描寫，還蘊藏著詩人主觀的、對季節本身的情感。

《春秋繁露‧陽尊陰卑篇》認爲：「喜氣爲煖，而當春；怒氣爲清，而當秋；樂氣爲太陽，而當夏；哀氣爲太陰，而當冬。」篇中以喜、樂、怒、哀對應於春、夏、秋、冬四季。《文心》則分別以悅豫

〔註 7〕見龔鵬程《春夏秋冬》，〈總論：四季、物色、感情〉，頁42。龔文中對四季、物色與詩思之關係闡述頗爲詳盡。

之情、鬱陶之心、陰沈之志、與矜肅之慮來描摹四季所引發的情感特質。詳細分析，四時的情思各有異同；約略而言，則以春包夏，以秋總冬，喜春與悲秋是兩種主要的情感類型。然而，由文學史的資料來考察，悲秋固然是秋季詩的典型，春詩則在喜春之外，別有傷春、惜春一脈。隋唐之後，傷春、惜春詩乃至以附庸蔚為大國，終成為春季感懷的主流，其原因究竟為何？下文將透過季節感懷詩在歷史中的演進，與時間意識的角度來詮釋。

貳、季節感懷詩的歷史考察

在中國詩歌史上，夏、冬二季的詩，無論在數量上，或質量方面，都遠遜於春秋二季。「傷春」與「悲秋」詩已是典型化的詩類；然而，冬夏詩卻始終未能出現足以與之抗衡的特有詩情。因此，在本節中將針對「傷春」與「悲秋」詩中關乎時間意識的詩作加以探討。

一、春季感懷詩的源流

詩三百中，固不乏時序的描寫，然而真正以季節、時間為吟詠主題的作品則尚未出現。〈豳風‧七月〉有言：

> 春日遲遲，采蘩祁祁，女心傷悲，殆及公子同歸。

〈七月〉毛傳中提出「春，女悲；秋，士悲」的看法，箋云：「春，女感陽氣而思男；秋，士感陰氣而思女。」由陰陽的交感來說明「女心傷悲」的內在緣由，表達女子在美好的春日，對愛情的憧憬，與由之而生的傷懷。錢鍾書據此以為「春日遲遲」云云，乃中國最早的「傷春」詩〔註8〕。

楚辭中仍只是片斷地提及春，以及與春相連繫的詩情：

> 開春發歲兮，白日出之悠悠。吾將蕩志而愉樂兮，遵江夏以娛憂。（屈原〈九章‧思美人〉）

> 目極千里兮，傷春心。魂兮歸來，哀江南。（宋玉〈招魂〉）

屈原的作品中，描寫新春之後白日漸長，氣候回暖，詩人「遊春」的

〔註8〕見《管錐篇》第一冊，〈毛詩正義〉第四七。

喜樂。所謂「蕩志而愉樂」，不正是嚴寒已過，脫掉重裘，換上春衫，重新走向自然的欣悅？至於〈招魂〉結尾的感喟，正式將「傷春」二字結合在一起，對於中國傷春、惜春詩的傳統，應該具有一定的啓示作用！然而，在這裡感傷的主題已經不局限在「男女之情」，而擴展到「離別」了。

漢魏之後，直接詠歌春日的詩賦大量出現。以賦而言，晉夏侯湛〈春可樂賦〉、傅玄〈陽春賦〉、湛方生〈懷春賦〉、謝萬〈春遊賦〉，乃至北周庾信〈春賦〉，皆由正面來謳歌春的情致。

至於詩作方面，單純的喜春之作並不多見，常見的是以〈子夜春歌〉爲代表的懷春詩，以及羈旅懷鄉的作品：

> 朱光照綠苑，丹華粲羅星。那能閨中繡，獨無懷春情。
> （〈子夜春歌〉）

> 楊柳亂如絲，綺羅不自持。春草黃復綠，客心傷此時。
> （沈約〈春思〉）

然而，值得注意的是，和時間意識有密切關係的「惜春」詩，逐漸在喜樂與傷悲兩股對反的情感中摩蕩而生：

> 洛陽城東路，桃李生路傍。……終年會飄墮，安得久馨香。（宋子侯〈董嬌嬈〉）

> 湛露改寒司，交鶯變春旭。……斗酒千金輕，寸陰百年促。（王融〈淥水曲〉）

> 春風本自奇，楊柳最相宜。……處處春心動，常惜光陰移。（梁簡文帝〈春日想上林〉）

由春光的美好，進而產生流連眷戀之情，在情感上是自然的轉折。人世間一切美好的事物，無不教人更爲珍惜，唯恐失去之後再難追尋，對於春的心情，亦是如此。落花的飄落，提醒著：春已無多時！而春終究要在時光的推移中消逝。至於人？百年的生命亦將如春花般凋零。「惜春」實即是對青春歲月，乃至生命本身的珍惜。當然，這一層意涵，在享有榮華的簡文帝詩中，尚未能眞正觸及。

此外，江淹有〈惜晚春應劉祕書〉一首，「惜春」之名已見於詩

題，唯內容卻未能眞正點染惜春之意。由此可見，惜春詩在六朝只是初萌胚芽，一直要到初唐劉希夷的〈代悲白頭翁〉才漸臻成熟〔註9〕。

二、秋日感懷詩的源流

談到秋季的詩篇，「悲秋」幾乎是歷代詩人一再反復吟詠的主題，也是普遍爲讀者熟知的詩情。相對於「惜春」詩迂迴曲折的形成過程，「悲秋」詩卻一開始便成爲秋詩的主流，雖歷經漫長的文學長河，終究能歷久不衰。推究其原因，首先在於秋季所呈現出來的物色：秋風颯颯、霜氣滿天、草木搖落、蟲鳴淒淒，萬物衰敗零落的景象，適足以觸動詩人悲抑的感情。更何況詩人爲詩講究情景交融，所謂「景乃詩之媒，情乃詩之胚。」（謝榛《四溟詩話》）以哀景入詩，詩情自然染有悲傷的色彩，若要故作樂語，未免扞格而難諧。

再就中國人傳統的思維模式來看，秋日和悲苦、憂愁本就有一種必然的相關。《禮記·鄉飲酒義》說：「西方者秋，秋之爲言愁也。」董仲舒《春秋繁露·陽尊陰卑》則言：「秋之爲言，猶湫湫也。……湫湫者，憂悲之狀也。」以愁、憂悲來說明秋之特質，乃是古代典籍中常見的訓詁方式，無怪秋之悲與人之愁，在詩文中相互滲透、融合，而造成「悲秋」詩的傳統。

考察盛唐秋季感懷詩的根源，可以上推到宋玉的〈九辯〉。胡應麟《詩藪·內篇·古體上》認爲：〈九辯〉「模寫秋意入神」，爲「千古言秋之祖」，已指出〈九辯〉在悲秋傳統中的重要地位。《楚辭集注·九辯》云：

> 悲哉！秋之爲氣也。蕭瑟兮，草木搖落而變衰。憭慄兮，若在遠行。登山臨水兮，送將歸。……坎廩兮，貧士失職而志不平；廓落兮，羈旅而無友生；惆悵兮，而私自憐。

〔註9〕松浦友久認爲：「惜春的心情（不是部分的涉及）作爲一首詩整體的核心被謳歌，……大體應是從六朝後期。」同註1，頁25。唯就其所徵引的詩來看，惜春的心情恐怕尚非「一首詩整體的核心」，故本文將惜春詩正式成立的時間定在初唐。

（第一章）

在首章中，宋玉把握住秋日蕭瑟、寂寥的本質，進而襯托出悲涼、落拓的心境，其內容包括離別之懷、家鄉之念，以及貧士失志、羈旅寂寞的自憐自傷。「悲哉！秋之為氣也。」這一簡淨、明確的表現形式更是「形成文學史上所謂『悲秋』（搖落）觀念的直接的源泉〔註10〕。」

此外，〈九辯〉中更將秋與「時間意識」結合在一起。其實在〈離騷〉裡，屈原已經感悟到：「日月忽其不淹兮，春與秋其代序。惟草木之零落兮，恐美人之遲暮。」四時與天體運行永遠更迭不已，時間的流逝，必然地造成草木的由盛而衰，「美人遲暮」亦是難以迴避的結果。時間的憂患不僅在屈原，也在宋玉筆下：

歲忽忽而遒盡兮，恐余壽之弗將。悼余生之不時兮，逢此世之俇攘。（第三章）

四時遞來而卒歲兮，陰陽不可與儷偕。……歲忽忽而遒盡兮，老冉冉而愈弛。……年洋洋以日往兮，老嶗廓而無處。（第七章）

秋天，夜漸長，而白日漸短，一年的循環又接近尾聲。由歲時的遒盡，反省到個體生命也由青春步入衰老，乃至終將邁向生命的盡頭—死亡。詩人體悟到時間的無情流逝，咀嚼著個人存在的悲哀；生命的有限，與天道的無窮，更令人興發無限的感觸，而為之低吟徘徊。

張法《中國文化與悲劇意識》總結〈九辯〉所奠立的「悲秋」傳統提出兩個重點：「（1）以顯出時間變化的自然意象，使在文化天道的循環中的時間的直線性顯出來，引發一種我的時間意識。（2）以蕭瑟、冰冷、寂寞的自然意象引發人生已有過的、正經歷的和將有的感傷經驗。……而帶著時間之悲、追求之悲和時遇之悲〔註11〕。」

〈九辯〉之後，描摹入秋的憂懼，感嘆年華易逝的秋詩亦頗常見。以下便臚列數篇，以見其一斑：

〔註10〕同註1，頁27。
〔註11〕見張法《中國文化與悲劇意識》，頁158。

> 秋風起兮白雲飛，草木黃落兮鴈南歸。……歡樂極兮
> 哀情多，少壯幾時兮奈老何。(漢武帝〈秋風辭〉)
>
> 悟時歲之遒盡兮，慨俛首而自省。斑鬢彭以承弁兮，
> 素髮颯以垂領。(潘岳〈秋興賦〉)
>
> 柔條旦夕勁，綠葉日夜黃。……壯齒不恆居，歲暮常
> 慨慷。(左思〈雜詩〉)
>
> 龍蟄暄氣凝，天高萬物肅。……人生瀛海內，忽如鳥
> 過目。(張協〈雜詩〉)
>
> 金石終銷毀，丹青暫彫煥。各勉玄髮歡，無貽白首歎。
> (謝惠連〈秋懷〉)

在這些篇章中，白雲秋風、草木黃落、大鴈南歸、天高氣凝都顯出時序的變化。在季節的流轉中，詩人警醒到青春的短促，「少壯幾時」、「壯齒不恆」，而素髮、斑鬢更具體呈現出生命脆弱的本質。飛鳥過目，雖餘響猶哀，然而形影已往，人生，只匆匆如是。這是張法先生所謂的「時間的直線性」，一去不返。悲秋的情懷、時間的意識、與自我的生命意識，在此已不可分。是秋喚醒、助長了詩人對時間的感喟，是時間的流逝，增加了秋景的淒涼；然而，在這一切現象內面，是詩人對生命的珍惜、留戀、與不捨，那才是「悲秋」詩所以能引起讀者共鳴的根本原因。

參、季節的感懷與時間意識

一、惜春與惜時

如前所述，在六朝詩中，惜春的作品已略見雛形，至初唐劉希夷，更將惜春詩深細感慨的情致推向成熟的階段。〈代悲白頭翁〉〔註12〕云：

> 洛陽城東桃李花，飛來飛去落誰家。洛陽女兒好顏色，
> 坐見落花長歎息。今年花落顏色改，明年花開復誰在？已見
> 松柏摧爲薪，更聞桑田變成海。古人無復洛城東，今人還對

〔註12〕本詩似脫胎於宋子侯〈董嬌嬈〉，唯更見精到，故能成爲典型。

落花風。年年歲歲花相似，歲歲年年人不同。寄言全盛紅顏
子，應憐半死白頭翁。此翁頭白眞可憐，伊昔紅顏美少年。
（卷八十二）

在節錄的這段詩中，「惜春」詩主要的特點都已出現：（1）以落花作
爲春之將盡的表徵。（2）由花落比喻青春易逝、生命短暫：「今年花
落顏色改，明年花開復誰在？」（3）由自然物的循環，襯托出生命一
去不返的悲哀：「年年歲歲花相似，歲歲年年人不同。」而在今年—
明年，花落—花開，年年歲歲—歲歲年年，古人—今人，紅顏子—白
頭翁的對比下，時間意識清晰地呈現出來。今日的白頭翁是昔日的紅
顏子；今日的紅顏子將是明日的白頭翁。古人已矣，今人豈能長在？
永遠綿亙不絕的只有時間本身罷了。

張若虛的〈春江花月夜〉以春、江、花、月、夜交織成人間最美
麗的景致，彷彿自然之美與生命中美好的憧憬都會聚在一起。詩中藉
江月來探索宇宙、人生的奧祕：

江畔何人初見月？江月何年初照人？人生代代無窮
已，江月年年祇相似。……江水流春去欲盡，江潭落月復西
斜。……不知乘月幾人歸，落月搖情滿江樹。（卷一一七）

「人生代代無窮已，江月年年祇相似」，和劉希夷最被稱美的「年年
歲歲花相似，歲歲年年人不同」，都具有一種時間循環反復的意味。
更道出千古以來，人類面對無垠的宇宙、綿延不絕的時間時，所共有
的悲哀。李澤厚在《美的歷程》七曾說：「春花春月，流水悠悠，面
對無窮宇宙，深切感受到的是自己青春的短促和生命的有限。它是走
向成熟期的青少年時期對人生、宇宙的初醒覺的自我意識。」其實，不
只是青少年，那是每一個有自覺能力的人，共同具有的時間意識、或者
生命意識；而這正是惜春詩抒情的泉源。

盛唐詩人中，崔國輔是較早提出「惜春」概念的一個。他的〈白
紵辭二首·其一〉云：

洛陽梨花落如霰，河陽桃葉生復齊。坐惜玉樓春欲盡，
紅綿粉絮裛妝啼。（卷一一九）

「坐惜玉樓春欲盡」，比起張若虛、劉希夷、乃至梁簡文帝，崔氏更直接將「花落」、「春盡」、與「惜春」連接在一起，然其感慨卻流於閨怨之類。在下列作品中，亦表達春色闌珊時詩人的心境：

> 落花紛紛稍覺多……青軒桃李能幾何？流光欺人忽蹉
> 跎。……白髮如絲嘆何益。(李白〈前有一樽酒行二首‧其一〉，
> 卷一六二)

> 白玉一杯酒，綠楊三月時。春風餘幾日，兩鬢各成絲。
> (李白〈贈錢徵君少陽〉，卷一七一)

> 東風隨春歸，發我枝上花。花落時欲暮，見此令人嗟。
> 願遊名山去，學道飛丹砂。(李白〈落日憶山中〉，卷一八二)

太白詩中，除了落花的意象外，並將春之將暮與年華老去相對照。而象徵年老的「白髮」，暗示著青春的流逝，一如「落花」代表春光的流逝。「流光欺人」的感歎，是詩人面對時光流逝的無奈與感傷，在此他更提出「學道」求仙以超越時間意識的途徑。

更典型的「惜春」詩，可由下面的詩作來考察：

> 鵲乳先春草，鶯啼過落花。自憐黃髮暮，一倍惜年華。
> (王維〈晚春嚴少尹與諸兄見過〉，卷一二六)

> 一片飛花減卻春，風飄萬點正愁人。且看欲盡花經眼，
> 莫厭傷多酒入脣。(杜甫〈曲江二首‧其一〉，卷二二五)

> 花飛有底急，老去願春遲。可惜歡娛地，都非少壯時。
> (杜甫〈可惜〉，卷二二六)

> 稠花亂蕊畏江濱，行步敧危實怕春。詩酒尚堪驅使在，
> 未須料理白頭人。(杜甫〈江畔獨步尋花七絕句‧其二〉，卷二二七)

> 不是愛花即肯死，只恐花盡老相催。繁枝容易紛紛落，
> 嫩葉商量細細開。(杜甫〈江畔獨步尋花七絕句‧其七〉)

王維的詩與李白不同的是，由對時光流逝的感嘆，轉而對自我生命的「憐惜」；而其焦點落在自己身上，和崔國輔的「惜春」又不盡相同。杜甫的詩作中則包含各種惜春的情緒，首先，對落花的描寫較諸前人更為深細，如〈曲江〉中連用三句來寫落花，極盡反復曲折的能事。花飛一片，便覺春光稍減，雖不言惜，而惜春之意自見。其次，結合

著詩人內在的時間意識，花與歲月年華是不可分的；花飛—老去，花盡—老相催，由形式上，呈現出更明確、必然的關係。此外，因悲老惜少，而衍生各種複雜的情感。「怕春」、「願春遲」已有惱春、怨春、留春等微妙而曲折的情懷，下開中晚唐的「惜春」詩，與兩宋的「惜春」詞。要言之，惜春的情懷，在杜甫詩中已經發展得相當完全了。

除了以上的類型外，惜春詩往往亦呈現出作者懷才不遇的哀傷：

狹逕花將盡，閒庭竹掃淨。……賈誼才空逸，安仁鬢欲絲。（孟浩然〈晚春臥病寄張八〉，卷一五九）

迴風度雨渭城西，細草新花踏作泥。……愁窺白髮羞微祿，悔別青山憶舊谿。（岑參〈首春渭西郊行呈藍田張二主簿〉，卷二〇一）

蟻浮仍臘味，鷗泛已春聲。……白頭趨幕府，深覺負平生。（杜甫〈正月三日歸溪上有作簡院內諸公〉，卷二二八）

三首詩都不自覺的將季節感、時遇意識、與時間意識結合。於是遂有一種「心與青春背」（包佶〈立春後休沐〉，卷二〇五）的感受。李志慧在《唐代文苑風尚》中指出：「唐代文人具有嚮往建功立業的雄心，和拯物濟世的熱望。這正代表著整個時代、社會積極向上的精神〔註13〕。」然而，詩人崇高的理想，在現實的環境下往往難以實現；當他所懷抱的志向愈遠大，遭受的折難愈深切，不遇之感自然益強烈，時間的憂患，遂更難排遣了。所謂「白髮羞微祿」、「深覺負平生」，道盡往來於長安道上多少詩人的心聲。

二、悲秋與歎老

秋季詩在宋玉的〈九辯〉即已奠立了「悲秋」的傾向；然而，事實上「悲秋」的主題包含著羈旅之愁、故鄉之思、以及貧士失志、歲月遒盡等等複雜的層面。其中，由離別、客游、思鄉所引起的空間飄泊感，屬於空間意識的範疇，在此暫不討論。此處僅側重和時間意識相關的詩作，與由此衍生的懷才不遇的作品而立論。

〔註13〕見李志慧《唐代文苑風尚》，頁23。

首先看李白的〈秋思〉：

春陽如昨日，碧樹鳴黃鸝。蕪然蕙草暮，颯爾涼風吹。
天秋木葉落，月冷莎雞悲。坐愁群芳歇，白露凋華滋。（卷
一六五）

詩中透過對春日景致的回憶，映襯秋日眾芳蕪穢的淒涼。春陽、碧樹、
黃鸝，與冷月、落木、莎雞、白露對比，時序流轉的倏忽之感，在節
物的變化中具體地呈現。詩人並未提及個人的身世之悲，僅單純的就
景來描寫，然而冷、落、凋、歇的字眼，點染出衰敗、零落的秋日特
質，自然所興起的是「惻愴心自悲，潺湲淚難收」（李白〈江上秋懷〉，
卷一八三）這樣的悲秋情懷了。

秋詩中，感歎盛年不再、年華已老的作品，具有更強烈的時間意
識，這亦是悲秋詩最重要的類型：

紅荷楚水曲，彪炳爛晨霞。未得兩回摘，秋風吹卻
花。……悔不盛年時，嫁與青樓家。（崔國輔〈古意〉，卷一一
九）

三度為郎便白頭，一從出守五經秋。……人間歲月如
流水，客舍秋風今又起。（岑參〈客舍悲秋有懷兩省舊遊呈幕中諸
公〉，卷一九九）

閉門生白髮，回首憶青春。歲月不相待，交游隨眾人。

（高適〈秋日作〉，卷二一四）

舊國何日見，高秋心苦悲。人生不再好，鬢髮白成絲。

（杜甫〈薄暮〉，卷二二七）

西洋文學理論中，有所謂文學原型的觀點，其中將秋天和落日、衰老、
與死亡相聯結；而在文學上則表現為悲劇與輓歌的原型〔註14〕。這種
觀點，對於把握悲秋詩的特質，亦有相當的助益。秋氣的肅殺，造成
草木的枯黃、夏荷的零落，反觀個人的生命，則興起衰老、與瀕臨死
亡的憂懼。「閉門生白髮，回首憶青春」，青春是那已逝的春日，更是
不可再追回的年華。歲月如流，人生短促，然而令人尤其傷懷的是時

〔註14〕見高錦雪譯〈文學的原型〉，（《中外文學》六卷十期，頁59）。

間的一去不返。紅荷未能兩回摘,「人生不再好」,對於人來說,我們只有這一生,那是何其有限與不足啊!松浦友久曾深入地探索秋與時間意識的關係,他認為:「人們正是在某種特定的時間事象的終結部分,易於感受到更鮮明的時間性。……沿著出生—成長—衰老—死亡推移的人生過程,與沿著春—夏—秋—冬推移的四季過程,事實上是處於共同的時間之中。四季的過程是反復的,人生卻是不可反復的。」在不可反復的人生歷程裡,人們更易關切的是衰老期的中晚年,以及它所投影的秋〔註15〕。這應是悲秋較傷春更具深沈的時間意識的緣故。

> 天高秋日迥,嘹唳聞歸鴻。……臨此歲方晏,顧景詠
> 悲翁。(王維〈奉寄韋太守陟〉,卷一二五)

秋季,陽氣下降,陰氣上升,天氣由暖熱轉向寒涼,敏感的詩人已經感受到一年將盡的訊息。在古典詩中,冬季較少被提及,因為所有冬的感懷,都包羅在秋詩裡;此處,王維即以歲方晏來形容秋日給予他的感受。

若說秋天是一年的尾聲,黃昏與夜晚則意謂著一日將盡;它們都是最容易觸動時間感的時刻。因此,在秋季詠懷詩中,更具體的時間場景每每是日落、或夜晚時分。例如:

> 山將落日去,水與晴空宜。(李白〈秋日魯郡堯祠亭上宴別
> 杜補闕范侍御〉,卷一七四)
> 返照城中盡,寒砧雨外聞。(皇甫曾〈秋興〉,卷二一○)
> 秋風淅淅吹我衣,東流之外西日微。(杜甫〈秋風二首·
> 其一〉,卷二二二)

黃昏,處於晝夜交接之處,又當暮色四合,群動即將歸巢安歇之際,本就格外容易興發詩人的感觸,再加上秋日淒清的景致,遂增添無限蒼茫之感。而夕陽由偏斜,而漸沒入山後,其過程又極其短暫,一不

〔註15〕同註1引,頁38。又:瞿蛻園《李白集校注》,頁138,引蕭云:「人生在世,少而壯,壯而老,老而死,猶春而夏,夏而秋,秋而冬。」亦以四時比喻人生的不同階段,可供參考。

留神，日車已杳，只殘餘西天的微霞，令人低迴、悵惘。於是，時間流逝的悲感，隨著暮色悄然襲上心頭；秋色與夕照的融合，更深化了悲秋詩中的時間意識。

至於夜晚，是悲秋詩最常出現的時間場景，例如：

> 夜靜群動息，螟蛄聲悠悠。（王維〈秋夜獨坐懷內弟崔興宗〉，卷一二五）

> 天淨河漢高，夜聞砧杵發。（李頎〈淮南秋夜呈周侃〉，卷一四五）

> 不覺初秋夜漸長，清風習習重淒涼。（孟浩然〈初秋〉，卷一六〇）

> 秋風清，秋月明。……此時此夜難爲情。（李白〈三五七言〉，卷一八四）

寧靜的夜晚，萬物皆已歇息，只有不寐的詩人，聆聽著淒涼的秋聲。習習的秋風，吹落了枯葉，驚動了棲息的寒鴉，「落葉聚還散，寒鴉棲復驚」（李白〈三五七言〉），詩人咀嚼著離別的愁緒。而草蟲的悲鳴，應和著夜晚的搗衣聲，無不提醒著時序已流轉至秋。的確，夜晚是一天的結束，「人們從一天人事接處的網絡錯綜之中走來。……夜晚的清質較諸清晨更具有情緒觸動的作用。是以，秋天的夜晚是清寂的典型時刻〔註16〕。」這大概是悲秋詩偏好以夜爲時間場景的原因吧！

而由於對時間流逝的醒覺，詩人常有時不我予的感嘆，進而引發功業無成、理想成空的悲歌。岑參〈秋夕讀書幽興獻兵部侍郎〉云：「年紀蹉跎四十強，自憐頭白始爲郎。……驚蟬也解求高樹，旅雁還應厭後行。」（卷二〇一）這樣的感懷，他在春詩中也再三致意，所謂：「愁窺白髮羞微祿」（見前引詩），與「求高樹」、「厭後行」都有一種恥居下位、不受重用的抑鬱之情。李白〈古風〉則云：

> 青春流驚湍，朱明驟回薄。不忍看秋蓬，飄揚竟何託。

[註16] 見侯迺慧〈試論李白獨酌詩的時空場景〉，（《政大學報》，第67期，頁9）。

光風滅蘭蕙，白露灑葵藿。美人不我期，草木日零落。（卷一六一）

蕭士贇云：「楚辭：日月忽其不淹兮，春與秋其代謝。惟草木之零落兮，恐美人之遲暮。詩意全出於此。美人，況時君也。時不我用，老將至矣。懷才而見棄於世，能不悲夫[註17]！」蕭氏正是由時間意識與時遇意識結合的角度，來詮釋懷才不遇者的憂傷。這種情感是遠從〈離騷〉、〈九辯〉一脈相承而來，成為悲秋詩不可或缺的一環。

最後，我們要討論杜甫的〈登高〉一詩：

風急天高猿嘯哀，渚清沙白鳥飛迴。無邊落木蕭蕭下，不盡長江衰衰（坊本作滾）來。萬里悲秋常作客，百年多病獨登臺。艱難苦恨繁霜鬢，潦倒新停濁酒杯。（卷二二七）

楊倫《杜詩鏡詮》卷十七推許此詩：「高渾一氣，古今獨步，當為杜集七言律詩第一。」篇中對夔州的秋色有相當典型的描寫，詩人登高遠眺，落葉蕭颯，無邊無際；俯視則見江水東流，滾滾不息。在這無邊的空間，與無盡的時間交會之處，無限的身世之感、家國之痛遂成為悲秋的主題。頸聯由秋景而引入自己的感情，羅大經以為：「萬里，地之遠；秋，時之慘也；作客，羈旅也；常作客，久旅也；百年，暮齒也；多病，衰疾也；台，高迴處也；獨登台，無親朋也。十四字之間含八意。」（《鶴林玉露》卷十一）的確，當羈旅之愁、暮年之悲、衰疾之病、寂寞無依之感糾結難解；而放眼所見，又是滿目蕭條；傾耳以聽，則為：「高猿長嘯，屬引清異，空谷傳響，哀轉不絕」（《水經‧江水注》）；悲秋，在杜詩筆下乃顯得格外深沈、凝重。

若由時間意識的角度來檢視，〈登高〉可歸納出幾個特點，可和前文中張法的論點相印證：

（1）它的內容極具概括性，五十六字中包含了季節的感傷、年華的老去、以及人生的艱難等複雜的主題。

（2）詩中以蕭瑟、淒涼的秋色（風急、猿嘯、落木），引發詩人

〔註17〕瞿蛻園《李太白集校注》，頁180。

的感傷情懷（悲哀、狐獨、艱難、苦恨、潦倒）。

（3）以象徵時間變化的自然意象（落葉）來暗示生命脆弱的本質（多病、霜鬢）。

（4）以永恆的自然意象（滾滾長江）來表徵時間的無限綿延，並襯托出個體生命的有限性（百年）。

總之，〈登高〉一詩，具備了「悲秋」詩所有重要的特質，可說是宋玉〈九辯〉之後，悲秋詩的另一個高峰，更是有唐一代秋季感懷詩的經典之作。

肆、季節詩中表徵時間意識的意象

上一小節中，較偏重詩的內涵與詩情的剖析；此處，則將考察盛唐季節感懷詩中常見的意象，特別是用來表明、或暗示季節與時間者，俾能由另一個側面來了解詩人的時間意識。

一、視覺意象

春季裡，百花盛開，將大地點綴得五彩繽紛，生意盎然。那明艷的色澤，優美的造型，以及濃淡淺深、各具特色的香味，無不令人讚嘆大自然的神奇。因此，在春季詩中，幾乎三分之二的作品，皆可見花的芳蹤。若說花最能象徵春天的特質，應不為過。

梅花是群芳之中傳報春訊的使者，劉凱〈贈范曄詩〉云：「折梅逢驛使，寄與隴頭人。江南無所有，聊贈一枝春。」其中，即將梅視為春日到來直接的表徵。盛唐詩作中，亦以梅花的綻放代表春回大地的消息：

> 紫梅發初徧（王維〈早春行〉，卷一二五）
> 官舍梅初紫（王維〈春日直門下省早朝〉，卷一二七）
> 白玉堂前一樹梅，今朝忽見數花開。（蔣維翰〈春女怨〉，
> 卷一四五）
> 聞道春還未相識，走傍寒梅訪消息。（李白〈早春寄王漢
> 陽〉，卷一七三）

四首詩中，都顯示在時間意識上，梅花通常是作爲春日，特別是早春的象徵。

梅之外，桃李也是春詩中常見的意象：

桃李務青春，誰能貫日月。(李白〈長歌行〉，卷一六五)

清溪一道穿桃李 (王維〈寒食城東即事〉，卷一二五)

桃花歷亂李花香 (賈至〈春思二首〉，卷二三五)

開畦分白水，間柳發紅桃。(王維〈春園即事〉，卷一二六)

紅入桃花嫩，青歸柳葉新。(杜甫〈奉酬李都督表丈早春作〉，卷二二六)

桃花一簇開無主，可愛深紅愛淺紅。(杜甫〈江畔獨步尋花七絕句〉，卷二二七)

桃花的艷麗在《詩經·桃夭》中已見：「桃之夭夭，灼灼其華」的描繪，灼灼意謂著桃紅正如火焰般鮮明燦爛。杜甫也以「紅入桃花嫩」來形容桃花的絢爛奪目，無論深紅淺紅都令人流連難捨。若說梅是早春的訊息，桃花則是春日盡情渲染的濃麗色彩，象徵著春的頂峰與完滿。

當然，梅與桃李之外，杏花、梨花、櫻桃花、楊柳花等等也都可以視爲春的表徵。然而，當百花次第開放之後，春色漸闌，枝頭的花朵終將逐漸凋零、飄落，落花的意象遂成爲詩人描寫晚春最自然的題材。

柯慶明在〈試論王維詩中常見的一些技巧和象徵〉中也說：「花一方面象徵著春，也象徵著一分生命的盛旺美好；落花這一個景象則正暗示著一種生命的消逝〔註18〕。」的確，落花代表春日將盡，花的飄零亦象喻著青春的流逝，以及一切美好時光的短暫。換言之，落花的意象不僅指明季節的時間，更包含詩人主體的強烈的時間意識。在上文「惜春」詩的論述中，我們已有詳細的論證。

秋日的植物世界，不可避免的，受制於淒清蕭颯的天候。秋風的

〔註18〕見柯慶明《境界的探求·試論王維詩中常見的一些技巧和象徵》，頁254。

凜烈，白露、寒霜陰寒的氣息，彷若逐漸凋蝕了草木的生命。《漢書·
律曆志上》說：「少陰者，西方。西，遷也；陰氣遷落物，於時爲秋。」
春日的繁花、綠柳、芳草，以及夏日草木的茂密深濃，都隨著陰氣漸
盛而遷改。春夏蓬勃潤澤的景象已然消逝，枯淡蕭疏是秋日的寫照。
其中，象徵春之美好的百花，最容易受到秋氣的摧折：

> 青楓落葉正堪悲，黃菊殘花欲待誰？（張謂〈辰陽即事〉，
> 卷一九七）
> 已見槿花朝委露，獨悲孤鶴在人群。（皇甫曾〈秋夕寄懷
> 契上人〉，卷二一○）
> 池枯菡萏死，月出梧桐高。（高適〈酬岑二十主簿秋夜見贈
> 之作〉，卷二一一）
> 曲江蕭條秋氣高，菱荷枯折隨風濤。（杜甫〈曲江三章章
> 五句〉，卷二一六）

黃菊花殘、槿花委露、菡萏枯死、以及菱荷枯折，較諸暮春花落時節，
風流漸損卻餘三分綺靡的感受自是不同。若說春日的落花，在時間意
識上，象徵著青春的流逝、年華漸老的哀傷；秋節群芳的衰殘、枯死，
更令人聯想到人的衰老、乃至死亡，在情感上益覺蕭颯悲涼。

秋草和落葉在秋詩也常出現，然而仍脫離不了枯萎黃落的描寫：

> 寒塘映衰草，高館落疏桐。（王維〈奉寄韋太守陟〉，卷一
> 二五）
> 胡關饒風沙，⋯⋯木落秋草黃。（李白〈古風〉，卷一六一）
> 木落識歲秋，瓶冰知天寒。⋯⋯秋顏入曉鏡，壯髮凋
> 危冠。（李白〈秋日鍊藥院鑷白髮贈元六兄林宗〉，卷一六九）
> 流螢與落葉，秋晚共紛紛。（皇甫曾〈秋興〉，卷二一○）

其實，花草樹木本就隨季節的流轉，而有榮枯的循環，面對自然物色
的起落，達觀的人能淡然處之；然而，敏銳的詩人卻往往在草的枯黃、
與落葉紛紛中，見到自我生命的消隕。「秋顏入曉鏡，壯髮凋危冠」，
透過李白的詩句可知，落木不僅足以「識歲秋」，進而也象徵著人生
之秋的到來，這也正是「落葉」成爲秋詩中典型意象的原因。

二、聽覺意象

簡政珍在《語言與文學空間》中說：「聲音和意象的結合早在文學中廣泛使用，於詩尤然。」又說：「作品中任何有關聲音的描述絕非偶然，不論發出聲音的人或物占有多少篇幅，聲音總在發出訊息，而此種訊息總在書中某角色的意識和讀者的意識的回響中產生意義〔註19〕。」的確，春天，啼鳥處處，群鳥相喧，大自然向詩人傳送了春的訊息。詩人在鳥鳴聲中，體會到生命的喜悅與歡愉，進而以此喚醒潛藏在讀者心中共有的、屬於春的記憶。

然而，在眾鳥之中，最受詩人青睞的則非黃鶯莫屬：

> 春樹遶宮牆，宮鶯囀曙光。（王維〈聽宮鶯〉，卷一二六）
> 間關早得春風情，……千門萬戶皆春聲。（李白〈侍從宜春苑奉詔賦龍池柳色初青聽新鶯百囀歌〉，卷一六六）
> 客裡愁多不記春，聞鶯始歎柳條新。（豆盧復〈落第歸鄉留別長安主人〉，卷二○二）
> 鶯入新年語，花開滿故枝。（杜甫〈傷春五首〉，卷二二八）

黃鶯的聲音清亮悅耳，婉轉如歌，由鶯語、鶯歌、鶯囀的描寫，可見其鳴聲的甜美動人。杜甫〈江畔獨步尋花七絕句〉說：「留連戲蝶時時舞，自在嬌鶯恰恰啼」（卷二二七），更細膩地描摹了鶯聲的嬌美。「鶯入新年語」、「間關早得春風情」、「宮鶯囀曙光」，在詩人筆下，黃鶯似乎對時間特別敏感，並和梅花一樣，能告知春的到臨，難怪鶯啼要成為春季感懷詩中「春聲」的代表。

柯慶明說：「鳥在春天的啼顯然也就在於暗示生命能夠得到發揮與滿全〔註20〕」，然而，事實上，鳥固然能隨著春的降臨而盡情歡唱，詩人委屈困頓的生命卻不必然能在春日舒展。傾聽著遠近傳來的鳥語鶯啼，感受到大自然暢旺的生機，一切都是那麼美好，唯有自己的生

〔註19〕見簡政珍《語言與文學空間》參，頁64。
〔註20〕同註18引，頁261。柯慶明認為鳥在王維詩中常用以表現春景，或由它的自由與人的羈絆，寄託著人的想望，乃至是一種生命的自然追求的象徵了。

命卻充滿遺憾與不足，這是詩人最常見的感嘆。於是那悅耳的鳥鳴，成
爲安慰心靈的曲調；或者，未來希望之所寄了。

　　至於秋日，草蟲的叫聲、秋蟬的嘶鳴，不但點染出秋季淒涼的情
氛，也蘊涵著時間流逝的意味：

　　　　促織鳴已急，輕衣行向重。（王維〈黎拾遺昕裴秀才迪見過
　秋夜對雨之作〉，卷一二六）

　　　　天秋木葉下，月冷莎雞悲。（李白〈秋思〉，卷一六五）

　　　　芳草猶未薦，如何蜻蚓鳴。（閻寬〈秋懷〉，卷二○三）

　　　　舍下蛩亂鳴，居然自蕭索。（高適〈酬岑二十主簿秋夜見贈
　之作〉，卷二一一）

《爾雅・釋蟲》云：「蟋蟀，螌。」注：「今促織也，亦名蜻蚓。」
朱子《詩集傳・七月》注則說：「斯螽、莎雞、蟋蟀，一物隨時變化
而異其名。」而螌亦爲蟋蟀之別名。然則，此處所舉的蜻蚓、促織、
莎雞、螌，皆是蟋蟀的別稱。當然，促織隱於草叢間，只有在夜間才
發出悲切的鳴聲，提醒人們天候轉涼，時序已進入秋季，應該是準備
寒衣的時節了。在詩歌中，蟋蟀的鳴聲常能眞切的喚醒詩人的時間
感，《詩經・七月》中說：「七月在野，八月在宇，九月在戶，十月
蟋蟀入我床下」，便是最好的例證。

　　當然，秋蟬也是能指明節候的意象：

　　　　庭樹忽鳴蟬，促織驚寒女。（孟浩然〈題長安主人壁〉，卷一六
　○）

　　　　山蟬號枯枝，始復知天秋。良辰竟何許，大運有淪忽。
　（李白〈古風〉，卷一六一）

　　　　不知心事向誰論，江上蟬鳴空滿耳。（岑參〈客舍悲秋有
　懷兩省舊遊呈幕中諸公〉，卷一九九）

　　　　驚蟬也解求高樹，旅雁還應厭後行。（岑參〈秋夕讀書幽
　興獻兵部李侍郎〉，卷二○一）

　　　　秋蟬號階軒，感物憂不歇。（李白〈古風〉，卷一六一）

岑參藉「驚蟬也解求高樹」來暗示自己的蹭蹬蹉跎、老大無成。復以

「蟬鳴空滿耳」來說明蟬聲的喧嘩，以及心緒的煩亂。在秋蟬的嘶鳴中，李白體會到的則是生命永不歇止的憂患。此外，由「山蟬號枯枝、始復知天秋」中，蟬鳴與秋有了更緊密的聯繫；蟬聲彷彿驚醒了詩人對時間的知覺，並興起時光流逝的感慨。

應是秋日的天候影響、抑或詩人的心境決定了「秋聲」的傾向。唯就另一個角度而言，促織、與秋蟬的號鳴，卻也彰顯了秋天淒涼悲切的本質。聆聽著「秋之歌」，詩人經由聽覺，讀到了屬於季節與時間的深層的訊息，並轉而為自己的命運低迴、沈吟了。

在盛唐的季節感懷詩中，夏冬二季的作品，無論就質或量而言，都遠遜於春秋二季的詩作〔註21〕，對於詩歌史上這個有趣的現象，松浦友久提出了相當精闢的看法。他認為，就春秋與夏冬的屬性來分析，暖涼遠比寒暑更令人覺得身、心快適，「對於以活化感覺為前提的詩歌創作，就已帶有不容忽視的影響。」其次，就「時間意識」的角度來考察，春秋二季自然景物的變化較豐富明顯，「春秋是更富變化、推移的季節，而夏冬則是更為持續、凝固的季節。」而且在中國春秋短而夏冬長的自然條件下，春秋二季「其過渡性質—推移變化的感覺—時間意識就更加擴大並被強調出來。」亦即由於春秋具有這種過渡的、流動的性質，正足以襯托出人對自我生命推移變化的悲哀。這種時間的悲感又是中國詩中抒情的最主要泉源；是故，春秋自然成為詩作中更優先被表現的季節了〔註23〕。

此外，「惜春」詩所以能逐漸取代喜春、遊春之作，其根本原因亦在於「季節感與時間意識相互關聯的必然〔註24〕。」由此可知，「時間意識」實是盛唐季節感懷詩的核心；經由它，詩史中偏重春秋、略

〔註21〕這種現象也可說是中國古典詩中普遍的情形，唯此處僅就盛唐而論。
〔註23〕同註1引，頁11至15。又：侯迺慧認為春秋二季所以特別容易使人感受到時間的流逝，乃在於春天是「由寒轉溫由陰變陽的轉折……是逆向的更換；秋日亦然。」同註6引，頁395。以氣候的逆轉，說明春秋二季受到詩人一再詠歎的原因，頗見新意，可供參考。
〔註24〕同註1，頁25。

於冬夏的現象，乃至春季詩往「惜春」的詩情發展的傾向都得到合理
的解釋。它也正是我們探索惜春與悲秋詩的關鍵所在。

透過時間意識的角度，再輔以詩歌淵源的考察，對於盛唐詩人的
季節感懷，我們有如下的看法：

（1）季節的循環、陰陽的消長造成自然物色的變化；而物色的
變化，常觸動詩人的情思，及其時間意識，這正是季節感懷詩創作的
泉源。一般而言，春天象徵著青春，與美好的希望，它帶給人喜悅的
情緒；秋天則象徵著衰老、與淒清，它牽引著悲傷的情感。然而，就
詩歌史的現象來考察，悲秋固然是秋詩的典型，春季詩中，遊春、喜
春的作品在唐以後卻逐漸為傷春、惜春詩所取代。

（2）盛唐的春季感懷詩可以上溯至《詩經・七月》的「春日遲
遲……女心傷悲」。至於惜春詩的漸臻成熟，應是初唐劉希夷的〈代
悲白頭翁〉一詩。落花是惜春詩中常見的意象，它暗示著春日即將結
束，青春及一切美好事物的消逝，與自我生命的短促等情感。

（3）盛唐的秋季感懷詩的源頭為宋玉的〈九辯〉。〈九辯〉將悲
秋與離別、客遊、貧士失志、以及生命的衰老、死亡等主題聯結在一
起。「悲哉，秋之為氣也。蕭瑟兮，草木搖落而變衰」，是千古悲秋之
祖。後世悲秋詩中秋風蕭颯、草木搖落的意象皆取法於此。

（4）盛唐春季感懷詩中，惜春的詩情有進一步的開展，由於對
自我生命的憐惜，而衍生各種複雜的情感，杜甫詩中「怕春」、「願春
遲」之語，已隱含怨春、留春之意。至於惜春詩詩情的核心，實即是
詩人根植於心的時間意識。

（5）盛唐秋季感懷詩承繼著前人的悲秋傳統，時間意識仍是詩
中反復吟詠的主題。其中杜甫的〈登高〉詩，以象徵時間變化的自
然意象（落葉）暗示生命脆弱的本質，又以永恆的自然意象（滾滾
長江）襯托個體生命的有限，可說是〈九辯〉之後，悲秋詩的另一
個高峰。

（6）在盛唐季節感懷詩中，最常用來點明時間意識的意象包括：春日的飛花（視覺的）、鶯啼（聽覺的），與秋日的落葉（視覺的）、蟲聲、蟬鳴（聽覺的）等等。雖然某些意象已有典型化的傾向，然而作者仍各逞巧思，以使情感更加真切動人。「惜春」與「悲秋」詩之所以感人，自然意象與內在情思的融合是重要的因素。

第二節　登臨懷古的詠歎

壹、引　言

歷史，就廣義來說，是人類過往的全部的生活經驗。這些經驗，或保存於文字的記載中，或見諸前人所留下的遺物、遺跡裡；然而，有更多的部分卻隨著時間的洪流而逐漸消逝，終至被人遺忘〔註25〕。史家的職責即根據有限的歷史資料來重演歷史，以保存歷史的真相，並作為後人行事的借鑑。至於歷史最終的目的則是「獲得關於人類活動的普遍性的知識〔註26〕」，使人們對自我、人性有深一層的了解，進而把握民族的精神、文化的生命〔註27〕，乃至體悟到人類全體共同的命運。

歷史既指涉過往的生活，即和時間有密不可分的關係。任何永恆的、無時間性的事物都不屬於歷史，唯有進入時間之流的東西，才是踏進了歷史的領域〔註28〕。誠如吳光明《歷史與思考》中所說：「歷

〔註25〕參見錢穆《中國歷史精神》，第 2 頁。杜維運《史學方法論・第二章》，頁 22。杜維運認為史料與實際發生的往事相比，可謂「滄滄海之一粟」。

〔註26〕見黃俊傑《歷史的探索》，第 4 頁。黃宣範所譯，柯靈烏《歷史的理念》中亦說：「歷史事件與人物的普遍性才是歷史研究最正統的對象，所謂普遍性指超越時空，而對所有的人在任何時間都具有意義謂之普遍性。」頁 304。

〔註27〕同註25，《中國歷史精神》，第 7 頁。錢先生於歷史特重民族與文化精神之把握。

〔註28〕參見胡昌智譯，朵伊森《歷史知識的理論》，〈自然與歷史〉一文，頁 122。

史是有意義的時間之流」（44 頁），時間促使了歷史的推展、變化；然而，過去許多可歌可泣的故事，當它被捲入時間之流中，沒入了歷史，往往便日漸模糊，最後只賸下些許淡遠的痕跡。

唐以前，中國的歷史已經綿亙數千年。黃帝、堯、舜、夏、商、周、秦、漢、魏、晉、南北朝、以迄於隋，王朝的更迭、治亂的因依，終始循環、綿綿不絕。背負著如此悠久的歷史傳統，中國人深心中普遍存在著一種時間的滄桑感，在個體的生命中潛存著整個民族共同的記憶。而在遼闊的大地上，處處可見前朝的遺跡。斷壁殘垣、荒城古道，都曾見證歷史的興亡，有一段漁樵閒話的故事；亭臺樓閣、祠廟陵墓，亦留存著英雄賢士的事跡，令人發思古之幽情。因此，登臨古跡，詩人每每興發無窮感慨，潛藏於心的時間意識亦隨之油然而生。

劉若愚說：「中國詩人對歷史的感覺，其方式很像他們對個人生命的感覺一樣：他們將朝代的興亡與自然那似乎永久不變的樣子相對照；他們感嘆英雄功績與王者偉業的徒勞；他們為古代戰場或者往昔美人，『去年之雪』而流淚。表現這種感情的詩，通常稱為懷古詩〔註29〕。」這段話指出了懷古詩的主要內容、感情傾向與表現的特質，並暗示著時間意識與懷古詩的關係。

在中國詩史上，和歷史有關的體類其實包括詠史與懷古詩；然而，如眾所知，這兩者的區分往往見仁見智〔註30〕。廖振富認為：「詠史是以對歷史人物或事件加以詠贊、敘述、評論為主，懷古則是憑弔古跡，觸景生情，撫今追昔而生悵懷。前者或託古詠懷，或評斷歷史人物之是非，多強調個人特殊的感情寄託或特別見解，較具積極意義；後者則多表達人類面對歷史的消逝，與生命的有限性而緣生的幻滅之悲，較偏向消極性，這是人類普遍共通的歷史虛幻

〔註29〕見劉若愚《中國詩學》，頁 82。
〔註30〕《文選》有詠史而無懷古之目，《文苑英華》卷三〇八有懷古而無詠史之目。一般分類編目之唐詩選集、別集則多以懷古包括詠史，如方回《瀛奎律髓》卷三即是。

感〔註31〕。」引文中所謂的「人類面對歷史的消逝與生命的有限性而緣生的幻滅之悲」，與時間意識的關係頗爲密切；根據以上二家的觀點，本節研究的重心將暫時擱置詠史，而專就懷古詩來論述。

時間意識既是懷古詩吟詠的主題，時間意識之有無，正可以作爲詠史與懷古詩的判準；此外，登臨古跡是觸發時間意識的重要媒介，對於判別詠史與懷古亦有相當的參考價值。

貳、登臨懷古詩的歷史考察

論及懷古詩的源頭，部分學者以爲當出自《詩經・王風・黍離》〔註32〕：

> 彼黍離離，彼稷之苗；行邁靡靡，中心搖搖。知我者，
> 謂我心憂；不知我者，謂我何求？悠悠蒼天，此何人哉。

朱熹《詩集傳》詮釋此章說：「周既東遷，大夫行役至於宗周，過故宗廟宮室，盡爲禾黍。閔周室之顛覆，傍徨不忍去，故賦其所見。」傳中所謂「過故宗廟宮室」，「閔周室之顛覆」似已具有懷古的意識〔註33〕；唯就詩作本身而立論，詩中撫今追昔之感尙不明晰，和後世的懷古詩實不可同日而語。然而，「黍離麥秀」之悲既已成爲故國淪亡的代詞，懷古詩中描寫登臨前朝遺跡之作，亦不能不受其影響。

楚辭與兩漢詩作，懷古的主題亦未曾出現，直至阮籍〈詠懷〉詩第三十一首，覽古、弔古的傳統才逐漸形成：

> 駕言發魏都，南向望吹臺。簫管有餘音，梁王安在哉。
> 戰士食糟糠，賢者處蒿萊。歌舞曲未終，秦兵已復來。夾林
> 非吾有，朱宮生塵埃。軍敗華陽下，身竟爲土灰。(《古詩源

〔註31〕見其《唐代詠史詩之發展與特質》，第8頁。唯就盛唐懷古詩來考察，面對歷史興亡如夢，詩人的情感不必然是消極、悲觀的。詳見本文之論述。

〔註32〕參見張法《中國文化與悲劇意識》，頁132。張氏以爲〈黍離〉是亡國之悲的原型。

〔註33〕按《史記・宋微子世家》記載：箕子朝周，過故殷虛，感宮室毀壞生禾黍，乃作麥秀之詩以寄其意。可比較參考。

箋註》卷二）

關於本詩的意旨，陳沆《詩比興箋》以爲：「此借古喻今也。（魏）明帝末年，歌舞荒淫，而不求賢講武，不亡於敵國，則亡於權奸，豈非百世殷鑒哉〔註34〕。」當然，對於阮籍的〈詠懷〉詩，鍾嶸《詩品》已有：「厥旨淵放，歸趣難求」之嘆。此處我們權且不論陳氏所說是否確當，而就此詩在懷古詩中的意義來考察。本詩以魏都、吹臺爲空間之定點，而連繫古今，進一步興發昔盛今衰的感慨。所謂「簫管有餘音，梁王安在哉」；「夾林非吾有，朱宮生塵埃」，已經出現功業難久，富貴成空等懷古詩中常見的情感。雖然其中含有歷史的批判、時政的隱射；然而，「從句法到音韻都使人感到它啓發了陳子昂的〈燕昭王〉，可視爲后世詠懷古跡之作的先聲〔註35〕。」

阮籍之後，梁元帝的〈祀伍相廟〉、江淹〈銅爵妓〉、以及庾肩吾〈經陳思王墓〉皆有懷古的色彩。〈經陳思王墓〉云：

> 公子獨憂生，丘壟擅餘名。采樵枯樹盡，犁田荒隧平。
> 寧追宴平樂，詎想謁承明。旦余來錫命，兼言事結成。飄飆
> 河朔遠，颭飁颸風鳴。雁與雲俱陣，沙將蓬共驚。枯桑落古
> 社，寒鳥歸孤城。隴水哀笳曲，漁陽慘鼓聲，離家來遠客，
> 安得不傷情。（《古詩源》卷四）

這首詩是作者北使途中經曹植墓感懷之作。前四句將子建生前的憂患、死後的蕭條扼要點出，字裡行間既流露出時間的無情，但也隱含著聲名的可久。詩中又以即目所見的淒涼景象，映襯自己旅途飄泊的傷懷。枯樹、荒隧、古社、孤城等意象的運用，代表著人事的寥落、生命力的枯萎以及時光流逝等意涵，這是懷古詩中典型的寫景方式。總括來說，本詩由懷古詩傳統來考察具有以下的意義：第一、懷古的題材不限於王朝的興衰，亦可及於個人功業在歷史中留存或幻滅的主題。第二、懷古詩固然有濃郁的時間流逝的哀傷，但並非全然將人在

〔註34〕轉引自林庚等人主編之《魏晉南北朝文學史參考資料》，頁186。
〔註35〕見蕭馳《中國詩歌美學》第六章，〈歷史興亡的詠歎〉，頁131。

世間的努力視爲徒然。第三、懷古詩常用荒、古、枯等字眼來描寫登臨古跡所見，以點染一種時間的滄桑感。然而，本篇詩作中夾雜了個人行役的感懷，結尾亦以此收束，全詩著重在悲涼氣氛的描寫，時間意識尚未成爲吟詠的主題。

入唐之後，以懷古爲詩題的作品陸續出現。例如：李百藥〈鄴城懷古〉，宋之問〈夜渡吳松江懷古〉，劉希夷〈巫山懷古〉、〈蜀城懷古〉、〈洛川懷古〉，張九齡〈商洛山行懷古〉，以及陳子昂〈白帝城懷古〉、〈峴山懷古〉等作品；是故廖振富認爲：「雖然早在唐代以前已有不少類似懷古之作，但它正式成爲詩題，且被認定爲一特殊的詩歌類型，則遲至初唐始告成型〔註36〕。」

以下便擇要介紹初唐重要的懷古詩作，首先看四傑之首王子安的〈滕王閣〉：

> 滕王高閣臨江渚，珮玉鳴鸞罷歌舞。畫棟朝飛南浦雲，珠簾暮捲西山雨。閒雲潭影日悠悠，物換星移幾度秋。閣中帝子今何在？檻外長江空自流。（卷五十五）

據辛文房《唐才子傳》卷一記載：高宗時，王勃往交趾省親，途經南昌，當時都督閣公新修滕王閣成，九月九日大會賓客。王勃於座中即席作〈滕王閣序〉，序末殿以此詩。若和唐以前登臨古跡之作相比，〈滕王閣〉顯然具備了更成熟的體式。全詩八句看似律體，然四句轉韻，實是七言古詩。前四句寫滕王創建此閣之盛況，中二句寫時光悠悠流轉，由昔而至今，最後以帝子何在的詰問作結。詩中對於懷古詩的抒情核心─時間意識─有相當精釆的呈現。日人森大來說：「朝暮二字在無意中點出流光箭馳，而不可遏止之意。……閣仍可重修，帝子則不能再見。檻外長江，經流千載不可停息。空之一字，傳出無窮憑弔之神理，妙在言外〔註37〕。」此段評釋正是就時間流逝的角度而立論。

事實上，時光悄然消逝，流年暗中偷換的感情，在「閒雲潭影日

〔註36〕同註 31 引書，第 7 及 15 頁。
〔註37〕見森大來所著《唐詩選評釋》，頁 29。

悠悠，物換星移幾度秋」中，有更概括、更典型的表現。結尾以長江
的千古不息象徵時間自體的永恆，進而反襯出人世間繁華的易散，乃
至生命的短暫，爲懷古詩中時間意識的描摹開拓了新的境界。胡應麟
《詩藪》內篇卷三說：「初唐短歌，子安滕王閣爲冠。」蓋非虛言也。

相較於〈滕王閣〉詩在感慨中對歷史、人生的體悟，劉希夷的懷
古詩，在情調上更見哀傷：

> 古人無歲月，白骨冥丘荒。寂歷彈琴地，幽流讀書
> 堂。……歎世已多感，懷心益自傷。(〈蜀城懷古〉，卷八十二)

> 歲月移今古，山河更盛衰。昔家都洛濱，朝廷多近
> 臣。……昔時歌舞台，今成狐兔穴。人事互消亡，世路多悲
> 傷。北邙是吾宅，東嶽爲吾鄉。(〈洛川懷古〉，卷八十三)

「歲月移古今」、「山河更盛衰」、「人事互消亡」，在這樣的句式中，
劉希夷將人事、歷史與時間的推移相結合，顯出一種循環往復、周而
復始的宇宙、人生的哲理。然而藉著古跡的寂寞、殘破，詩人更將懷
古的主題轉入個人生命不可逃避的結局：死亡。「北邙是吾宅」、「白
骨冥丘荒」，對死亡的直接揭露，使得時間對生命的侵蝕，以及由之
而生的悲歎，都益發深沈了。

劉希夷之外，以〈感遇〉詩聞名的陳子昂，在懷古詩的創作上亦
有相當的貢獻。例如：

> 前不見古人，後不見來者。念天地之悠悠，獨愴然而
> 涕下。(〈登幽州臺歌〉，卷八三)

> 南登碣石坂，遙望黃金臺。丘陵盡喬木，昭王安在哉。
> 霸圖悵已矣，驅馬復歸來。(〈薊丘覽古贈盧居士藏用七首·燕昭
> 王〉，卷八三)

在〈薊丘覽古〉的詩序中記載：「丁酉歲，吾北征，出自薊門。歷觀
燕之舊都，其城池霸業，跡已蕪沒矣。乃慨然仰嘆，憶昔樂生、鄒子，
群賢之遊盛矣。因登薊丘，作七詩以志之。」序中說明此詩是武則天
萬歲通天二年，丁酉歲，詩人隨建安王武攸宜北征契丹，過薊門所作；
其中，對於登臨懷古詩的創作歷程有清楚的描述。登臨古跡、嘆古跡

蕪沒、憶昔之盛況、作詩以志所感，幾乎是懷古詩共有的寫作模式，也是詩中主要的內容。《文鏡祕府・論文意》云：「詩有覽古者，經古人成敗詠之是也。」可與本序相參。

〈登幽州臺歌〉寫作的時空背景與〈薊丘覽古〉雷同，詩人在武攸宜軍中，雖有滿腹的政治理想與軍事抱負，卻未能受到重用，故登臨古臺，發爲憂生之嗟嘆。詩中描寫他獨立於廣宇長宙之間，興發無限蒼茫孤獨之感。前，不見古人；後，不見來者；在綿延不絕的歷史長河裡，詩人斬絕了前後的連續，將自己孤立出來，獨自面對浩瀚的天地。和悠悠天地相對照，個體生命的有限與渺小，愈見彰明。這一首短詩所以能膾炙人口，流傳千古，正因爲它掌握了生命本質上的悲涼，故能引起普遍的共鳴。

〈燕昭王〉一詩在句式和音韻上，的確有取法阮籍〈詠懷〉第三十一首的痕跡。由於其篇幅短小，無法詳述前人事跡，於是以「碣石館」、「黃金臺」暗寓燕昭王禮賢下士，得鄒衍、樂毅，君臣相契之事。昭王安在的感嘆，不僅是感慨霸業的不長久，還隱含生不逢時，不得明主提攜之慨；亦即將懷才不遇之感寄託在登臨懷古的詩作中。值得注意的是，像〈滕王閣〉、〈登幽州臺歌〉、和〈燕昭王〉這樣的短詩，其規模類近於律絕；是故，其筆法對於後代以律絕寫懷古之情的作品應有一定的影響。

由以上所論可知，登臨懷古之作其起源較詠史詩爲晚；阮籍的〈詠懷〉第三十一首雖已發其先聲，唯六朝中只有少數的詩人曾嘗試這一題材的作品。初唐之際，以懷古爲題的詩作漸多，登臨懷古遂正式成爲詩歌的一個特殊類型，其中王勃、劉希夷、陳子昂等人的作品尤足作爲盛唐登臨懷古詩取法的典範。

參、懷古的情感與時間意識

盛唐懷古之作既以登臨古跡起興，本小節乃以時間意識爲經，古跡爲緯，經緯交織以窺盛唐懷古詩之內涵與特質。

一、帝王霸業的虛幻

（一）秦漢陵寢及宮闕

　　秦、漢是中國歷史上兩個大一統的帝國，秦皇與漢武皆具雄才大略，始皇一統天下後，進一步使「車同軌、書同文字」，並巡行天下，於鄒嶧山、泰山等六地刻石以頌秦之德。漢武帝在位，罷黜百家，獨尊儒術，北伐匈奴，封禪泰山，其聲威震於天下。然而，他們雖然權傾一時，力足以宰制天下，卻仍不能坦然面對生命有限的事實，故惑於方士神仙、不死藥之說，始皇曾「遣徐市發童男女數千人，入海求僊人」；「使韓終、侯公、石生求仙人不死之藥。」武帝亦曾「遣方士入海，求蓬萊安期生之屬，而事化丹沙諸藥齊爲黃金。」然而，長生之夢終不可成，秦皇葬於驪山，武皇葬於茂陵，其事跡只成詩人筆下的故事〔註38〕。本單元乃以詠懷二帝之事者爲主，旁及登臨秦漢宮闕之作。首先看李白〈登高丘而望遠海〉：

　　　　登高山，望遠海。六鼇骨已霜，三山流安在。白日沈光彩。銀臺金闕如夢中，秦皇漢武空相待。精衛費木石，黿鼉無所憑。君不見驪山茂陵盡灰滅，牧羊之子來攀登。盜賊劫寶玉，精靈竟何能。窮兵黷武今如此，鼎湖飛龍安可乘。

　　　（卷一六三）

太白在〈古風〉第三、第四十八首，均曾以詠史的筆法描寫秦始皇的事功，並對其遣人求仙人及不死藥之事多所諷諭。本詩則以登臨起興，全詩懷古的意味較濃。前半透過海外仙山，以及西王母故事點出秦皇漢武對長生不死的追求；然而，不死永遠只是虛無縹緲的神話。「君不見驪山茂陵盡灰滅，牧羊之子來攀登」；唯有死亡，是最真實的。死亡，不只終結人的生命，它更將生前的一切榮華、富貴、權勢捲入無止盡的黑暗裡。牧羊子攀登於陵寢之上，對於曾手握天下人生死的帝王來說，是何等的諷刺！而時間無情，驪山茂陵也終將於歷史之中湮滅。

〔註38〕參見《史記》，〈秦始皇本紀第六〉、〈孝武本紀第十二〉。

最後，詩人以「窮兵黷武今如此，鼎湖飛龍安可乘」作結，對秦皇漢武求仙的愚行，以及殺人開邊的事跡提出批判，並隱然有影射時事之意。故王夫之《唐詩評選》以爲：「此九十一字中有一部開元、天寶本紀在內〔註39〕。」錢穆說：「惟藉過去乃可以認識現在，亦惟對現在有眞實之認識，乃能對現在有眞實之改進。故所貴於歷史智識者，又不僅於鑑古而知今，乃將爲未來精神盡其一部分孕育嚮導之責也〔註40〕。」由這個角度出發，李白這首詩的意義方能得到彰顯。

下列詩作也以始皇墓、漢家陵爲詠歌題材：

> 古墓成蒼嶺，幽宮象紫臺。星辰七曜隔，河漢九泉開。有海人寧渡，無春雁不迴。更聞松韻切，疑是大夫哀。（王維〈過始皇墓〉，卷一二六）

> 北登漢家陵，南望長安道。下有枯樹根，上有鼪鼠窠，高皇子孫盡，千載無人過。寶玉頻發掘，精靈其奈何？人生須達命，有酒且長歌。（王昌齡〈長歌行〉，卷一四〇）

《史記‧秦始皇本紀》記載：「始皇初即位，穿治驪山。……宮觀百官，奇器珍怪，徙臧滿之。令匠作機弩矢，有所穿近者，輒射之。以水銀爲百川、江河、大海，機相灌輸。上具天文，下具地理，以人魚膏爲燭，度不滅者久之。」王維詩意概出於此，又益以五大夫松之故實，而成此篇。其中「無春雁不迴」一句爲立意所在。古墓、幽宮是一個封閉錮鎖的天地，無視於外界節候的循環；然而，春日不到，實象徵著生機永遠泯滅，在生前的費心安排全屬徒然。這一首詩，是目前所見到的較早以近體詠懷古跡的作品之一。

王昌齡的〈長歌行〉則承繼樂府詩的傳統，極力描寫漢陵的淒涼。巍峨的陵寢，在時間的流轉中已漸荒蕪，乃至爲野鼠盤據，盜賊亦來挖掘陪葬的寶玉；霸王事業的虛幻至此表露無遺。偌大的王業，經不起歷史的淘洗，以此反觀個人的成敗，又何嘗不是如此，詩人在帝王

〔註39〕見瞿蛻園《李白集校注》評箋引，頁285。

〔註40〕見錢穆《國史大綱‧引論》，第2頁。

偉業的悲劇裡，反芻個體生命的哀傷，「以自然和歷史之悲來在一個
更廣的範圍，更高的視點，更深的程度上咀嚼和沈思自身的悲劇意識
〔註41〕。」然而，另一方面，就在歷史之悲中，在帝王事業成空的哀
悼裡，詩人流落不偶的情感也得到撫慰與淨化；這是屬於懷古詩的美
學，在第四章中將再詳加討論。

以下再看杜甫〈登兗州城樓〉：

> 東郡趨庭日，南樓縱目初。浮雲連海嶽，平野入青徐。
> 孤嶂秦碑在，荒城魯殿餘。從來多古意，臨眺獨躊躇。（卷
> 二二四）

此詩爲杜甫兗州省親之作。秦始皇東行郡縣，曾在鄒嶧山立石、刻石
頌秦德。魯靈光殿爲漢景帝子魯共王所建，在兗州曲阜縣中〔註42〕。
詩人登樓遠眺，平野千里之勢呈現眼前，秦碑、魯殿隱然在望，思古
之情，遂油然而生。然而，詩中的懷古之意，其意境與前引諸作迥然
不同。「孤嶂秦碑在，荒城魯殿餘」固然也點出歷史的滄桑；然而代
表前人偉大事功的嶧山刻石、魯靈光殿，卻千古長在，巋然獨存。彷
彿透過在空間中貞定不移的歷史紀念碑，人類的努力成果，便不會眞
正在時間的浪潮中消逝。這樣的風格與情感的傾向，在盛唐懷古詩
中，並不少見。

（二）梁園

梁園，漢梁孝王劉武所建，世稱梁孝王竹園〔註43〕，故址在河南
開封府城東南〔註44〕。《史記・梁孝王世家》云：「孝王築東苑，……
大治宮室，爲複道，自宮連屬於平臺三十餘里。」王日與賓客悠遊其
中，游說之士鄒陽、詞賦大家枚乘、司馬相如皆是梁王苑中嘉賓〔註45〕。

岑參〈梁園歌送河南王說判官〉云：

〔註41〕同註32，頁131。
〔註42〕詳楊倫《杜詩鏡詮》卷一，第2頁。
〔註43〕詳見《史記・梁孝王世家》正義。
〔註44〕同註39，引王琦之說，頁503。
〔註45〕見《漢書》卷五七，〈司馬相如傳〉。

> 君不見梁孝王脩竹園，頹牆隱轔勢仍存。嬌娥曼臉成
> 草蔓，羅帷珠簾空竹根。大梁一旦人代改，秋月春風不相待。
> 池中幾度雁新來，洲上千年鶴應在。梁園二月梨花飛，卻似
> 梁王雪下時。當時置酒延枚叟，肯料平臺狐兔走。萬事翻覆
> 如浮雲，昔人空在今人口。單父古來稱宓生，祗今爲政有吾
> 兄。軺軒若過梁園道，應傍琴臺聞政聲。（卷一九九）

本詩雖然不是登臨古跡的作品，然而卻具有濃厚的懷古情調。今昔之
間的對比是全詩結構的特色，昔日梁園全盛之時，宮室苑囿美輪美
奐，宮女如雲，賓主相得，雁池、鶴洲的景致，觀之不盡；然而，今
日只餘殘垣頹牆、草蔓竹根，而狐兔活躍於平臺之上，宛若臺苑的新
主。當日的詩酒風流，只成今人口中的故事。

就在今昔景致的差異中，時間的意識遂浮現。「大梁一旦人代改，
秋月春風不相待」，「萬事反覆如浮雲，昔人空在今人口」；浮雲聚散
不定，勝事難以久留；而時光綿延不絕，並不爲人稍稍佇足。詩人在
梁園的榮落盛衰之間，體悟到人事無常的本質，不免有萬事成空的感
慨。然而，雖然如此，他並不沈淪於歷史幻滅的悲哀裡，在宓子賤的
事蹟中，詩人重新肯定：人在世間的努力，必定功不唐捐。爲政者的
政聲不僅可以在當世成爲美談，更能流傳千古。

有時，懷古詩中也納入了季節的感懷，特別是悲秋的感情。例如：

> 搖搖世祀遠，傷古復兼秋。……太息梁王苑，時非牧
> 馬遊。（儲光羲〈登商丘〉，卷一三七）

> 梁苑白日暮，梁山秋草時。君王不可見，脩竹令人悲。
> 九月桑葉盡，寒風鳴樹枝。（高適〈宋中十首・其四〉，卷二一二）

九月，秋已深，桑葉脫落、秋風悲鳴、秋草枯萎，天地已是一片淒涼，
登臨古跡更有一種難言的悽愴。物是人非之感，在日暮時分，在深秋
情氛的渲染下，益發深切。「傷古復兼秋」點出懷古與悲秋性質上雷
同的地方，兩種詩情亦有相輔相成的效果。

詩中，「君王不可見」的感慨，是梁園詠懷的一個重點。李白的
詩中也有同樣的慨嘆：

荒城虛照碧山月，古木盡入蒼梧雲。梁王宮闕今安在，
枚馬先歸不相待。舞影歌聲散綠池，空餘汴水東流海。……
東山高臥時起來，欲濟蒼生未應晚。(〈梁園吟〉，卷一六六)

今日非昨日，明日還復來。白髮對綠酒，強歌心已摧。
君不見梁王池上月，昔照梁王樽酒中。梁王已去明月在，黃
鸝愁醉啼春風。分明感激眼前事，莫惜醉臥桃園東。(〈攜妓
登梁王棲霞山孟氏桃園中〉，卷一七九)

也許是因為帝王生前的權勢太過顯赫，彷彿可以主宰一切，操縱生
死；是故帝王難免一死的事實，與死後的寂寞蕭條，便格外引人沈思。
原來權勢並不久長，人間的富貴榮華終將消散，雖然貴為天子王侯，
也逃不過自然的鐵則。人在生前儘管命運不同，死亡卻是公平的，帝
王、將相、與凡夫俗子同歸於草蔓之中。李白將屬於人事的一切和自
然對照來看，所謂「舞影歌聲散綠池，空餘汴水東流海」，「梁王已去
明月在」，其中，明月與流水因具有終古循環、相續不絕的特質，而
成為時間最好的象徵。自然本身的終古長存，更襯托出生命的短暫和
渺小。這樣的描寫方式，和王勃的「閣中帝子今何在，檻外長江空自
流」，陳子昂的「念天地之悠悠」實出於同一機杼；都是將個人的命
運置於整個歷史，乃至宇宙自然中來思索，是故其意境較為恢弘﹝註
46﹞。

對於時間，李白有異於常人的敏銳：「今日非昨日，明日還復
來」，在昨日、今日、與明日的不斷推進之中，時間之巨輪永遠向前
轉動。面對人事的無常，雖然有時他不免要沈醉於眼前的歡樂；然而，
兼濟天下的理想仍未真正汨沒。「東山高臥時起來，欲濟蒼生未應
晚」，梁園繁華如夢的虛幻，並未消弭盛唐詩人建功立業、拯濟蒼生
的理想。

﹝註46﹞劉若愚〈中國詩中的時間、空間與自我〉一文，論及時間的觀點與
　　　　空間的意象分為：個人觀點、歷史觀點、宇宙觀點、結合個人的與
　　　　歷史的觀點、結合個人的和宇宙的觀點、以及結合歷史的與宇宙的
　　　　觀點六類。其中四、六兩類為懷古詩中常採用的寫法。

當然，梁園所以一再吸引著詩人在此低迴徘徊，另一個因素是梁孝王對文人詞客的禮遇故事。王昌齡〈梁苑〉說：

> 梁園秋竹古時煙，城外風悲欲暮天。萬乘旌旗何處在，
> 平臺賓客有誰憐？（卷一四三）

在李白與岑參的詩中，梁王與枚、馬間君臣相得的事跡，均曾被提及；高適〈宋中十首・其一〉亦以「梁王昔全盛，賓客復多才」，寫出當時盛況。王昌齡詩，在憑弔脩竹園遺跡之餘，以「平臺賓客有誰憐」作結，其中實寓含個人落拓不偶的自憐自傷。這樣的感情，是梁苑懷古的另一個特色。

（三）鄴城

鄴城，故址在河北臨漳縣一帶，為漳水流經之地。建安十八年，曹操被策命為魏公，始建魏社稷宗廟於此〔註47〕。《初學記・州郡部・河北道》記載：魏武於鄴城西北立三臺，中臺名銅雀臺、南名金獸臺、北名冰井臺。又據《鄴都故事》：魏武臨終時，遺命諸子，時登銅雀臺，望其西陵墓田〔註48〕；是故銅雀臺後人亦稱為望陵臺。

掌握了基本的背景資料後，進一步再來探討盛唐詩人鄴城懷古的內涵。孟雲卿〈鄴城懷古〉說：

> 朝發淇水南，將尋北燕路。魏家舊城闕，寥落無人住。
> 伊昔天地屯，曹公獨中據。群臣將北面，白日忽西暮。三臺
> 竟寂寞，萬事良難固。雄圖安在哉？衰草霑霜露。崔嵬長河
> 北，尚見應劉墓。古樹藏龍蛇，荒茅伏狐兔。永懷故池館，
> 數子連章句。逸興驅山河，雄詞變雲霧。我行睹遺跡，精爽
> 如可遇。斗酒將酹君，悲風白楊樹。（卷一五七）

在上文中曾提及，登臨古跡是懷古詩寫作的重要觸媒。因為歷史的事實已經過去，要喚起對過去的記憶與情感，必須有所憑藉；而古跡，是一個特定的空間定點，透過它可以穿越現實的時空，進入歷史之

〔註47〕參見《三國志・魏書・武帝紀》。
〔註48〕參見郭茂倩《樂府詩集》卷三十一，頁371。

中。它聯結了過去與現在，成爲醞釀懷古意識的場景〔註49〕。就歷史
進化而言，今日要勝於昨日；但是，在懷古的意識裡，過去永遠是輝
煌燦爛的，今日則不免蕭條、殘破。古跡雖刻鏤著往昔歷史的光輝，
卻又承載著時間的滄桑，詩人對古跡的描寫往往著眼於此。本詩中，
孟雲卿在鄴城遺址唯見城闕寥落、三臺寂寞，「古樹藏龍蛇，荒茅伏
狐兔」，正是典型的描寫方式。由古跡的寂寥，進而追憶曹公昔日的
英雄事業，而歸結於王業難以久固的感慨。岑參在〈登古鄴城〉中，
亦表達了同樣的情感：

> 下馬登鄴城，城空復何見。東風吹野火，暮入飛雲殿。
> 城隅南對望陵臺，漳水東流不復回。武帝宮中人去盡，年年
> 春色爲誰來。（卷一九九）

全詩完全省略對過去歷史的追述，袛就目前所見來詠懷。城池已空，
壞殿之中，燐火點點，情氛十分淒迷。銅雀臺雖然尚在人間，唯武帝
與宮女彷如隨著漳水一去不回；年年春色依舊，但卻無人欣賞。詩中，
岑參將繁華趨於寂寞，勝事不可多留的感懷，刻劃得極有餘味，確是
懷古詩的當行本色。

　　張鼎的〈鄴城引〉也是寫魏武的故事：

> 君不見漢家失統三靈變，魏武爭雄六龍戰。盪海吞江
> 制中國，迴天運斗應南面。……流年不駐漳河水，明月俄終
> 鄴國宴。文章猶入管弦新，帷座空銷狐兔塵。可惜望陵歌舞
> 處，松風四面暮愁人。（卷二○二）

在詩的作法上，這首詩前半類近於詠史，隱括曹公事跡，後半則爲傳
統的懷古筆法。「流年不駐漳河水，明月俄終鄴國宴」，以漳河水比喻
光陰的永不止息，以明月永恆的鑑照襯托王朝的短暫，並爲之而感到
悲傷。然而，值得注意的是，在霸王事業成空的感悟中，詩人對人間
的種種努力仍有所肯定。「文章猶入管弦新，帷座空銷狐兔塵」；前引

〔註49〕參見廖蔚卿〈論中國古典文學中的兩大主題——從登樓賦與蕪城賦
　　　探討「遠望當歸」與「登臨懷古」〉，（《幼獅學誌》，第十七卷第三期，
　　　頁105）。

的孟雲卿詩，緬懷應劉諸子的文采風流也說：「逸興驅山河，雄詞變
雲霧。我行睹遺跡，精爽如可遇」；在在都印證了〈典論論文〉所說：
「年壽有時而盡，榮樂止乎其身，二者必至之常期，未若文章之無窮」
的看法。的確，文學的生命在人性的交感共鳴下，雖歷久而彌新。詩
人肯定鄴下諸子的努力，亦即肯定了自己。

（四）金陵

金陵是中國歷史上有名的古都，自孫權定都於此，傳四主五十九
年，東晉元帝渡江，傳十一主一百三年，宋傳八主六十年，齊傳七主
二十四年，梁傳四主五十六年，陳傳五主三十三年；凡六代，三十九
主，三百三十餘年皆建都於此〔註50〕。所以，「金陵就成為帝王都邑
的一種象徵，也成了歷史上改朝換代最為頻繁的悲劇舞臺〔註51〕。」
詩人登臨這曾經六朝繁華、歷代金粉的歷史舞臺，流連於滿是興亡故
事的前朝遺跡，自然有一種古今如夢的悲涼感。祖詠〈晚泊金陵水亭〉
云：

> 江亭當廢國，秋景倍蕭騷。夕照明殘壘，寒潮漲古濠。
> 就田看鶴大，隔水見僧高。無限前朝事，醒吟易覺勞。（卷
> 一三一）

懷古詩對於古跡的描寫多著重其衰敗寥落的特質，以顯現時間流逝的
感傷。本詩中的主要意象：廢國、殘壘、古濠都是典型的表現方式；
再加上秋景、夕照的渲染，懷古的情感益見深沈。「無限前朝事，醒
吟易覺勞」，詩人目睹前朝遺跡，想像無限的前塵往事，不免有歷史
無常、幻滅的體悟，而興起遠離紅塵的遐想。

和登臨秦漢遺跡、梁園、乃至鄴城的懷古詩相較，金陵懷古的情
調尤為悽愴。也許是因為在金陵更清楚的見到政權更迭的快速，和王
朝在歷史循環中的有限性，故特別能引發詩人屬於歷史與天道的沈
思。儲光羲〈臨江亭五詠〉序說：「建業為都舊矣。……有邦國者，

〔註50〕同註39，〈金陵歌送別范宣〉注，頁528。
〔註51〕見蔡英俊《興亡千古事》，〈金陵王氣──六朝如夢鳥空啼〉，頁40。

有興亡焉。自晉及陳，五世而滅。以今懷古，五篇爲詠。」正說明金陵懷古共同的創作心理背景。且看以下的詩句：

> 四十餘帝三百秋，功名事跡隨東流。（李白〈金陵歌送別范宣〉，卷一六六）

> 天文列宿在，霸業大江流。（李白〈月夜金陵懷古〉，卷一八五）

> 五朝變人世，千載空江聲。（岑參〈送許子擢第歸江寧拜親因寄王大昌齡〉，卷一九八）

李白與岑參都是採取宏觀的角度，掌握六朝霸業在歷史中流轉的軌跡，而提出屬於興亡盛衰的法則。「有邦國者，有興亡焉」，正如人的生命一出生便邁向死亡一般，一個王朝的興起，亦注定邁向結束，這是無可更移的歷史規律。詩人以流水象徵時間對人事的銷鑠力量，強調了王朝、霸業自驚天動地，而歸於寂天寞地的虛幻。

　　金陵懷古的詩篇，絕大多數便是在以上所說的感情基調上敷衍成篇的。其中又以李白的作品最多，例如〈金陵三首〉第二、第三：

> 地擁金陵勢，城迴江水流。當時百萬戶，夾道起朱樓。
> 亡國生春草，離宮沒古丘。空餘後湖月，波上對江州。

> 六代興亡國，三杯爲爾歌。苑方秦地少，山似洛陽多。
> 古殿吳花草，深宮晉綺羅。併隨人事滅，東逝與滄波。（卷一八一）

除了以永恆的自然與變異的人事相比外，李白最擅於以「亡國生春草，離宮沒古丘」的筆法，描摹繁華趨於寂寞的情景。「古殿吳花草，深宮晉綺羅」即是另一個例證。又如：

> 六帝沒幽草，深宮冥綠苔。（〈金陵鳳凰臺置酒〉，卷一七九）

> 吳宮花草埋幽徑，晉代衣冠成古丘。（〈登金陵鳳凰臺〉，卷一八○）

> 不見吳時人，空生唐年草。……六帝餘古丘，樵蘇泣遺老。（〈金陵白楊十字巷〉，卷一八一）

以上這些雷同的意象，不但指出朝代在歷史中汨沒的事實，更點出生

命的有限性；不論貧富貴賤，都將隨著整個時代，成爲過去，走入歷史。誠如張火慶所說，懷古詩中「所有歷史人事最後遺留的總是破敗荒涼的殘址廢跡，不曾給人們實際掌握到任何確定的價值與成就。與此相反的是：自然界的風月山川永遠屹立不改，且是無情無識，不與人同悲喜。……也就是在自然這樣冷漠的旁觀裡，英雄銷磨，人事代謝。雖曾有過的短暫繁華熱鬧，終也抵不住時間的沖刷，而煙消雲散〔註52〕。」這一段話可作爲金陵懷古詩最好的註腳。

二、先賢德業的緬懷

（一）諸葛武侯廟、八陣圖

　　諸葛亮字孔明，琅邪陽都人。早年喪父，依從父玄；玄卒，遂躬耕於南陽。亮每自比於管仲、樂毅，時人徐庶譽之爲臥龍，薦於先主。先主三顧草廬，諸葛亮乃獻三分天下之策。建安二十六年，劉備即帝位，策封亮爲丞相。劉備病篤，召亮於成都，囑以後事。後主劉禪繼位，封亮爲武鄉侯，領益州牧。其後，率軍北伐，駐漢中、屯于沔陽，出祁山、據武功五丈原與司馬宣王對峙。建興十二年，以憂勞成疾，卒於軍旅。亮上知天文，下諳地理，又長於巧思，曾作木牛流馬，並推演兵法，作八陣圖。後主景耀六年，詔爲亮立廟於沔陽〔註53〕。唯盛唐詩人所詠之蜀相廟，乃在成都少城，爲東晉李雄所建〔註54〕。

　　岑參〈先主武侯廟〉云：

　　　　先主與武侯，相逢雲雷際。感通君臣分，義激魚水契。

　　遺廟空蕭然，英靈貫千歲。（卷一九八）

劉備與諸葛亮君臣間的遇合，堪稱歷史上的嘉話。劉備說：「孤之有孔明，猶魚之有水也〔註55〕」，充分顯現出他對諸葛亮的賞識；也正

〔註52〕見張火慶〈中國文學中的歷史世界〉，（《中國文化新論・文學篇一・抒情的境界》，頁288～289）。
〔註53〕以上參見《三國志・蜀書・諸葛亮傳》，卷三五。
〔註54〕參見浦起龍《讀杜心解》卷四之一，頁615。
〔註55〕同註53。

是這分知遇之恩，使得諸葛亮終其一生，皆願意爲劉氏鞠躬盡瘁，效死盡忠。這樣的故事，對於渴望建功立業，實現個人理想的詩人而言，自然具有強烈的吸引力。岑參在本詩的前四句，即在詠歌先主與武侯魚水相得的情誼。杜甫〈公安縣懷古〉亦以「灑落君臣契」，形容這段千古難逢的殊遇。

　　盛唐詩人中，最擅於描寫孔明的，非老杜莫屬。蔡英俊《興亡千古事》中說：「杜甫是歷代詩人當中，最能欣賞、最了解諸葛亮的一位詩人，這是因爲諸葛亮代表著一種典型，而那正是杜甫內心所追尋的、嚮往的。」在〈蜀相〉中，我們可以見到這分由衷的崇仰之情：

　　　　丞相祠堂何處尋，錦官城外柏森森。映階碧草自春色，
　　隔葉黃鸝空好音。三顧頻煩天下計，兩朝開濟老臣心。出師
　　未捷身先死，長使英雄淚滿襟。（卷二二六）

在杜甫筆下，柏樹的蒼勁、巍峨，彷彿是諸葛亮精神的象徵。〈古柏行〉云：「孔明廟前有老柏，柯如青銅根如石」（卷二二一）；〈夔州歌十絕句〉亦云：「武侯祠堂不可忘，中有松柏參天長」（卷二二九）；古柏的參天聳立、勁節凌霄，正像孔明的高風亮節；而其歷冬經霜、終古長青，又如諸葛的名垂青史。本詩亦以古柏森森起興，自然流露出作者崇敬之情。

　　三、四句描寫春光爛漫，黃鶯隱於枝葉深處，歌聲婉轉悅耳；綠草蔓生，侵上了石階，祠堂內外、上下交織著春日的喜悅與生意。然而，「自」與「空」二字，卻將詩情帶到懷古的感傷裡。春色的徒然鮮妍，映襯著祠廟的幽謐寂寥，令人興起古今如夢的感懷。

　　然而，杜甫並不任隨情緒沈浸在古今如夢的悲哀裡，「三顧頻煩天下計，兩朝開濟老臣心」，從正面歌頌諸葛亮一生的事功。「出師未捷身先死，長使英雄淚滿襟」，更道出杜甫以及後世英雄對諸葛亮的無限景仰，與深切同情。然而事實上，杜甫的英雄淚不僅是爲諸葛而

流，也是為千古以來有才無命的英雄而流〔註56〕；其中當然也包含著
對自身命運的感慨和嘆息。

值得注意的是，杜甫登臨懷古的作品雖亦有感傷，但情感的傾向
卻是慷慨激昂的；撫今追昔之際，他雖不免歎息流淚，然而在淚水中，
卻可見到他的熱切和執著。對於先賢的功業，他總寄予最大的讚賞與
肯定，並有一種心嚮往之的情感。下面再看他的〈八陣圖〉：

　　　　功蓋三分國，名成〔註57〕八陣圖。江流石不轉，遺恨
　　失吞吳。(卷二二九)

首兩句乃是就孔明所建立的蓋世功名、不朽事業而立論。至於「江流
石不轉」，若置入懷古詩的傳統來考察，可理解為江水（象徵著永恆
的時間與自然）綿亙不絕，千古長流；然而，陣圖正如歷史上的英雄
事跡、帝王偉業一般，在時間的洪流中，只成遺跡殘石，無法運轉〔註
58〕。但是，這句話也可以解讀為，在江水的沖刷、襲捲之下，八陣
圖的標聚行列，依然不為江水沖毀，由此暗示諸葛亮的功業長存。浦
起龍則以為：「此石不為江水所轉，天若欲為千載留遺此恨跡耳。」
（《讀杜心解》卷六）五字之中，實含蘊著極豐富的意涵，足供人再
三吟味。

陳世驤曾以悲劇的理論來詮釋此詩，他認為在這短短二十字中包
括著：英雄的功名、王國的崩潰、山河的浩蕩、和無窮的遺恨。其內
容之沈重，與形式之簡短，更象徵人生的事業功名，正如蜉蝣一樣短
促。從中「我們經驗著一時達到人生功業的最高峰頂，而忽又降到無
窮無底無限的哀恨的深淵。但是這兩重經驗不止是深切而且又終於給

〔註56〕王嗣奭《杜臆》卷四說：「乃以伊呂之具，出師未捷，身已先死，所
　　　　以流千古英雄之淚者也。蓋不止為諸葛悲之，而千古英雄有才無命
　　　　者，皆括於此。」
〔註57〕《全唐詩》作「高」，《杜詩鏡詮》、《讀杜心解》皆作「成」，今從後
　　　　二者之版本。
〔註58〕陳世驤〈中國詩之分析與鑒賞示例〉曾論及本詩，行文中即持此看
　　　　法。見《唐詩論文選集》，頁244。

我們一種超脫感。因為終於是人的世界和自然世界，由反映對照，在無限的時間和空間的流動裡結合起來。我們終於不得不對於人生在無限的世界宇宙中的意義，來心誦、沈思、默念〔註59〕。」

由上面的論述可知，懷古詩中，透過對先賢的追思、悼念，最終仍舊是回到自身命運的反省；或者說，詩人乃是將自己比擬於古人，將自己的生命置入整個歷史之中來思索、體察。進而引發有限與無限，人事與自然，人生與歷史的夐遠的哲思。這或許也正是我們讀懷古詩的意義所在。

（二）羊祜墮淚碑

《晉書》卷三四，〈羊祜傳〉云：「祜樂山水，每風景必造峴山，置酒言詠，終日不倦。嘗慨然歎息，顧謂從事中郎鄒湛等曰：『自有宇宙，便有此山，由來賢達勝士登此遠望，如我與卿者多矣！皆湮沒無聞，使人悲傷。如百歲後有知，魂魄猶應登此也。』湛曰：『公德冠四海，道嗣前哲，令聞令望，必與此山俱傳。』……襄陽百姓於峴山祜平生游憩之所，建碑立廟，歲時饗祭焉。望其碑者莫不流涕，杜預因名為墮淚碑。」

峴山在襄州襄陽縣東南，孟襄陽詩集中登臨峴山懷古之作自是不少，其中〈與諸子登峴山〉尤具代表性：

> 人事有代謝，往來成古今。江山留勝跡，我輩復登臨。
> 水落魚梁淺，天寒夢澤深。羊公碑字在，讀罷淚沾襟。（卷
> 一六○）

羊祜墮淚碑所以能使後人涕泣沾襟，應是碑記中記載著羊公撫今追昔的言語。從本傳中可知，羊祜由古今賢達的湮沒無聞，進而對自己在宇宙間的命限有一分清楚的自覺和悲哀。當詩人登臨此山，咀嚼著碑上的感慨之情，自然易於興發心有戚戚之感。

〔註59〕同註58引，頁246。陳世驤又認為：中國文學裡常拿時間不可抗的流動，和空間無窮的運化來暗示命運的力量。這也正是中國文學中悲劇意識的根源。

　　「人事有代謝，往來成古今」，在平淺的語句中凝聚著時間推移，人事更迭的悲感。時間不斷地由現在向過去汩沒，古往今來，持續不停，而形成歷史。王勃〈滕王閣序〉云：「天高地迴，覺宇宙之無窮；興盡悲來，識盈虛之有數。」羊叔子暢遊峴山，興盡悲來之際，由自己之登臨，而想見前賢亦嘗登此遠望。本詩中，「江山留勝跡，我輩復登臨」，復之一字，更將詩人、羊祜、與祜前的賢達連接在一起，而衍生一種歷史循環反復的感受。所謂「古人今人若流水，共看明月皆如此」（李白〈把酒問月〉），晉唐之間雖相隔數百年，然而產生感懷的根本原因卻是一致的。

　　由此，我們可以發現峴山懷古的雙重結構，第一層是羊祜對前賢皆不免湮沒於歷史的感懷；第二層則是後世詩人造訪峴山碑廟，追憶羊祜事跡，對他終究也無法迴避地步入歷史的感懷。亦即，唐人的峴山懷古詩中，實內蘊著羊祜登臨懷古的傷感，而那是具有典型與普遍意義的情懷；是故峴山懷古詩，無論在內涵的深度上，或是時間的縱深上，都與其他懷古詩作不盡相同。

　　李太白詩也有羊公墮淚碑的題詠：

　　　　峴山臨漢江，水綠沙如雪。上有墮淚碑，青苔久磨滅。

　　（〈襄陽曲四首·其三〉，卷一六四）

　　　　君不見晉朝羊公一片石，龜龍剝落生莓苔。淚亦不能
　　為之墮，心亦不能為之哀。（〈襄陽歌〉，卷一六六）

兩首詩中都以青苔、莓苔來表徵時間對人事銷鑠的力量，青苔在碑上滋生，碑上的雕飾逐漸斑駁、剝落，文字也日漸磨滅，終至於難以辨識；凡此皆具體地描摹，隨著歲月的變遷，前人在後人心中的記憶亦將日益淡遠、模糊。「自然間的生命（莓苔），闖進了古人長眠的夢境，填補著歷史陳跡前人事的空虛。在自然的勃勃生機和歷史的沈沈靜默之間有一種哲理：人生短暫，歷史無情〔註 60〕」，太白詩中的懷古情調是悲涼的。

―――――――――――――――

〔註 60〕同註 35，頁 132。

　　然而，歷史的記憶畢竟不至於完全幻滅，在〈憶襄陽舊遊贈馬少府巨〉中，李白以「空思羊叔子，墮淚峴山頭」來表達對前賢的追思；雖然往事已成空，唯在後人憶念的淚水中，過往的生命即隱然浮現於目前。孟浩然在〈盧明府九日峴山宴袁使君張郎中崔員外〉一詩亦云：

　　　　宇宙誰開闢，江山此鬱盤。登臨今古用，風俗歲時
　　觀。……叔子神如在，山公興未闌。傳聞騎馬醉，還向習池
　　看。（卷一六○）

其中，「叔子神如在」，呼應著羊祜「百歲後有知，魂魄猶應登此」的誓言，並指出羊公的事跡、聲名，已融入自然山水之中，可與峴山俱傳，共山水而不朽；相反的，峴山也因爲羊公的點化，由無情無識的自然生命，成爲歷史人物的化身和象徵，並作爲羊公事跡永恆的見證者。

（三）謝朓樓、謝公亭宅

　　謝朓，字玄暉，南齊詩人。曾以中書郎出爲宣城太守，其後遷尚書吏部郎，因事收付廷尉下獄而死。文章清麗，工五言詩，有《謝宣城集》。其事見《南齊書》卷四七，〈謝朓傳〉。

　　謝朓樓，在寧國府郡治後，即謝朓爲宣城太守時所建，一名北樓，亦稱謝公樓；唐咸通間，刺史獨孤霖改建。謝公亭在宣城縣北郭外，爲謝朓送別范雲處。至於謝公宅在太平府東南青山之南，謝朓守宣城時，建別宅於此〔註61〕。

　　唐代詩人中，最爲景仰謝朓的首推李白。在太白集中，對於謝朓的生平故跡，每多題詠之作。例如他的〈謝公宅〉云：

　　　　青山日將暝，寂寞謝公宅。竹裡無人聲，池中虛月白。
　　荒庭衰草徧，廢井蒼苔積。惟有清風閒，時時起泉石。

這首詩主要在描寫謝公宅遺址的荒涼寂寞，字裡行間自然含蓄著一種時間的感傷。庭已荒、井亦廢，池宅寂寞無人，所有屬於人事，代表

〔註61〕同註39，〈宣州謝朓樓餞別校書叔雲〉、〈謝公亭〉、〈謝公宅〉三詩引
　　　　王琦注。詳頁 1078、1311、1318。

前賢費心經營的種種，都已蕭條寥落。衰草與蒼苔蔓生，彷彿是謝公
舊宅的新主；在自然與人的對峙中，自然常在人們不留神之際，重新
取回主導的權力。「竹裡無人聲，池中虛月白」，曾有的熱鬧、繁華，
在時間中已然消歇，宛如鏡花水月般虛幻不實。前代詩人的足跡已為
衰草遮蓋，清亮的吟哦聲，餘響亦杳然難追，不變的只是清風與明月，
仍時時相過訪。整首詩可說是典型的懷古風格。當然，李白對謝朓的
懷念還有不同風格的表現，例如謝朓北樓與謝公亭的吟詠：

> 江城如畫裡，山曉望晴空。兩水夾明鏡，雙橋落彩虹。
> 人煙寒橘柚，秋色老梧桐。誰念北樓上，臨風懷謝公。(〈秋
> 登宣城謝朓北樓〉，卷一八〇)

> 謝公離別處，風景每生愁。客散青天月，山空碧水流。
> 池花春映日，窗竹夜鳴秋。今古一相接，長歌懷舊遊。(〈謝
> 公亭〉，卷一八一)

亭與樓常是送別與遊覽時駐足之處，四周的景致自有可觀。尤其是登
樓遠眺，居高臨下，周遭的風景皆到眼前。所謂「江城如畫」，既是
當下所見，亦宛若是謝公當年。「人煙寒橘柚，秋色老梧桐」一聯，
用極形象化的語言，刻劃秋景，也點染出秋意的深濃，為古今共賞的
佳句；適足以作為烘托懷古心情的背景。〈謝公亭〉則以「客散青天
月，山空碧水流」，寫出謝公沒後亭邊的詩酒酬酢已經風流雲散，唯
餘青天、明月、空山、碧水千古不變。

　　至於二首詩的主題，則在於對謝公詩文與人格的仰慕與懷想。其
中「今古一相接」一語，說明了在心靈的緬懷遐想中，今與古的時空
阻隔可以被踰越、消弭；基於人性的普遍性，古今人物在精神上可以
交感共鳴。王夫之《唐詩評選》中獨賞此句，以為：「盡古今人道不
得，神理、意致、手腕、三絕也〔註62〕。」

　　這樣的情懷與思理，在李白其他憶念謝朓的詩中，亦常出現。例
如：

〔註62〕同註39，頁1312。評箋引王夫之說。

　　　月下沈吟久不歸，古來相接眼中稀。解道澄江淨如練，

令人長憶謝玄暉。(〈金陵城西樓月下吟〉，卷一六六)

　　　我家敬亭下，輒繼謝公作。相去數百年，風期宛如昨。

(〈遊敬亭寄崔侍御〉，卷一七三)

「古來相接」、「風期如昨」，一方面暗示自謝公以下，詩壇別無他人，
唯有自己可以踵武前賢；另一方面，也點出懷古詩的精神所在，乃在
於今古間的相通。杜甫〈詠懷古跡〉說：「悵望千秋一灑淚，蕭條異
代不同時」，雖然時隔千載，事殊世異，然而身世蕭條之感可上通古
人。透過詩文的媒介、歷史的記載、或古跡的登臨，古人在今人的懷
想追念中，彷若從歷史中走來，可與懷古者同掬一把辛酸淚，或共飲
一尊開懷酒。於是，詩人在人世的孤獨與寂寞可以稍稍紓解，詩人因
人事而產生的挫折與創傷，也可以獲得安慰。

　　以上分別就王朝遺址與先賢遺跡兩類，擇取詩人登臨懷古的重要
空間場景，以見盛唐懷古詩的主要內涵。然而，若從詩人流連於古跡
廢址所興發的感情樣態而言，約可分為下列數類，今條舉如后，以作
為本小節的結語。

　　(1)「藉由對歷史人事的敘詠，而尋求情志的感格、精神的輝映。
這種情意包括了對古人的仰慕、讚賞、惋惜與悲歡等〔註63〕。」例如：
杜甫〈蜀相〉、〈八陣圖〉，李白〈謝公亭〉、〈秋登宣城謝朓北樓〉。詩
中雖亦有時間流逝、古人不待的感傷，但大體而言對人類在歷史中的
努力，抱持著肯定的態度。

　　(2)「以特定的地理或事物為象徵，寄託對歷史上永恆悲劇的感
懷，而古今之人共抱萬古之恨，與山水景物同其無窮。」例如：孟浩
然〈與諸子登峴山〉、李白〈襄陽曲〉中，峴山的墮淚碑即象徵著羊
公對前賢湮沒於歷史之中的傷痛，也蘊涵著後人對羊祜事跡追思的情
感。峴山與羊叔子亦將千古共傳。

〔註63〕以下四類標題，俱引自張火慶〈中國文學中的歷史世界〉，同註 28
　　　　引書，頁 282～286。

（3）「對朝代興亡有古今如夢之感，但不與之沈淪幻滅，卻於人間仍有所肯定。」如：岑參〈梁園歌送河南王說判官〉、李白〈梁園吟〉、孟雲卿〈鄴城懷古〉，一方面對於梁王事跡、魏武霸業轉眼成空，有一種歷史幻滅之感；然對於立德、立功、立名的前代賢達，仍心嚮往之。由此亦可見，詩人所肯定的是完成自己內在的理想，實現自我的生命價值。至於世俗的榮華、王朝偉業則視為虛幻，終不免在歷史的流轉中灰飛煙滅。

（4）「人類滾沒在歷史時空裡的虛幻與無助」，如大部分金陵懷古的作品，情調上都流於悲涼，對歷史與人類的事功採取近乎否定的態度〔註64〕。若和前三類情感相較，本類作品中，有更強烈的時間意識存焉。

肆、懷古詩中表徵時間意識的意象

由上面所引的詩作中可見，盛唐懷古詩表現時間意識的主要意象，約略可歸納為如下的三類：

一、人文歷史意象

在懷古詩中，古跡是聯結古今的空間場景，亦是懷古詩起興的媒介。詩中常見的古跡包括：城池、宮殿、宅院、樓閣、亭臺、祠廟、陵寢、碑碣等。這些建築原是前人費心經營所建構而成，代表著人類努力的具體成果，亦是文明與功業的有形標幟；然而，在時間之流的沖刷、侵蝕下，詩人登臨所見，卻常是滿目淒涼：

　　　　古城莽蒼饒荊榛，驅馬荒城愁殺人。（高適〈古大梁行〉卷二一三）

　　　　臺傾鵁鶒觀，宮沒鳳凰樓。（李白〈月夜金陵懷古〉，卷一八五）

〔註64〕蕭馳認為：懷古詩中自然意象和歷史陳跡並置，具有肯定與否定兩種不同的結構。肯定結構即「讓歷史人物走進永恆的山水自然，……獲得永恆的生命。」否定結構則是「把人世的滄桑和山水的永恆加以對比，讓山水自然嘲諷人生。」同註35，頁132。

　　　　平陽舊池館，寂寞使人愁。……庭閒花自落，門閉水
空流。(丁仙芝〈長寧公主舊山池〉，卷一一四)
　　　　昔人已乘黃鶴去，此地空餘黃鶴樓。(崔顥〈黃鶴樓〉，卷
一三〇)
　　　　古牆猶竹色，虛閣自松聲。(杜甫〈滕王亭子〉，卷二二八)

由古、舊、荒、傾、沒等字眼，已經呈現出古跡本身的斑駁、殘破，
對比於往昔的光燦華麗，令人油然興感。空、餘、虛、自等形容，進
一步點染出寂寞、冷清的氛圍，過去的繁華，以及在此活動的人事，
都已淪入過去，只徒然留下些許淡遠的痕跡，供後人追憶、憑弔。而
不論是直接形容，或情境的點染，詩人都著眼於古跡今昔的差異，並
爲它們染上濃厚的時間色彩。前人的遺跡既不屬於過去，也不能融入
現在，彷彿在時空中被孤立、隔絕，乃至於被遺忘。曾活躍於此的人
事不能重返，而它所背負的時間滄桑，使它成爲一個迥異於外在時空
的獨立天地：「庭閒花自落，門閉水空流」，「古牆猶竹色，虛閣自松
聲」；在這個封閉的天地中，水流花落，任運自然，但亦瀰漫著一種
無言的寂寞，屬於歷史與人事的。然而，也正是這種寂寥的情氛，扣
動訪古者的心靈，於是不由得循著古跡去追溯、懷想；或在這歷史的
遺跡前，低迴、沈思了。

二、動植物意象

　　古跡的情氛固然較爲沈寂、寥落；然而並不意味著絕對的死寂。
在前人風流雲散之後，遺跡裡悄悄進住了新的主人，包括：野鼠、狐
兔、猿猴、山鳥、精怪、苔蘚、蔓草、野花、女蘿、荊杞、禾黍等動
植物都曾出現在詩人筆下。此處僅略舉一二以見其餘：

　　　　過客設祠祭，狐狸來坐邊。懷古未忍還，猿吟徹空山。
(常建〈古意三首·其一〉，卷一四四)
　　　　草合人蹤斷，塵濃鳥跡深。(李白〈謁老君廟〉，卷一八〇)
　　　　宮女如花滿春殿，只今惟有鷓鴣飛。(李白〈越中覽古〉，
卷一八一)

溪回松風長，蒼鼠竄古瓦。(杜甫〈玉華宮〉，卷二一七)

蟲書玉珮蘚，燕舞翠帷塵。(杜甫〈湘夫人祠〉，卷二三三)

在這些詩句中，自然物的滋生、活躍，正反襯出人事的蕭條、荒涼。「草合人蹤斷，塵濃鳥跡深」，因爲人蹤罕至，故祠廟內外蔓草四合，塵埃滿地；山鳥的足跡取代了人們過訪的腳印，加深了古跡遺世獨立，同時也爲世人所遺的特質。「宮女如花滿春殿，只今惟有鷓鴣飛」，則透過今昔之比，寫出功業、成敗轉頭空的悲傷；紛飛的鷓鴣似乎提醒人此地有許多屬於歷史的記憶。

杜甫〈湘夫人祠〉中，新的佔領者是學書的蟲與起舞的燕，還有暗自滋生的塵和蘚。其中苔蘚與塵埃的意象，常暗示著時間的密換暗移，也象徵著塵封、與世隔絕等意涵。苔徑，指出無人過往的幽寂荒涼；苔字，意謂著歷史記憶在無情歲月中逐漸模糊難辨，所以說：「綠苔是空間封閉固鎖的隔絕象徵，也是時間積累的蒼古象徵〔註65〕」。然而，在懷古詩中，描寫空間場景的沈寂蒼涼無非是爲了增添屬於時間的滄桑。狐鼠出沒奔竄、荊杞蔓生、鳥跡在地、乃至塵苔漸滋，最終皆指向時間的無情，以及前世的榮華在今日的寂寞。

三、天文地理意象〔註66〕

本節所引的詩作中，王勃〈滕王閣〉、陳子昂〈登幽州臺歌〉、岑參〈登古鄴城〉、以及李白〈梁園吟〉、〈金陵三首〉等，都出現代表永恆的自然物。長江、天地、漳水、汴水、明月等意象，既使全詩的意境較爲恢弘，亦具體地呈現出時間的永恆形貌。以下分別再就江山與明月舉證，並略說其在詩中的作用。例如：

年年喜見山長在，日日悲看水獨流。(王昌齡〈萬歲樓〉，卷一四二)

江山不管興亡事，一任斜陽伴客愁。(包佶〈再過金陵〉，

〔註65〕見侯迺慧《詩情與幽境》，頁146，論〈苔的美感與造園運用〉。

〔註66〕張法論及悲亡主題的意象模式分爲此地新物、此地舊物、永恆之物三類，同註32引，頁136。本文即採其說法，而略以己意增益之。

卷二〇五）

　　高臺竟寂寞，流水空潺湲。（張謂〈讀後漢逸人傳二首・其

一〉，卷一九七）

　　昔時流水至今流，萬事皆逐東流去。此水東流無盡期，
水聲還似舊來時。……春去秋來不相待，水中月色長不改。

（岑參〈敷水歌送竇漸入京〉，卷一九九）

　　只今惟有西江月，曾照吳王宮裡人。（李白〈蘇臺覽古〉，

卷一八一）

無論是江、山、或明月，原都屬於空間的存在；然而在懷古詩中卻常
用來象徵時間的永恆。所謂「喜見山長在」、「東流無盡期」、「月色長
不改」，皆強調其終古不易的特質。呂興昌曾針對時空間的關係提出
下列的看法，他說：「相對於時間的空間意識，通常都被用來代表與
流逝相反的靜定。雖然從嚴格的意義看空間形象，它也無法避免成住
壞空的宿命，可是與人生之短暫有限相較，它畢竟更具恆常性，因此
在中國文學裡便經常以空間形象來襯顯時間之變幻無常〔註67〕。」

　　江、山、明月等空間意象既象徵時間自身的恆常，故特別能反襯
出歷史與人事的有限性。又因為它曾歷經古今，看遍人間的興亡盛
衰，在詩中遂常扮演著歷史的見證者。然而，它是冷靜旁觀的，並不
隨人事的起落變化而與人同悲喜。「江山不管興亡事，一任斜陽伴客
愁」，詩人描摹出天地無心，或者說自然對歷史的無情；於是屬於人
事的一切，唯有靠人自己孤獨地去承受。

　　青山以其靜定而顯其恆常性，流水與明月則透過持續不絕與循環
不已而接近永恆。其中，流水滔滔不絕、一去不返的特色，最易於讓
人感受到時間的本質。在時間的推動下，人有生老病死、物有生住異
滅、世界有成住壞空的變化；而詩人關注的是它一如流水，帶走了一
切，卻永不回頭。「萬事皆逐東流去，此水東流無盡期」，這樣的詩句
代表著許多中國詩人面對時間之流的憂懼和哀傷。

〔註67〕見呂興昌〈人與自然〉，（同註52引書，頁132）。

　　基於以上的論述，對於盛唐詩中歷史興亡的體悟我們有如下的看法：

　　（1）登臨古跡是懷古詩起興的主要方式，也是觸發時間意識，引起今昔之感的因素，而時間意識實為懷古詩表現的重要詩情。

　　（2）懷古詩的起源稍晚，阮籍〈詠懷〉第三十一首為今日所見較早的懷古詩作。入唐之後，王勃、王昌齡、劉希夷、陳子昂等相繼從事這個領域的開拓，其中王勃〈滕王閣〉、陳子昂〈登幽州臺歌〉、〈薊丘覽古·燕昭王〉等作品，已是成熟的懷古之作。

　　（3）將盛唐懷古詩約略區分，可分為王朝遺址、與前賢遺跡的詠懷兩大類。其中，時間意識是再三出現的詠歎；然而，詩人的情感傾向卻有極大的不同。對前賢的詠懷，大體上是站在肯定的立場，而抒發內心讚揚、追思、同情或惋惜等情感，並有一種心嚮往之的心情，例如杜甫對諸葛亮、李白對謝朓即是。至於登臨前朝的遺址，詩人所興發的常是歷史興亡如夢的慨嘆，對於人類集體共同的命運有一分深沈的悲哀，如金陵懷古的作品即是。唯部分作者仍能於此歷史虛幻的哀傷中，自我策勵，並不隨之而消沈失志，如李白〈梁園吟〉、孟雲卿〈鄴城懷古〉等。

　　（4）盛唐詩中表現時間意識之主要意象，可略分為三類：①荒城、古殿、舊宅、空臺等前人遺跡，屬於人事與歷史的。②山鳥、狐鼠、蔓草、苔蘚、塵埃等，古跡上新的主人，代表著自然對人事的勝利。③青山、明月、流水等永恆的自然物，象徵著時間自體的永恆，以映襯人事的變幻無常，並作為歷史的見證者；而其冷然旁觀、不與人同悲喜的態度，亦暗示著天地與時間的無情。

　　（5）透過對歷史興亡的體悟，與對前賢德業的懷想，詩人乃是將自己置入整個歷史、乃至宇宙之中，俾能更深刻地覺察生命的命限與價值。對歷史的回顧本就不是要回到過去，而是要經由它，更堅定、更清明的邁向未來。

第三節　生死流轉的關懷

壹、引　言

生命是一種綿延不斷的歷程，它始於出生，終於死亡，而含括在生死之間的種種變化，即是生命具體的內涵﹝註68﹞。《莊子·盜跖篇》論人的壽夭有言：「上壽百歲，中壽八十，下壽六十」；然而，不論年壽的短長，生命終究屬於有限，終究必須告別這多姿多采的人世。因此，人難免一死的憂懼遂成為千古以來文人哲士共同關切的主題。

就中國主導的思想而論，佛家自始即以了脫生死大事為務，道家則以「安時處順」（《莊子·養生主》）的達觀，消解死亡所帶來的顫慄與痛苦。至於影響最深遠的儒家，雖然夫子對於死亡曾有「未知生，焉知死﹝註69﹞」的訓示，儒家學說也的確偏重在人生使命的承擔與完成；但是，對於死後世界存而不論，並不意謂著對死亡的漠視。事實上，在《儀禮》、《禮記》中，喪、祭之禮的記載遠超過昏、冠、燕、聘等禮，養生送死一直是儒者心目中的大事。是以生死問題不僅為佛、道所重視，儒家思想實亦不乏人生終極的關懷﹝註70﹞。

至於詩人，雖未必能如思想家一般，對生死問題提出周延深入的討論；然而他們秉持著文人敏銳善感的心靈，當面臨親友逝世之痛，或感知自己的逐漸衰老，往往能以直覺透視死亡的本質。詩賦中，常將這一嚴肅的生命課題，寄託在挽歌、以及悼亡傷逝的篇章裡。〈古詩十九首〉的主題，有一類即在表現人生難免走向盡頭的哀傷；魏晉六朝詩裡，如陶潛、鮑照等詩人對於生死也有相當深刻的體悟。入唐之後，雖然政經、社會各層面皆較六朝安定、繁榮，生命危脆的憂懼

﹝註68﹞ 見張康譯、亞斯培著《哲學淺論》，頁 117。
﹝註69﹞ 見《論語·先進篇》。
﹝註70﹞ 傅偉勳在《死亡的尊嚴與生命的尊嚴》中認為：人的生命具有十大價值層面，其中有關死亡問題及其超克的是實存主體層面、終極關懷層面、與終極真實層面。實存主體對死亡問題的探索超克，乃是終極關懷的課題，而此課題的解決，有待終極真實的領悟或體證。頁 29。

自然較爲消褪；唯生死大限畢竟是詩人無由迴避的問題，是故相關的詩作亦復不少。

當我們檢視這類詩篇，值得注意的是對生死的思索常伴隨著時間流逝的感懷；換言之，死亡迫使詩人不得不正視生命的有限性，或者說生命的時間性。人既存在於時間的網絡中，自然會隨著時光的遷流，而有生老病死的變化，而衰老與死亡臨近於生命時間的終點，最能觸發時間無情的感喟，進而導引我們去思考生命的本質與意義，有限與無限，以及死亡與不朽等問題。

是故，本節不僅要探索盛唐詩作中對生死的關懷，還要進一步指出詩人超越、消解生死憂患之道，而時間意識在傷逝詩中的作用更將是討論的重點。

貳、生死關懷詩的歷史考察

唐以前的文學史中，對於生死問題付出較多關注的作品，爲數亦不少；其中，〈古詩十九首〉無疑地是諸作中的翹楚。沈德潛《古詩源》卷二以爲：「〈十九首〉大率逐臣棄妻，朋友闊絕，死生新故之感。」所謂死生新故之感，即是在刻劃時光如流，人生苦短的存在感受。日人吉川幸次郎則以「推移的悲哀」爲〈十九首〉共同的主題，這分情感是人類意識到自己生存於變化不定的時間中的悲哀；其中，有一類作品更側重在「悲死傷亡之情」的展現〔註71〕。例如，第十三首云：

> 驅車上東門，遙望郭北墓。白楊何蕭蕭，松柏夾廣路。
> 下有陳死人，杳杳即長暮。潛寐黃泉下，千載永不寤。浩浩
> 陰陽移，年命如朝露。人生忽如寄，壽無金石固。萬歲更相

〔註71〕吉川幸次郎在〈推移的悲哀—古詩十九首的主題〉中分〈十九首〉
　　　 的主題爲：一、對不幸時間的持續而起的悲哀。二、在時間的推移
　　　 中由幸福轉到不幸的悲哀。三、感到人生只是向終極的不幸即死亡
　　　 推移的一段時間而引起的悲哀。本節的論述主要參考其第三類主題
　　　 的分析。(《中外文學》第六卷，第四、五期。頁25，頁113)。

　　送，聖賢莫能度。服食求神仙，多爲藥所誤。不如飲美酒，
　　被服紈與素。

這首詩是游於洛陽城東的詩人，遙望北邙山的墳墓所興發的感觸。前
八句描寫郭北墓田的蕭瑟、寂寥，並以「長暮」、「千載不寤」來說明
死後世界的黑暗，以及人死不能復生的事實。中間六句點出四時陰陽
推移不斷，人的一生亦將終底於盡，「雖萬歲千秋，只是生者送死，
生者復爲後生所送；即至聖賢，莫能逃度〔註72〕。」面對此人生終極
的困局，作者提出「及時行樂」的說法，唯其中實寄託著理想難成的
憂傷。

　　透過本詩，我們可以掌握〈十九首〉中描述生死問題的幾個重點。
首先，由語詞上來看，忽、奄忽是詩人面對生命流逝的主觀感受；而
「人生如寄」則是此類詩作中情感的核心。詩中所謂：「人生忽如寄，
壽無金石固」的觀點，在〈十九首〉中一再出現：

　　人生天地間，忽如遠行客。(〈青青陵上柏〉)

　　人生寄一世，奄忽若飆塵。(〈今日良宴會〉)

李善注引《尸子》，老萊子曰：「人生於天地間，寄也。寄者固歸。」
亦即生命短促，人生在天地之間，不過暫時寄寓其中，正如遊子久旅
之後，終要歸返故鄉。一個「寄」字，已經扼要地切中生命有限的本
質，同時也蘊涵著人生無法完全作主、飄泊不定的境況。當然，「人
生如寄」的觀點以如此成熟，足以爲典型的形式出現在詩作中，和其
時代背景應有密切的關係。馬茂元《古詩十九首探索·前言》即認爲：
「只有處於亂離時代，生活上找不到出路，生活力無從發舒的人們才
會迫切地意識到這一問題是切身的而又是無可奈何的悲哀。」然而，
話又說回來，生死問題固然因外緣的觸發而彰顯，但它所以能成爲文
士哲人共同關注的焦點，乃在於它關繫著人生的價值、生命的定位、
與終極理想的追求等重大課題。〈古詩十九首〉的詩人揭示了「人生

〔註72〕馬茂元《古詩十九首探索》，頁114，引朱筠《古詩十九首說》。

如寄」的處境，喚醒人們心中普遍存在的感受，故能引起讀者的共鳴，並成爲後世詩人探索、歌詠生死問題的典範〔註73〕。

而爲了詮釋生命短暫的現象，詩中常用「忽」、「奄忽」等字詞來描摹生命時間的匆匆流逝。因爲「人生既然難免隨著時間向死亡推移，那麼，時間的速度覺得越快，越能使人慌恐不安，自然越能增加悲哀的深度〔註74〕。」除了以上所引的三個例子外，〈迴車駕言邁〉中亦云：「人生非金石，豈能長壽考；奄忽隨物化，榮名以爲寶」；都可見詩人誇飾時間推移的速度，以強調「人生如寄」的看法。

此外，詩中或用朝露、飆塵等意象來比擬人生的短促，或用金石等代表恆常存在之物來反襯生命脆弱的本質。〈薤露歌〉云：「薤上露，何易晞。露晞明朝更復落，人死一去何時歸。」（《古詩源箋註》卷一）歌中描述露水易被蒸乾，然而隔朝又將滋生；露水在此正象徵著自然物的生生不息，或代表歲月的循環不已。至如〈十九首〉中的「浩浩陰陽移，年命如朝露」，則直接以朝露比喻年壽的有限，以與時間的無垠作對比。其用法恐怕更接近曹操〈短歌行〉的「對酒當歌，人生幾何；譬如朝露，去日苦多」；以及曹植〈送應氏〉的「天地無終極，人命若朝霜」了。

若說朝露的旋生旋滅可比作朝菌、蟪蛄一般短促的生命；飆塵的乍起乍落、方聚即散，亦鮮明地指出生命本身的虛幻無常，因緣和合而生，緣盡還滅，無有實體。人生只是擺盪在生、死兩極間的歷程，永恆只是心中的希冀與幻影。相對於朝露、飆塵，金石則意謂著堅固、久長，彷彿可與天地不朽；然而，「人生非金石」，「壽無金石固」，詩人一再地用否定的句法來凸顯生命的有限性。

面對「人生如寄」的悲哀，面對生命有限的事實，古詩的詩人或

〔註73〕如魏文帝〈善哉行〉云：「人生如寄，多憂何爲」；陸機〈豫章行〉云：「寄世將幾何，日昃無停陰」；陶淵明〈歸去來兮辭〉云：「寓形宇內復幾時」等，都是承繼著古詩所奠立的基礎而發展的。

〔註74〕同註71引，第五期，頁114。

傾向及時行樂的態度，或以爲應追求世俗的榮華，然亦有主張留下身
後美名者：

　　　　斗酒相娛樂，聊厚不爲薄。驅車策駑馬，游戲宛與洛。
　　（〈青青陵上柏〉）
　　　　服食求神仙，多爲藥所誤。不如飲美酒，被服紈與素。
　　（〈驅車上東門〉）
　　　　生年不滿百，常懷千歲憂。晝短苦夜長，何不秉燭
　　遊。……仙人王子喬，難可與等期。（〈生年不滿百〉）
　　　　何不策高足，先據要路津。無爲守貧賤，轗軻長苦辛。
　　（〈今日良宴會〉）
　　　　奄忽隨物化，榮名以爲寶。（〈迴車駕言邁〉）

在上引的前幾首詩中，對於修道成仙大都持否定的態度，當神仙的夢
想幻滅，時間的憂患自然更見深切而難以自解。於是詩人遁入俗世的
榮樂之中，沈湎美酒、被服紈素、追求富貴，用來暫時安置惶惑不安
的心靈。游戲、享樂，把握現實生活的歡愉，忘懷一切嚴肅的人生使
命，遂成爲詩人筆下解脫心靈苦悶的主要方式。然而，這樣的生活態
度「從正面說，正是一種麻醉的解脫，放懷任情，任生命自轉。從反
面說，這實在是憤慨之極的一種無奈，因寄所託，放浪形骸之外，而
一片理想性昭昭在前，並未因此埋沒〔註 75〕。」〈迴車駕言邁〉中，
有感於四季更迭的快速，詩人意識到人生亦由盛而衰，自少而老；於
是興發「立身苦不早」，「榮名以爲寶」的感慨與期許，這正是詩人理
想性最直接的展現。而不論是縱情美酒，抑或追求美名，都是後代詩
人解脫時間意識的重要方法，由此亦可見〈古詩十九首〉在文學史上
深遠的影響。

　　〈十九首〉之外，阮瑀〈七哀詩〉，陸機〈大暮賦〉、〈挽歌三首〉，
以及陶淵明的〈形影神三首〉、〈挽歌詩三首〉，鮑照〈傷逝賦〉、〈代
蒿里行〉等，皆觸及生死問題的探索。此處我們僅以淵明詩爲例，略

〔註 75〕見李正治《中國詩的追尋》，〈古詩十九首的時空感受〉，頁 124。

窺六朝詩人對生死的看法。〈挽歌詩三首・其一〉云：

> 有生必有死，早終非命促。昨暮同爲人，今旦在鬼錄。
> 魂氣散何之？枯形寄空木。嬌兒索父啼，良友撫我哭。得失
> 不復知，是非安能覺？千秋萬歲後，誰知榮與辱？但恨在世
> 時，飲酒不得足。

〈挽歌詩〉是陶淵明臨終前所作自挽之辭〔註76〕，詩中描述他對生死的體悟，並寄寓其達觀放曠的胸懷。淵明先生所認知的死後世界是極端黑暗的領域，所謂「幽室一已閉，千年不復朝」（〈挽歌詩三首・其三〉），人死之後即長眠在此幽深的寢宮，永無再醒之日。然而，更深的黑暗來自於死者已無知覺，所有的感官運作皆止息，所有的得失、是非、榮辱已隨生命的終結而不再引起任何的悲喜。至於親友的啼哭，彷彿也失去意義，當殯葬之事結束後，死者終將逐漸從親友的記憶中離去。「向來相送人，各自已還家；親戚或餘悲，他人亦已歌」（同前引），在這些字句中表達出感情的虛幻不常，更道出死亡的冰冷無情。

然而，陶淵明面臨生死的變故、死後的寂寥，固然不免傷懷，但是其基本的態度仍是理性、清明的。他將生死委諸自然，「有生必有死」，死亡是生命不可避免的結果；而人死之後「託體同山阿」（同前引），實即歸返自然，故僅以生前飲酒不足爲憾耳。

值得注意的是，陶詩在曠達、閒適的風格之中，實隱含著濃厚的時間意識，在〈雜詩十二首〉中觸處可見：

> 盛年不重來，一日難再晨。（其一）
> 日月擲人去，有志不獲騁。（其二）
> 日月還復周，我去不再陽。（其三）
> 百年歸丘壟，用此空名道。（其四）
> 去去轉欲速，此生難再值。（其六）
> 日月不肯遲，四時相催迫。……家爲逆旅舍，我如當

〔註76〕見《陶淵明詩文彙評》，頁311。李公煥《箋註陶淵明集》卷四引祁寬、趙泉山之說，以爲此詩乃淵明先生將逝之夕自挽之作。

　　去客。去去欲何之？南山有舊宅。（其七）

在這些篇章裡，可以更清晰的見到時間、生命、與死亡之間的密切關係。日月的周而復始，說明時間的綿亙不絕，日月的不肯棲遲，意謂時間的流逝與無情；而人生是一去不返的，唯有隨著日月不停的腳步向前奔馳。生命的時間是線性的、一次性的，盛年不能重來，白髮難以復黑，而人死亦不能復生。無論賢愚不肖，生命的最終歸宿是北邙，是南山；而日月仍終古不息，並不因個人的生死而稍稍佇足。對於一個有自覺的生命而言，面對時間的流逝總有一分無以言喻的緊張，於是和日月競逐，期能在有限的人生裡有所成就，乃至超越時間的範限；唯結局依然是時間戰勝了生命。這樣的困局如何方能解脫？

　　陶詩中時間的意識、生死的憂患，或源自於時代的動盪、混亂，以及由此而生的生命危脆感，或源於詩人敏銳的生命自覺。至於其消解與超越之道，在〈形影神三首〉中有深刻的論辯。三首之中，〈形贈影〉極言人生之短促，而以酒為忘情解憂之方；〈影贈形〉則強調立善以遺愛人間；唯〈神釋〉則云：

　　　　老少同一死，賢愚無復數。日醉或能忘，將非促齡具。
　　立善常所欣，誰當為汝譽？甚念傷吾生，正宜委運去。縱浪
　　大化中，不喜亦不懼。應盡便須盡，無復獨多慮。

序中有言：「貴賤賢愚，莫不營營以惜生，斯甚惑焉；故極陳形、影之苦，言神辨自然以釋之。」將序言和〈神釋〉參看，我們可以發現〈十九首〉中已提出的飲酒、立善，陶淵明都認為不是究竟，唯有體悟老莊委順自然之道，方能真正超越時間與生死的束縛。其中「大化」二字出自《列子・天瑞篇》：「人自生至終，大化有四：嬰孩也，少壯也，老耄也，死亡也。」所謂縱浪大化，即是隨順生老病死的變化，而不喜不懼；亦即〈養生主〉所說：「安時而處順，哀樂不能入也。」

　　郭銀田在《田園詩人陶淵明》第五章曾指出：「魏晉是一個老莊的自然主義極流行的時代，……陶淵明生在這個自然主義風行的時代裡，既有自然的質性，也有道法自然的悟解，因之使他遠離了人間社

會，歸返到大自然。在大自然的懷抱裡，他酣飲自然的酒，領略自然的美，即是他的快樂，也不是樂於富貴，而是樂於自然，樂於天命。」由這一段話可知，老莊的自然哲學對陶淵明的生活、思想實具有相當程度的主導作用；是故，他能以超越的心態來看待生死。正如草木有榮枯，四時有更替，人亦有生死的循環，這不過是自然萬象諸般變化中的一環，又何須因之而悲喜？於是他能高詠：「應盡便須盡，無復獨多慮」，或「聊乘化以歸盡，樂夫天命復奚疑」(〈歸去來兮辭并序〉)了。

總之，陶淵明雖然在詩文中亦常流露出深沈的時間意識與生死憂患；然而，在層層翻越的思考中，他澈悟到自然無為之道，因而能由時間與生死束縛中解脫出來。委順自然以面對生死的觀點，是在〈古詩十九首〉的基礎上又向前跨了一大步；而這一分生死的智慧，亦將對盛唐詩人的生死觀有一定的影響。

參、生死的關懷與時間意識

在第一節中，經由惜春與悲秋詩，可以見到詩人在四時代序中對時間的體察，與隨之而興起的青春易逝、盛年不再的感觸。第二節中，經由懷古詩，則見到詩人登臨歷史遺跡，撫今追昔所興發的古今如夢的體悟，以及個人生命在歷史中的定位等問題。由此亦可知，詩人對時間的醒覺，不論是源於節候或歷史，終究還是要回歸到自我生命的反省。時間意識深一層說即是生命意識；是故，生死關懷詩實是詩人對時間、對生命更直接的思索。以下約分為二個部分來論述：

一、生死殊途的大痛

在生、老、病、死的循環中，對於自己的生與死，嚴格說來，我們是無知的。當我們誕生時，尚不能自覺自己的生；同樣的，當逝世後，已不能覺察自己的死。對於死亡的認識，或許來自於想像、推斷，或許來自於目睹他人死亡所產生的印象；雖然有人曾有瀕臨死亡的感受，但是無論如何，對於生者來說，死亡畢竟是不可經驗的。

　　陶淵明在臨終之際，曾作〈挽歌詩〉揣想自己死後的情境，盛唐詩人的挽歌悼亡詩則在表達對死者的悼念，並觸及到生死問題的探討。王維〈哭殷遙〉云：

> 人生能幾何，畢竟歸無形。念君等為死，萬事傷人情。慈母未及葬，一女纔十齡。泱漭寒郊外，蕭條聞哭聲。浮雲為蒼茫，飛鳥不能鳴。行人何寂寞，白日自淒清。憶昔君在時，問我學無生。勸君苦不早，令君無所成。故人各有贈，又不及生平。負爾非一途，慟哭返柴荊。（卷一二五）

哀悼友朋的詩篇其重點不外是追憶彼此的交情，傷痛友朋的早逝，表達思念的情感，並為生死的無常而慨嘆。王維的這一首詩也是循著這些方向來結構全篇，其中在彼此的交情方面，他提及：「憶昔君在時，問我學無生。勸君苦不早，令君無所成。」這一段話乃是由故友今日的死亡，追思其生前曾對生死問題有所關注，並欲藉學佛以了脫生死云云。其實亦即是由側面點出透過佛教的思想，可以超越生死輪迴的痛苦。這樣的觀點，又和〈古詩十九首〉，及淵明先生的〈形影神〉有所不同。唯無論老莊或佛法的修習，皆僅是指出一條途徑，當面臨親友的死亡，又何嘗真能淡然？儲光羲在〈同王十三維哭殷遙〉中云：

> 故人王夫子，靜念無生篇。哀樂久已絕，聞之將泫然。太陽蔽空虛，雨雪浮蒼山。迢遞親靈襯，顧予悲絕絃。處順與安時，及此乃空言。（卷一三八）

詩中描述了王維的哀傷與泫然，同時亦說明了凡人面對生死大事，實難以無動於衷。誠如〈蘭亭集序〉所說：「死生亦大矣，豈不痛哉！每覽昔人興感之由，若合一契。……固知一死生為虛誕，齊彭殤為妄作。後之視今，亦猶今之視昔，悲夫。」老莊豁達的生死觀，與佛家解脫生死的智慧，只有真正得道之士方能將它落實於生活之中。至於芸芸眾生，自古而今都無法避開生死流轉的大痛。對於生命短促、人生無常的憂懼與哀傷，是每一個世代、乃至絕大多數凡夫俗子共有的情感，這分情感深植於心難以自解。詩人具有較諸常人更敏銳、豐沛的情思，因親友喪亡而滋生的生命虛幻感必然倍於常人，所謂：「聖

人忘情，最下不及情；情之所鍾，正在我輩〔註77〕」；是故，在哀弔
的詩篇中，無不流露出詩人最眞切、懇摯的感情，只因爲他們都是「我
輩」中人，尙不能忘情於生死。而這種無以爲懷的生死悲情，也正是
中國文學抒情傳統中的本體意識〔註78〕。

　　有時詩人以較爲含蓄的方式來表達無盡的哀思，如岑參〈河西太
守杜公挽歌四首・其二〉云：

　　　　鼓角城中出，墳塋郭外新。雨隨思太守，雲從送夫人。
　　蒿里埋雙劍，松門閉萬春。回瞻北堂上，金印已生塵。（卷
　　二〇〇）

「蒿里埋雙劍，松門閉萬春」，以暗示性的筆法寫出杜公夫婦同時安
葬，如干將莫邪二劍長埋九泉；而死者不可復生，千秋萬載，墓門永
閉。「回瞻北堂上，金印已生塵」，則以塵埃暗生，描寫時光的推移，
權勢、榮華、生命都隨時光流逝，只成爲被塵封的記憶。

　　杜甫的〈重題〉則說：

　　　　涕泗不能收，哭君余白頭。兒童相識盡，宇宙此生浮。
　　江雨銘旌溼，湖風井徑秋。還瞻魏太子，賓客減應劉。（卷
　　二三二）

按：杜甫先有〈哭李尙書之芳〉一首五言排律，故本篇以〈重題〉爲
題。《讀杜心解》卷三之六中，浦起龍比較兩篇的內容，認爲：「五
排之悲爲李悲，此篇之悲并爲身悲矣。」申鳧盟亦云：「二首挽詩絕
調，三句哭及眾友，四句兼哭自己矣〔註79〕。」的確，「兒童相識盡，
宇宙此生浮」，既點染出故交零落的哀傷，亦寫出自身飄泊天地，終
將同歸塵土的悲愴。所以說，在杜甫的悲哭裡，不只是爲死者哭、爲
故友哭，也是爲自己哭，爲天下人哭。孟雲卿〈古挽歌〉說：「北邙
路非遠，此別終天地。……薤露歌若斯，人生盡如寄。」（卷一五七）
人生如寄的憂患，在莊子書中，在〈十九首〉詩裡，乃至在杜甫、孟

〔註77〕見《世說新語》，〈傷逝第十七〉。
〔註78〕見張淑香《抒情傳統的省思與探討》，頁60。
〔註79〕見楊倫《杜詩鏡詮》卷十九，頁937。

雲卿的筆下心上，都是人生無由迴避的根本困局，也是詩人所以悲哭的內在原因。

　　詩人喪失親友的悲痛，容或隨著時日而稍減，然而，心中的憶念卻長在心頭。一旦在外緣的觸動之下，內心深藏的感情每每油然而生。李頎〈題盧五舊居〉云：

> 　　物在人亡無見期，閒庭繫馬不勝悲。窗前綠竹生空地，
> 門外青山如舊時。悵望秋天鳴墜葉，巑岏枯柳宿寒鴉。憶君
> 淚落東流水，歲歲花開知爲誰。（卷一三四）

這類詩作絕大多數都和懷古詩一樣，是以特定的地點起興；唯懷古詩所登臨的是歷史的遺跡，此類作品則是過訪友朋昔日所居住、遊賞之處。懷古詩指向歷史的興亡盛衰，或前賢的成敗得失，本類詩作則專表對故友的情誼。「物在人亡」是詩中感慨的重心，今昔之比是寫作的主要手法，而時間意識在今昔的摩盪下，隱然流注於其中，最後以無盡的傷懷、思念作結。下面再舉數例加以印證：

> 　　獨自成千古，依然舊四鄰。閒簷喧鳥鵲，故榻滿埃塵。
> （王維〈過沈居士山居哭之〉，卷一二七）

> 　　故人成異物，過客獨潸然。……平生竹如意，猶挂草
> 堂前。（孟浩然〈過景空寺故融公蘭若〉，卷一六〇）

> 　　人亡餘故宅，空有荷花生。念此杳如夢，淒然傷我情。
> （李白〈對酒憶賀監二首·其二〉，卷一八二）

> 　　故人軒騎罷歸來，舊宅園林閉不開。唯餘挾瑟樓中婦，
> 哭向平生歌舞臺。（王喬〈過故人舊宅〉，卷二〇三）

在上錄的詩句中，對死亡的描述語包括：成千古、成異物、亡、以及軒騎罷歸等。按：異物一詞出自《莊子·大宗師》，方外之人「惡知死生先後之所在？假於異物，託於同體，忘其肝膽，遺其耳目，反覆終始，不可端倪。」亦即視死亡爲形軀化爲異物的現象，其生命本質並無變化，後人乃以異物爲死亡的代稱〔註80〕。至於千古、亡、軒騎

〔註80〕《史記·屈原賈生列傳》中〈服鳥賦〉索隱：「謂死而形化爲鬼，是爲異物也。」可並參。

罷歸等語皆由一去不返的意義來構思。此外如孟浩然〈傷峴山雲表觀主〉云：「豈意餐霞客，忽隨朝露先」（卷一六〇），以「隨朝露」形容死亡，則暗寓著生命的短暫易逝。凡此皆可證明，就文化的深層結構而言，死亡和時間意識實有不可分離的關係。

再由舊鄰、故榻、故宅、故人、舊宅等語詞來考察，故舊指向的是美好的過去；而如今物在人亡，於是詩人以空、餘等字眼來表達內心的悵惘，並以埃塵點出歲月的滄桑。在今昔對比之下，扣動詩人心弦的正是那種時間錯綜迷離的感受，過往的歡樂，今日的寂寞，時光帶走一切，而又匆匆流逝；這樣的感傷伴隨著對亡友的悼念，遂凝聚成一股動人的詩情了。

二、人生苦短的憂懼

顏真卿〈三言擬五雜組二首・其二〉云：「五雜組，甘鹹醋。往復還，烏與兔。不得已，韶光度。」以烏兔的往還，形容時光的運行不已，雖然常見，卻頗具代表性；畢竟日月的更替是衡量時間最直接、顯明的方式。而自然時間的流轉，往往會導引詩人去檢視自己的生命時間：

> 君不見雲中月，暫盈還復缺。……親故平生或聚散，
> 歡娛未盡尊酒空。歎息青青陵上柏，歲寒能有幾人同。（賀
> 蘭進明〈行路難五首・其四〉，卷一五八）

> 白日與明月，晝夜尚不閒。況爾悠悠人，安得久世間。
> （李白〈雜詩〉，卷一八四）

無論是晝夜的循環，或者月亮的盈缺，都表徵著歲月流逝的動態歷程。詩人仰望天體的運行，俯首沈思人事的離合聚散、以及個人存在的命限，不免有幾分無奈與愴然。

有時，詩人一起筆便將焦點落在死亡上頭，例如常建的〈古意〉、〈古興〉即以死亡渲染人生苦短的感受：

> 牧馬古道傍，道傍多古墓。蕭條愁殺人，蟬鳴白楊樹。
> （卷一四四）

　　　　漢上逢老翁，江口爲僵屍。白髮沾黃泥，遺骸集烏鵶。

　　機巧自此忘，精魄今何之。(卷一四四)

透過古墓、白楊、僵屍等詞語，死亡的可怖與陰影具象化地呈現在詩
中。死亡迫使我們永遠和親人朋友離別，它帶走了生命中一切美好的
事物，結束了我們賴以行動、感受、認知的生命力；面對死亡的顫慄，
讓我們眞切地了解人生的時間性，亦即人只是在時間中有限的存在，
並進而去思索生命的意義與價値。

　　此外，在部分擬古詩與樂府詩中，或由於詩題的特色，或由於古
詩原作的影響，亦常觸及生命有限的命題。以下列舉李白的詩作爲
例：

　　　　白日何短短，百年苦易滿。蒼穹浩茫茫，萬劫太極長。
　　(〈短歌行〉，卷一六四)

　　　　浮生速流電，倏忽變光彩。天地無凋換，容顏有遷改。
　　(〈對酒行〉，卷一六五)

　　　　長繩難繫日，自古共悲辛。……石火無留光，還如世
　　中人。(〈擬古十二首・其三〉，卷一八三)

　　　　日月終銷毀，天地同枯槁。……爾非千歲翁，多恨去
　　世早。(〈擬古十二首・其八〉，卷一八三)

　　　　生者爲過客，死者爲歸人。天地一逆旅，同悲萬古塵。
　　(〈擬古十二首・其九〉，卷一八三)

在上述的詩句中，時間意識以一種最鮮明、強烈的方式被凸顯出來。
「浮生速流電」，「石火無留光」，閃電的光芒一閃即逝，打火石所迸
出的火光亦乍起即滅；而人生的無常幻滅豈不正如電光石火一般？生
與死之間看似漫長，然而當臨終之際回首前塵，亦不免有恍如一夢的
感懷。「生年不滿百」(〈古詩十九首〉)，然而縱有百歲的年壽，終究
是屬於有限，比起天地的綿延、太極的久長，百年可謂彈指即過。

　　在討論〈古詩十九首〉時，曾特別強調其「人生如寄」的觀點，
上引的李白詩即承繼著這樣的生命觀點，而染有濃厚的古詩色彩。《列
子・天瑞篇》云：「古者謂死人爲歸人，……則生人爲行人矣。」李

白則說：「生者為過客，死者為歸人」，而將天地視為過客暫時憩止
的逆旅。在〈春夜宴從弟桃花園序〉他亦表達了相同的看法：「夫天
地者，萬物之逆旅也；光陰者，百代之過客也。而浮生若夢，為歡幾
何？」人生只如宇宙、時空間的過客，偶然而來，匆忙而去，而來去
之間是不能自主的，這樣的感觸在太白詩中具有相當的意義。呂興昌
認為：「對李白而言，時間意識一直是他一生衝突矛盾的來源，也是
他一再想超越、忘懷的對象﹝註81﹞。」由這個角度出發，對於李白的
詩歌及其內心世界，將會有更深刻的領悟。

　　以上略就自然時間的觸發、死亡景象的刺激、以及詩歌傳統的影
響等方面，說明生命短暫這一主題出現的外緣，至於其解脫之道則略
說於下。李白的〈擬古十二首・其三〉說：

　　　　長繩難繫日，自古共悲辛。……提壺莫辭貧，取酒會
　四鄰。仙人殊恍惚，未若醉中真。(卷一八三)

飲酒，對古代的文人而言，既是快樂時助興取樂的方法，也是煩惱、
痛苦時解除煩憂的良方。當面臨著生死無常的悲痛與時間流逝的憂
懼，醉鄉彷彿是最能安慰心靈的天地。和友朋、鄰里舉杯同歡，或者
獨自邀月共飲，拋開煩憂沈醉在當下的歡樂之中，這是詩人解脫生死
憂患慣用的方式。〈古詩十九首〉的詩人倡言：「不如飲美酒，被服
紈與素」；陶淵明亦常以酒為伴，〈形贈影〉說：「願君取吾言，得酒
莫苟辭」；李白承接著這個傳統，〈對酒行〉在感嘆浮生速如流電，容
顏倏忽遷改（見前引）之後，即以「對酒不肯飲，含情欲誰待」作結。
本詩則強調仙人的虛幻不實，以及醉鄉的真實不虛，亦即是以及時行
樂來對治生死的憂患。

　　飲酒之外，追求富貴榮名也是詩人肯定自己存在價值的方式。李
白〈擬古十二首・其七〉云：

　　　　世路今太行，迴車竟何託。萬族皆凋枯，遂無少可樂。

〔註81〕見呂興昌〈和諧的剎那──論李白詩的另一種生命情調〉（呂正惠編
　　　《唐詩論文選集》，頁185）。

曠野多白骨，幽魂共銷鑠。榮貴當及時，春華宜照灼。人非
崑山玉，安得長璀錯。身沒期不朽，榮名在麟閣。(卷一八三)

　　這首詩由世路險惡、前途茫茫，寫到死亡對生命的摧折，進而期
許生前的富貴、死後的榮名，以快慰平生。篇中的構思、立意都和〈古
詩十九首・迴車駕言邁〉類似。其中「富貴當及時」的觀點，其實和
前面痛飲狂歌、及時行樂的態度是相應和的。飲酒是由肉體上麻醉自
己，抓住及身的功名則是用富貴填補生命的空虛。

　　然而，世俗的榮華畢竟不能真正使生命得到安頓，李白亦常嘆
息：「富貴非所願」(〈短歌行〉)，「浮榮安足珍」(〈擬古十二首・其
九〉)，於是他懷著無以究詰的苦悶，與無窮的希望，去追尋傳說中的
神仙世界：

　　　傳聞海水上，乃有蓬萊山。玉樹生綠葉，靈仙每登攀。
　一食駐玄髮，再食留紅顏。吾欲從此去，去之無時還。(〈雜
　詩〉，卷一八四)

中國詩中游仙的傳統可謂源遠流長，屈子的〈遠遊〉，曹植的〈仙人
篇〉，郭璞的〈游仙〉都是這類的作品。在李白複雜的思想，與豐富
的生活樣態中，訪道求仙是其中重要的一環。〈雜詩〉中，以日月交
替，晝夜循環不息起興，引出「況爾悠悠人，安得久世間」的感懷(詳
前引)；而後則冀求尋訪蓬萊仙山，采食仙山靈藥以「駐玄髮」、「留
紅顏」。事實上，求仙的目的即在求得長生不死之道，能位列仙班，
生死無常之苦自然泯除於無形。

　　此外，道家的思想亦是解脫生死憂患的重要智慧。常建在〈古
意〉、〈古興〉中，目睹死亡所帶來的蕭索悲慘的景象，反省到生命的
最終價值，他說：「富貴安可常，歸來保貞素」，「名與身孰親，君子
宜固思」。顯然地，他看清功名富貴的虛妄無常，而歸本於「全性保
真」的老莊思想。孟雲卿的〈放歌行〉則云：

　　　賢愚與蟻蚤，一種同草草。地脈日夜流，天衣有時掃。
　東山謁居士，了我生死道。……軒皇竟磨滅，周孔亦衰老。
　永謝當時人，吾將寶非寶。(卷一五七)

篇中描述雖軒皇、周孔等聖賢，亦不免衰老與死亡的命運。死亡是最公平的，卻也最無情，任憑聖賢與螻蟻同朽，令志士憑添無窮憾恨。最後，詩人以「寶非寶」的清明智慧，來了脫個人的生死。

　　以上列舉了飲酒、游仙、功名的追求、道家思想的慰解等解脫生死憂患的方法，具體而微地呈現出盛唐詩人的人生觀與生活觀；至於時空憂患的消解與超越之道，在第四章中將有更為完整、深入的探討。

肆、傷逝詩中表徵時間意識的意象

一、人事的意象

　　生死關懷的焦點落在個體生命的衰老與死亡上頭，而生命的衰老表現在身體機能的老化，記憶力的衰退，以及精神活力的不足等各方面；在詩中則以具象的「白髮」作為衰老的表徵。試看下列的詩句：

　　　　我年一何長，鬢髮日已白。俯仰天地間，能為幾時客。

（王維〈歎白髮〉，卷一二五）

　　　　宿昔朱顏成暮齒，須臾白髮變垂髫。（王維〈歎白髮〉，卷一二八）

　　　　紅顏老昨日，白髮多去年。鉛粉坐相誤，照來空淒然。

（李白〈代美人愁鏡二首・其一〉，卷一八四）

　　　　自笑鏡中人，白髮如霜草。捫心空嘆息，問影何枯槁。

（李白〈覽鏡書懷〉，卷一八二）

　　　　白髮生偏速，交人不奈何。今朝兩鬢上，更較數莖多。

（岑參〈嘆白髮〉，卷二〇一）

以上五首題為〈歎白髮〉，或〈覽鏡書懷〉的作品，詩人都藉著白髮大作文章。如前所述，白髮所以可嘆在於它代表著年華的老去，盛年的不再；然而，敏感的詩人經由衰老自然會聯想到死亡的即將到臨，乃至有「俯仰天地間，能為幾時客」的悵惘。是故，對於頭上的素絲，詩人總不免耿耿於懷，而且常覺得它來得實在太早。從驚見第一根初白開始，詩人攬鏡自照之際，無不留心著髮上的變化：「今朝兩鬢上，更較數莖多」，寫出岑參對白髮漸多的無奈；「鬢髮日已白」、「須臾白

髮變垂髫」，則是王維的驚心。時間的流逝使頭髮日漸斑白，相反的，鬢髮的日漸斑白又何嘗不意味著時間的流逝，以及時間對生命的侵蝕？

下面再看二首杜甫的詩篇：

> 燕入非旁舍，鷗歸祗故池。……素交零落盡，白首淚雙垂。（〈過故斛斯校書莊二首・其二〉，卷二二八）

> 秋日蕭韋逝，淮王報峽中。……強吟懷舊賦，已作白頭翁。（〈奉漢中王手札報韋侍御蕭尊師亡〉，卷二三一）

二首詩中都可見杜甫有意無意間將白頭與死亡連結在一起，由人生難免一死，或友朋知交的零落，想到自己年歲已大，也將不久於人世，而不勝感慨唏噓。白頭、白首在這裡更直接指向臨近死亡的人生階段，和白髮一樣都是生命時間最具體的象徵。

二、自然的意象

用流水來描述時間應是相當恰當的比喻。自夫子在川上長嘆：「逝者如斯夫，不舍晝夜」（《論語・子罕》），以流水比喻時間遂成為最常見也最典型的手法。在上一節中曾提及流水具有「流逝」與「不息」的雙重特質，其中「流逝」可以呈現出時間的變化，與一去不返的本質，而「不息」則足以說明時間自體的永無止盡、亙古長存。在生死關懷的詩作中，流水仍是常見的時間意象：

> 逝川嗟爾命，丘井歎吾身。（王維〈過沈居士山居哭之〉，卷一二七）

> 故人不可見，漢水日東流。（王維〈哭孟浩然〉，卷一二八）

> 人隨川上逝，書向壁中留。（崔曙〈登水門樓見亡友張貞期題望黃河詩因以感興〉，卷一五五）

值得注意的是，流水在這裡不只是表示時間的過往，還進一步和生命的流逝相結合。「逝川嗟爾命」、「人隨川上逝」，遙接夫子的慨嘆，並確切地把時間、生命、流水放在一起來思考。生命如流水，一去不回頭，王維在〈哭孟浩然〉的詩中也表達了同樣的嗟悼；唯詩中同時又

以漢水的恆流來映襯人命的短促,其意涵是多樣的。此外李白〈古風‧其十一〉說:「逝川與流光,飄忽不相待」(卷一六一);〈秋登巴陵望洞庭〉則言:「瞻光惜頹髮,閱水悲徂年」(卷一八〇);在這樣的詩句裡,李白巧妙地將逝水、流年、與個人的生命打成一片,短短的字句中,含蘊無窮的理思,令人玩之不盡。

最後,再略述塵埃、朝露的意象在生死詩中的應用。〈十九首〉中已經出現「年命如朝露」、「奄忽若飄塵」的比喻,阮籍〈詠懷‧朝陽不再盛〉也說:「人生若塵露,天道邈悠悠」。至於盛唐詩人的詩作,試條舉數例如下:

> 一興微塵念,橫有朝露身。(王維〈與胡居士皆病寄此詩兼
> 示學人二首‧其二〉,卷一二五)
> 薤露歌若斯,人生盡如寄。(孟雲卿〈古挽歌〉,卷一五七)
> 豈意餐霞客,忽隨朝露先。(孟浩然〈傷峴山雲表觀主〉,
> 卷一六〇)
> 人生無賢愚,飄颻若埃塵。(杜甫〈寄薛三郎中〉,卷二二
> 二)

這些詩句,有一部分在前面行文中已曾徵引;然而,經由比較,可以更完整地掌握朝露、塵埃在詩中的意義。朝露雖然晶瑩剔透,然而隨著太陽的升起,不久便被蒸乾而不留絲毫痕跡;用它來比喻人生,更凸顯出生命的短暫易逝。儘管每一個人都曾真實地生活在天地之間,但是當無常來臨,轉眼之際一切已成夢幻泡影,生前所有的愛恨悲歡亦杳不可尋。「人生無賢愚,飄颻若埃塵」,的確,生命有如朝露一樣短促,也彷若埃塵一般飄忽。這樣的觀點看似悲觀,然而在嘆息的背後,卻代表著詩人對生命的不捨與珍惜。

綜合本節的論述,對於盛唐詩中生死流轉的關懷我們有以下的看法:

(1)生命是一種綿延變化的歷程,它和時間有密不可分的關係。從某個角度來看,時間即生命;所謂時間意識即是自我生命的醒覺。

佛家說：「一寸時光，一寸命光」，實含蘊著深刻的人生哲理。

（2）人們易於在時間的終結時刻，感受到鮮明的時間性；因此，面臨衰老與死亡常迫使我們去思考生命的本質與意義，以及有限與無限，死亡與不朽等課題，對時間流逝的感受也更強烈。

（3）詩學史上，探索生死問題的作品為數亦不少，其中以〈古詩十九首〉對於「死生新故之感」的描摹最具典型。歸納〈十九首〉中生死感懷的作品，可以發現「人生如寄」是此類詩作情感的核心。面對時光如流，人生苦短的悲哀，古詩的詩人或傾向及時行樂的態度，或以為應追求生前的榮華，及死後的美名。

（4）陶淵明對於生死的憂患，及時間意識亦有深沈的感受。他的〈形影神三首〉分別由飲酒、立善、與委順自然三個方向論辯生命的安頓問題，最後以「縱浪大化」為超越時間與生死束縛之道。

（5）盛唐詩中哀悼友朋的詩篇，其標題的方式約有以下數種：①哭某某，如王維〈哭殷遙〉。②挽歌，如岑參〈河西太守杜公挽歌〉。③過、題故人舊居，如王喬〈過故人舊宅〉。至於其內容重點不外是追憶彼此交情，傷悼友朋早逝，表達追思之意，並為死生的無常而慨嘆等等。其中生死的悲情，也正是中國文學抒情傳統中的內在要素。

（6）盛唐詩中對人生苦短的普遍性憂懼或由於自然時間的觸發，或由於死亡景象的刺激，而有時則源自詩歌傳統的影響；至於其內在的根源則在於人生有限，而人性中卻有不朽的渴望，於是如何在有限之中去求取無限便成為詩人生命的課題。

（7）盛唐詩人超脫時間意識與生死憂患的方法，大體承繼著古詩以來的傳統，如飲酒、游仙、功名的追求，佛老思想的慰藉等。在此，未能細論，第四章中再作更完整、深入的探討。

（8）盛唐生死關懷詩中表現時間意識的主要意象包括白髮、逝川等。白髮代表年華老去、盛年不再，也暗示著時間的密換暗移，它是生命時間接近尾聲的表徵。以流水比喻時間不論在季節感懷詩、或懷古詩中都常出現，在本節中則可見詩人常將時間、生命、與流水放

在一起來思考，亦充分顯現時間意識與生命意識的不可分離。

結　語

　　本章透過季節感懷、登臨懷古、與生死關懷等詩類，檢視時間意識在盛唐詩中所呈現的不同樣態。從中發現，季節更迭、登臨古跡，以及面臨生死大事固然是觸發詩人時間意識的重要因素，但從另外一個角度來看，時間意識也是以上不同詩類中主導的情感，或者說抒情的泉源。正因爲時間意識是中國文學抒情傳統的核心，是故季節的感懷偏重在傷春與悲秋，而傷春詩中的惜春情感亦顯得特別動人。同樣的，入唐之後詠史逐漸褪去其敘事、議論的形式，而懷古的成份與比例漸增，其根本的原因也應是時間意識在以歷史爲題材的詩作取得主導地位的緣故〔註82〕。

　　談到觸發時間意識的外緣，當然不只以上三者。其他如民俗節日的感懷，久別後重逢友朋間的贈答，或者落拓不偶自傷老大的作品，也都偶有時間的感懷。然而，民俗節日的感懷和季節的感懷重疊的部分頗多，如杜甫〈九日藍田崔氏莊〉，首句即拈出「悲秋」二字；而久別重逢，以及落拓不偶的詩作中，直接關乎時間意識的作品爲數並不多，加以篇幅所限，是故對於上述幾類詩作並未詳細討論。

　　在季節感懷詩與懷古詩中，詩人著眼於更迭變化而又生生不已的自然時間，以及往古來今，興衰循環的歷史時間，離開自我，去探索自然與歷史運行發展的法則；然而，詩人的眼光終將由極高極遠處拉回以俯視人生，亦即由更高遠、遼闊的視角來反省個人存在的意義與命限。最後，關注的焦點依然是個人生命的問題，或者說生死的問題。換言之，在節序往還，與歷史滄桑裡，生命存在的時間性是詩人眞正掛念的。時間意識，時間流逝的經驗與自覺，其實可視爲生命意識的

〔註82〕蔡英俊在《興亡千古事・導論》，頁7中認爲，詠史逐漸轉換爲懷古，主要在順應律絕這種精姸新巧的創作體式。其觀點純由創作形式立論，亦頗有見地，可與本文觀點相參。

模糊化〔註83〕。

　　所以說，觸動時間意識的外緣可以有很多，但其內在的原因卻在於生命本身的有限性，以及生命主體欲超越此短暫有限的人生，解脫時間的束縛，以邁向永恆與不朽的渴望。就在有限的生命與不朽的願望相對峙下，時間的壓力愈沈重，時間流逝的速度愈快，時間意識也愈發強烈、深沈了。

〔註83〕海德格認為：我們知道自己的有限，知道自己會死；但因為我們不願面對我自己確定會死而且隨時可能死的事實，逃避到「人們會死」的含糊認知，因此就指稱時間的流逝。見項退結《海德格》，頁 121～122。

第三章　盛唐詩中空間感懷的主要內涵

　　正如在緒論中所述，空間是所有事物現象據以生成的場所，也是人類生存、活動的領域。人生活居止於其中，經由心靈的作用遂能逐漸認識、把握它的本質。然而，對於詩人來說，他所注重的並非抽象的空間觀念，而是生活空間的體察，以及由之而生的感懷。

　　因此在本章中所要探討的空間意識並不是空間描寫與空間觀念，而是傾向於詩作詠歎主題的範疇〔註1〕。廖蔚卿〈論中國古典文學中的兩大主題〉一文中認爲：在現實生活中，人們對於當前的環境社會常有一種「主觀意識上的空間差距，使他感到無所歸屬」，於是渴求回歸於故鄉或故國，以消除意識中的空間差距，泯滅疏離〔註2〕。在此所謂「空間意識」一詞，意謂詩人對於自我生命在遼闊的空間中飄泊不定、無所歸屬的自覺，亦即一種「人生無根蒂〔註3〕」的存在感受。值得注意的是，詩人的空間意識實結合了主客不同的層面。客觀方面，由於生活空間的變化，無論是故鄉與他鄉，京師與外地，或

〔註1〕關於空間意識一詞，在本文中主要包括空間感懷、空間描寫、與空間觀念等層面。本章重點在空間感懷，屬於主題的範疇，其他相關問題留待第五章再作討論。

〔註2〕見廖蔚卿〈論中國古典文學中的兩大主題〉，(《幼獅學誌》，第十七卷，第三期，頁91)。

〔註3〕陶淵明〈雜詩十二首・其一〉語。

者中土與異域的對比，都很容易喚醒詩人不同的空間感受；再加上主觀方面對於新環境的難以認同，於是引發飄泊的、被棄置的、乃至於孤寂的空間感懷，或興起征服新環境的豪情與壯志。

　　和時間意識一樣，空間意識在中國詩史上亦具有「抒情泉源」的作用，這一點可由中國詩歌中無數詠歎去國懷鄉，以及異域生活的作品得到證明。下文中，即由故園的緬懷、京師的嚮慕、與邊塞的征逐等不同題材，探討空間意識在盛唐不同詩類中的展現。在本文緒論中，曾由從政理想、行卷宦游、以及內外的戰亂論及空間意識產生的一般因素；本章各節的引言中，將進一步隨文補充不同類型的空間感懷詩產生的原因。

第一節　故園的緬懷

壹、引　言

　　鄉愁，是中國古典詩中最常見的主題之一，翻開每一冊詩集，幾乎都可見到詩人懷鄉的感情。劉若愚即認為：「中國詩人似乎永遠悲嘆流浪和希望還鄉」（《中國詩學》第五章）。至於鄉愁詩興盛的原因，劉先生則由中國幅員的廣大、交通的困難，城鄉生活的差距，傳統社會對家庭的重視，以及農耕民族的民族性等方面來說明（同前引，頁89），其中部分論點以下將略加申論。

　　首先，鄉愁詩的產生和傳統社會中以人倫為本位的文化特質相關。倫理道德，是維繫中國古代社會、國家長保不墜最為強固的力量，而傳統的五倫中，屬於家庭倫理的部分便五居其三，可見家庭在整個古代社會中的重要性。對於個人而言，家庭具有生、養、育等屬於生物的、經濟的、教育的各項功能，也是個人獲得情感溫暖，以及安全保障的泉源〔註4〕。因此，「成立家族，經營家族，維持家族，成為中

〔註 4〕參見韋政通《中國的智慧》，頁 216。韋先生認為家庭還具有政治性的功能，如以家法處理家庭成員間的紛爭等。

國人生命及生活中最重要之事〔註5〕。」個人從屬於家族，家族生活是大部分人生活的重心，誠如金耀基所說：「家在中國人的心目中即是生活的宇宙，脫離家，便是遊子，便是飄蓬〔註6〕。」但是，矛盾的是知識分子為了自己的理想、前程，為了光耀門楣，又不得不遠離家園，走上漫長而曲折的游宦生涯，大量的鄉愁作品也就應運而生了。

其次，傳統社會中以農業為主的經濟體制，與安土重遷的民族性，加深了詩人對故園的思念。古代社會除皇帝與貴族等統治階級外，人民一向被分為士、農、工、商四階層。雖然士為四民之首，然而農卻位居工商之前，重農輕商是漢代以來國家的重要政策。《史記‧孝文本紀》文帝二年詔曰：「農，天下之本，其開籍田，朕親率耕。」天子於正月親自率耕，透過儀式的宣告，奠定以農立國的精神。耕種所得不僅足以維持家族生活所需，尚可供給社會的需要，而農人子弟成為士的可能性頗大，因此耕讀傳家是傳統社會可貴的家風〔註7〕。

中國既是一個以農為本的農業社會，「中國人的根即深植於大地之中」，「對土地有一種虔敬之情，同時亦把自然看作一有情體」〔註8〕；換言之，土地對傳統的中國人而言，不只是生產的憑藉、生活的保障，它還是哺育我們的母親，以及可以安身立命的根。因此，對鄉土的依戀便成為一種永遠離以割捨的情感，安土重遷的民族性也就在重農的經濟體制下塑造而成。所謂落葉歸根，「鳥飛反故鄉兮，狐死必首丘」（屈原〈哀郢〉），故鄉的呼喚是遊子心靈中不斷反復出現的聲音。

〔註5〕見楊懋春〈中國的家族主義與國民性格〉，（李亦園編《中國人的性格》，頁137）。

〔註6〕見金耀基《從傳統到現代》第一篇，頁53。金先生以為家與孝是中國傳統社會價值系統中重要的一個環節。

〔註7〕同註6引書，頁55與96。

〔註8〕同註6引書，頁54與84。金耀基強調重農輕商亦是中國傳統社會重要的觀念，由於重農，故與土地有深厚的情感，天人合一的理念也由此而生。

　　此外，在緒論中已經論及，唐代科舉制度下游宦與行卷的風尚盛行，詩人幾乎都有相當豐富的宦游經驗，再加上戰亂下的流離，詩人不可避免的要離開家園，這和以家族為本位的文化特質，與安土重遷的民族性，實相違迕；然而，鄉愁詩複雜而多樣的面貌，就在諸般因素相互摩蕩下形成了。

貳、鄉愁詩的歷史考察

　　鄉愁詩的起源極早，幾乎是在中國詩歌史的源頭即已經出現。《詩經・采薇》云：

　　　　采薇采薇，薇亦作止。曰歸曰歸，歲亦莫止。靡室靡家，玁狁之故。不遑啟居，玁狁之故。采薇采薇，薇亦柔止。曰歸曰歸，心亦憂止。憂心烈烈，載飢載渴。我戍未定，靡使歸聘。(一、二章)

　　這兩章主要在描述戍卒行役之苦，以及他們對家園的思念和有家歸不得的憂愁。為了王事，戍卒遠離故鄉，來到邊地以防備外族的侵陵，當歲暮時分，想起故鄉的親友，返鄉的渴望自然湧上心頭。然而，戍事尚未結束，歸期遙遠難期，乃至遣人代問家人平安與否也有所不能。其中所謂「不遑啟居」、「我戍未定」，更表達出征人對安居的渴求，以及行止不定的不安和徬徨。另一首〈東山〉詩同樣是以征夫為題材：

　　　　我徂東山，慆慆不歸。我來自東，零雨其濛。我東曰歸，我心西悲。制彼裳衣，勿士行枚。……鸛鳴于垤，婦歎于室。洒掃穹窒，我征聿至。有敦瓜苦，烝在栗薪。自我不見，于今三年。(節引一、三章)

《毛詩序》認為：「〈東山〉，周公東征也。周公東征，三年而歸，勞歸士。大夫美之，故作是詩也。」篇中深刻地描摹了久戍在外的士卒還鄉途中的心情。在迷濛的細雨中，戰士們回想起三年來淹留於東山的悲苦；瞻望前程，則又洋溢著解甲歸田的喜樂。隨著家鄉的接近，心中的情緒因之而翻騰：等待著自己歸來的妻子的容顏，還有睽違已

久的家園，一幕幕影像彷彿就在眼前。一股悲喜交集的情境，寫得既
真切而又動人。朱熹《詩集傳》說：「栗，周土所宜木，與苦瓜皆微
物也。見之而喜，則其行久而感深可知矣。」所謂「行久感深」，正
普遍地道出遊子在異地與時俱增的思鄉情懷；這樣的情懷，詩人經由
對故園景物的憶念而呈現出來。王維〈雜詩三首〉中，以「問梅消息」
表達對故里的緬懷，其機杼略與本詩相同。

　　《詩經》之後，漢樂府、古詩中亦時見思鄉之作。〈悲歌〉是最
為膾炙人口的作品：

　　　　悲歌可以當泣，遠望可以當歸。思念故鄉，鬱鬱纍纍。
　　欲歸家無人，欲渡河無船；心思不能言，腸中車輪轉。

前引的〈采薇〉和〈東山〉，都和行役羈旅相關，本詩的背景則較為
模糊。由「欲歸家無人，欲渡河無船」推敲，或許是在戰亂後的作品，
親人死於無情的戰火，而戰後交通的阻絕，亦使得詩人返鄉無由。篇
中以淺白的語言，直抒胸中的鬱纍，「悲歌當泣」、「遠望當歸」，已經
成為表達思鄉之情最典型的方式。由情感的角度分析，大體包含思念
故鄉、家園殘破、與返鄉無由三個層次，而這種種情感，都總括在「望
歸」的動作裡。廖蔚卿以為本詩「正以悲傷的語言表現人類最為關切
的人生的主要困境：疏離與孤絕；而這望歸的意識情態也正是人們普
遍的意識情態〔註9〕。」所謂「疏離與孤絕」雖是援引自西洋哲學的
觀念，然而亦的確反映了遊子思鄉的心理狀態。在遊子的情感、或意
識中，此時此刻所在之處與故鄉之間，存在著難以踰越的鴻溝，空間
的阻隔，無家可歸的孤獨無依，令他彷如只是天地間一個踽踽獨行的
旅人。心靈的空虛與徬徨，驅使他頻頻向故鄉遠望，下意識中，希望
透過望歸的動作獲得心靈的安慰，但是卻只增添了無以自遣的惆悵。
總之，〈悲歌〉一詩已經相當程度地展現了本文所要探討的「空間意
識」。

　　〈古詩十九首〉中的離別詩，以遊子思婦間的感情為詠歎的重

〔註9〕同註2引文，頁91。

點，其中偶爾也涉及故鄉之思，如〈明月何皎皎〉云：「客行雖云樂，不如早旋歸」，頗能貼切地寫出客遊之人的心聲。漢魏之際，隨著社會的動盪，兵馬倥傯的生涯是大多數詩人難以避免的生活型態。以下就以曹氏父子的詩篇來加以說明：

鴻雁出塞北，乃在無人鄉。舉翅萬里餘，行止自成行。冬節食南稻，春日復北翔。田中有轉蓬，隨風遠飄揚。長與故根絕，萬歲不相當。奈何此征夫，安得去四方？戎馬不解鞍，鎧甲不離傍。冉冉老將至，何時返故鄉？神龍藏深泉，猛獸步高岡。狐死歸首丘，故鄉安可忘？（曹操〈卻東西門行〉〔註10〕）

西北有浮雲，亭亭如車蓋。惜哉時不遇，適與飄風會。吹我東南行，行行至吳會。吳會非我鄉，安得久留滯。棄置勿復道，客子常畏人。（曹丕〈雜詩·其二〉）

曹氏父子這二首詩作中，比興的意味相當濃厚，鴻雁、轉蓬、與浮雲都是征夫游子的比喻。鴻雁每年秋日南移，春日北往，往來之間，必須橫越千山萬水，長途跋涉；而蓬草「秋枯根拔，因風而轉〔註11〕」，與本根會合無期；至如浮雲本就無有根蒂，唯有隨風擺弄，飄浮不定；三者都象徵著遊子飄泊不定，無法自己作主的命運。尤其是轉蓬與浮雲這二個意象，鮮明地點染出一種生命無根的無奈與悲哀；而風，正是那強有力，而又不可測知的命運。

透過以上這組後世鄉愁詩中常見的意象，詩人在遼闊的蒼穹間飄泊流浪的心境乃得以彰顯。最後，曹丕感嘆「客子常畏人」，暗示著遊子在異鄉的孤獨無依；曹操則以龍藏深泉、獸步高岡、與狐死首丘，說明群生皆有回歸故居與舊土的本性，襯托出征夫行客對故鄉永遠的掛念。大體而言，這二篇作品正表現出建安文學因「世積亂離，風衰

〔註10〕余冠英《三曹詩選》，頁19，題解云：樂府有東門行、西門行，又有東西門行。曹操此詩題為〈卻東西門行〉，後來陸機又有〈順東西門行〉，卻和順，或以為是倒唱和順唱之別，這些都是樂調的變化。
〔註11〕見《古詩源箋注》，頁132。〈卻東西門行〉註。

俗怨」，而「志深筆長，梗概多氣」〔註12〕的特質。

　　上面所論述的懷鄉詩，除〈悲歌〉外，都是征夫行役之作；然而盛唐的鄉愁詩以宦遊者爲主，這類詩作至遲可上溯到西晉時代〔註13〕。《文選》錄陸士衡〈赴洛二首‧其二〉云：

> 羈旅遠遊宦，託身承華側。撫劍遵銅輦，振纓盡祇肅。
> 歲月一何易，寒暑忽已革。載離多悲心，感物情悽惻。慷慨
> 遺安愈，永歎廢餐食。思樂樂難誘，曰歸歸未克。憂苦欲何
> 爲？纏綿胸與臆。仰瞻陵霄鳥，羨爾歸飛翼。

李善注認爲本篇當題爲〈東宮作〉，詩成於陸機官拜太子洗馬之時。首句「羈旅遠遊宦」是通篇主題所在，遊宦一詞亦正式在詩中出現。按：陸機爲吳郡人，祖父陸遜爲吳丞相，父親陸抗是吳大司馬，士衡年二十，吳國滅亡，後與弟陸雲俱入洛中，任職於西晉朝中〔註14〕。《文選》另選錄其〈赴洛道中作二首〉，其性質與本詩相近，同歸於「行旅」一類。此外，他的〈擬明月何皎皎〉亦云：「游宦會無成，離思難常守」，遊宦的觀點再度被提出，可見詩人已經自覺地將宦遊、羈旅、與思鄉之愁聯結在一起，這對盛唐同類的詩作應有一定影響。

參、故園的緬懷與空間意識

一、與家園的乖隔

　　鄉愁詩主要的內涵是遊子離開故鄉後對家園的懸念。遊子離鄉背井的原因有很多，但對於盛唐詩人而言，宦游是最重要的因素。孟浩然〈都下送辛大之鄂〉云：

> 南國辛居士，言歸舊竹林。未逢調鼎用，徒有濟川心。
> 余亦忘機者，田園在漢陰。因君故鄉去，遙寄式微吟。（卷
> 一六○）

〔註12〕見劉勰《文心雕龍‧時序第四十五》。
〔註13〕按宦游一詞，《漢書》中已見，〈司馬相如傳上〉云：「長卿久宦遊，不遂而困，來過我。」唯詩中出現此詞語究竟始於何時，尚待考正。
〔註14〕參見《文選‧文賦》李善注引臧榮緒《晉書》。

在這首都下送別詩中，孟浩然對於辛大空懷濟世之志，卻不爲君王所
用，寄予深切的同情。據辛文房《唐才子傳》卷二所載，浩然四十遊
京師，其後因爲「不才明主棄，多病故人疏」一聯，得罪玄宗，因命
放還南山。然則，孟浩然在對辛大的同情之中，實包含了自己爲明主
所棄的悲哀，於是亦興起不如歸去之思。詩中，無論是求仕未果的辛
大，或滯留京都的浩然，他們爲了求取一官半職來到長安，這正是宦
游最常見的型態。儲光羲〈遊茅山五首・其一〉云：「十年別鄉縣，
西去入皇州。此意在觀國，不言空遠遊」（卷一三六）；在含蓄的語言
中，同樣可見盛唐詩人揮別家鄉，游宦於京城的時代風尙。

　　當然，宦游之地不止於兩都，有時甚至不限於中土，下面便以岑
參、高適的詩作略加說明：

　　　　昨夜宿祁連，今朝過酒泉。黃沙西際海，白草北連天。
　愁裏難消日，歸期尙隔年。陽關萬里夢，知處杜陵田。（岑
　參〈過酒泉憶杜陵別業〉，卷二〇〇）

　　　　可憐薄暮宦遊子，獨臥虛齋思無已。去家百里不得歸，
　到官數日秋風起。（高適〈初至封丘作〉，卷二一四）

第一首詩是天寶年間岑參赴安西節度使高仙芝幕中所作，第二首詩則
是高適初至汴州，任封丘尉所作，兩首詩都是在宦游的背景下產生的
〔註15〕。岑詩中極寫旅途的飄泊不定，以及隴右的淒迷荒涼，以襯托
對家園的思念；高詩則有不得歸返家園之嘆。所謂「陽關萬里夢」、「去
家百里不得歸」，都強調了身處之地與家園的距離，增添了空間的乖
隔感，使得返鄉的夢更覺遙遙無期。然而，如前所論，空間意識的底
層，往往亦隱含著詩人對所屬環境的難以認同，乃至有一種「失位」
的落寞。高適在另首〈封丘作〉中描述了在封丘的生活狀況，與他內
心的感受。詩人原本懷抱著「舉頭望君門，屈指取公卿」（〈別韋參軍〉，
卷二一三）的鴻鵠大志，豈料卻淪爲封丘縣尉。滿懷理想無由開展，

〔註15〕按本章另有「邊塞的征逐」一節，其內容重在邊塞生活與特殊空間
　　　景觀給予詩人的感受，與此處所引偏重家國之思者不盡相同。

現實生活的卑微繁瑣更冷卻了他從政的熱情，對於「拜迎長官」、「鞭撻黎庶」的縣尉生涯，他有著深沈的厭倦與無奈。因此，在〈封丘作〉中，他率直地發抒「乍可狂歌草澤中，寧堪作吏風塵下」的感嘆，並以「夢想舊山安在哉，……轉憶陶潛歸去來」（卷二一三）表明回歸故園的渴望。在此，故園之思正導源於理想的失落，返鄉所象徵的乃是徬徨的心靈希冀得到安頓的渴求。

　　宦遊之外，安史之亂所造成的動蕩，亦是驅使詩人離開家園的重要因素。杜甫詩中即常見亂離懷鄉之作：

　　　　天畔登樓眼，隨春入故園。戰場今始定，移柳更能存？
　　厭蜀交遊冷，思吳勝事繁。應須理舟楫，長嘯下荊門。（〈春日梓州登樓二首・其二〉，卷二二七）
　　　　束來萬里客，亂定幾年歸。腸斷江城雁，高高正北飛。
　　（〈歸雁〉，卷二二八）
　　　　平居喪亂後，不到洛陽岑。為歷雲山問，無辭荊棘深。
　　北風黃葉下，南浦白頭吟。十載江湖客，茫茫遲暮心。（〈憑孟倉曹將書覓土婁舊莊〉，卷二三一）

這三首詩都可見戰爭離亂的影子。戰爭迫使詩人離開洛陽偃師舊廬，成為浪跡天涯的「萬里客」。當東京收復後，詩人雖有北歸的念頭，但是又恐田園已經荒蕪，舊莊不復存在。浦起龍《讀杜心解》卷三之三評述〈梓州登樓〉詩云：「蓋家園殘破，既不可歸，而蜀中冷落，又無可倚，則且遊吳出峽而已。客感都在言外。」這種無家可歸的飄泊感正是杜詩中反復出現的主題，所謂「無家問消息，作客信乾坤」（〈刈稻了詠懷〉，卷二二九）是也。在杜甫心中總認為自己是天地間的旅人，永遠在他鄉流浪，永遠找不到可以真正安歇的地方；因此，家園縱使已經殘破，仍是轉徙於江湖多年之後，心之所繫，於是在友人往東京之際，不免要殷切地託其訪覓。「十載江湖客，茫茫遲暮心」，對家園的懸念，隨著羈旅生活的漫長，以及年歲的漸老，而益加深切了。

　　若說宦遊與戰亂使得詩人遠離家園，而產生懷鄉的感情，季節的流轉與民俗節慶，則是牽動鄉愁的重要媒介。在上一章第一節中，曾

經討論了季節與時間意識的關係，其重點在於季節流轉常引發詩人對時間流逝，或生命在時間中流逝的自覺；此處則偏重在探討季節與鄉愁詩的關係。首先試舉幾首春詩為例：

> 海日生殘夜，江春入舊年。鄉書何處達，歸雁洛陽邊。
> （王灣〈次北固山下〉，卷一一五）

> 楊柳青青杏發花，年光誤客轉思家。不知湖上菱歌女，幾箇春舟在若耶。（王翰〈春日歸思〉，卷一五六）

> 臘月聞雷震，東風感歲和。……歸來理舟檝，江海正無波。（孟浩然〈初年樂城館中臥疾懷歸作〉，卷一六○）

> 渭北春已老，河西人未歸。……別後鄉夢數，昨來家信稀。涼州三月半，猶未脫寒衣。（岑參〈河西春暮憶秦中〉，卷二○○）

由題目來分析，「次」意指泊舟留宿之意，和行旅相關；而「春日歸思」、「初年懷歸」、與「春暮憶秦中」，更可見作者已經有意地將節候與思鄉之情融和在一起了。王灣的「海日生殘夜，江春入舊年」，將日夜的交替，新春舊年的循環，與時間綿亙往還的奧秘點染而出；而由時序的變化，進而引出空間的感懷。岑參詩中則透過河西與秦中節候的差異，來描寫身處邊地內心的荒寒，其構思方式與張敬忠〈邊詞〉所云：「五原春色舊來遲，二月垂楊未掛絲。即今河畔冰開日，正是長安花落時」（卷七五）相同。兩首詩都指出：「四時代序的規律性被破壞無遺」，作者「置身於一個與他經驗中季節運行規律相抵觸的陰冷黯淡的世界中。」〔註16〕因此，更加深了他對故園的思念。

秋季詩中也常見懷鄉的作品：

> 涼風度秋海，吹我鄉思飛。……含悲想舊國，泣下誰能揮。（李白〈秋夕旅懷〉，卷一八三）

> 青楓落葉正堪悲，黃菊殘花欲待誰？……自恨不如湘浦雁，春來即是北歸時。（張謂〈辰陽即事〉，卷一九七）

〔註16〕見繆文傑著〈試用原始類型的文學批評方法論唐代邊塞詩〉，（呂正惠編《唐詩論文選集》，頁127、134）。

　　　流螢與落葉，秋晚共紛紛。……楚客在千里，相思看
　碧雲。(皇甫曾〈秋興〉，卷二一○)

上引的詩作中，李白的〈秋夕旅懷〉亦以詩題表明季節與鄉愁間密切
的關係。而涼爽的秋風、紛紛飄零的殘花落葉、明滅不定的流螢、以
及在高遠的天際飛翔的鴻雁，總將人的思緒牽引到遠方。龔鵬程即認
為：「秋，既展示了一種高遠淒寒的世界，懷遠即為它一個基型屬態
〔註17〕。」對於離鄉的遊子而言，家鄉遂成為魂牽夢縈的所在，只因
為它總是高懸在千里之外，而遊子寂寞淒寒的心也只有家園的親切溫
馨可以真正使它溫暖。然而，遊子的命運是不能自主的，返鄉的夢幾
人能圓？詩人唯有將思鄉的悲恨、哭泣，一寓於詩中，所謂「悲歌以
當泣」了。

　　至於民俗節日，對浸潤在文化傳統中的文人來說，尤其具有深刻
的意義。何況家鄉的節俗與異地的風尚往往不盡相同，隻身在外亦較
為缺乏節慶的氣氛，是故節日的到來格外容易喚醒屬於家園的回憶。
崔國輔的〈九日〉，與高適的〈除夜作〉都是很好的例證：

　　　江邊楓落菊花黃，少長登高一望鄉。九日陶家雖載酒，
　三年楚客已霑裳。(卷一一九)

　　　旅館寒燈獨不眠，客心何事轉悽然。故鄉今夜思千里，
　愁鬢明朝又一年。(卷二一四)

此外，如孟雲卿〈寒食〉(卷一五七)，杜甫〈一百五日對月〉(卷二
二四)，孟浩然〈他鄉七夕〉(卷一六○)，岑參〈行軍九日思長安故
園〉(卷二○一)，杜甫〈小至〉(卷二三一)以及孟浩然〈歲除夜有
懷〉(卷一六○)等等，也都是佳節思鄉之作。

　　由上舉的詩作中可見，幾乎每一首鄉愁詩都隱含著返鄉的渴望。
杜甫〈絕句二首·其二〉云：

　　　江碧鳥逾白，山青花欲燃。今春看又過，何日是歸年。
　(卷二二八)

───────────

〔註17〕見龔鵬程《春夏秋冬》，頁149。書中又以為，所謂遠包括故鄉、親
　　　人、京師、與友人等。

詩中，碧水、白鳥、青山、紅花組合成一幅鮮明亮麗的畫面；然而，面對此美景，詩人興起的卻是不知「何日是歸年」的感慨。的確，久旅異鄉的遊子誰能真正忘懷家園的一切？返鄉常是遊子心中盤桓不去的念頭。有朝一日，果真能往回家的路上前行，內心的欣喜自是難以言喻：

> 前路入鄭郊，尚經百餘里。馬煩時欲歇，客歸程未已。落日桑柘陰，遙村煙火起。西還不遑宿，中夜渡涇水。(祖詠〈夕次圃田店〉，卷一三一)

> 家本洞湖上，歲時歸思催。客心徒欲速，江路苦遭回。殘凍因風解，新梅變臘開。行看武昌柳，髣髴映樓臺。(孟浩然〈泝江至武昌〉，卷一六○)

> 劍外忽傳收薊北，初聞涕淚滿衣裳。卻看妻子愁何在？漫卷詩書喜欲狂。白日放歌須縱酒，青春作伴好還鄉。即從巴峽穿巫峽，便下襄陽向洛陽。(杜甫〈聞官軍收河南河北〉，卷二二七)

祖詠和孟浩然的詩中有言：「西還不遑宿，中夜渡涇水」，「客心徒欲速，江路苦遭回」，寥寥數語即將遊子返鄉途中迫不及待、歸心似箭的心境刻劃得栩栩如生。在日落時分，遠處村落的煙火喚醒了遊子對家園熟悉的記憶；歸途中，但見「殘凍因風解，新梅變臘開」，隆冬已盡，臘梅捎來早春的信息，返鄉的喜悅正如春回大地，溫暖了遊子久寒的心。

杜甫的〈聞官軍收河南河北〉作於唐代宗廣德元年（西元七六三年）春天，安史之亂初定之際。根據《資治通鑑》卷二百二十二所載，是年正月史朝義部將田承嗣降於莫州，李懷仙亦於范陽請降。朝義逃至廣陽，廣陽不受，至溫泉柵，李懷仙遣兵追及，遂自縊於林中。至此，河南河北皆已收復，天下略定。當時，杜甫正流寓在四川梓州，勝利的消息傳來，不禁令他欣喜欲狂。紛擾天下多年的亂事終於平定，國家重新統一，戰爭所帶來的流離、死亡，以及有家歸不得、無家問死生的悲痛生活也將結束。詩人長久以來即懷藏著「不眠憂戰

伐，無力正乾坤」（〈宿江邊閣〉，卷二二九）的憂心與無奈，直到此刻，心頭的重負總算可以放下。縱酒狂歌、涕淚滿裳，正是大難之後悲喜交集，情緒盡情宣洩的寫照。戰亂平息了，返鄉不再只是夢想，杜甫想像著歸程中花明柳媚、風和日麗的景象，計劃著回鄉的路線，「即從巴峽穿巫峽，便下襄陽向洛陽」。夏松涼認爲：「從巴峽，穿巫峽，下襄陽，向洛陽，寥寥十四字，具有一瀉千里的氣勢，有力地表達出詩人歸心似箭的興奮心情〔註18〕。」無怪乎浦起龍要推許此篇爲杜甫「生平第一首快詩」（《讀杜心解》卷四之一）。由上亦可見，重返家園對於長年飄泊在外的遊子，具有何等重大的意義。

　　還鄉的喜悅固然是治療鄉愁的良方，但是並非每一個遊子都能無所羈絆，灑然歸返故鄉；所以，在許多懷鄉的作品中，返鄉只是一個虛幻不可期的夢。茲以岑參詩爲例：

　　　　關門鎖歸客，一夜夢還家。月落河上曉，遙聞秦樹鴉。
長安二月歸正好，杜陵樹邊純是花。（〈宿蒲關東店憶杜陵別業〉，卷一九九）

　　　　瀘水南州遠，巴山北客稀。嶺雲撩亂起，谿鷺等閒飛。
鏡裡愁衰鬢，舟中換旅衣。夢魂知憶處，無夜不先歸。（〈巴南舟中思陸渾別業〉，卷二〇〇）

夢，就某個層面而言，是情感與願望在潛意識中的浮現。它象徵人內心深處的某種渴求，或者是願望在現實中的失落；是故，在真實生活中無法獲得的，往往在夢中得到補償。例如，落第的人夢見金榜題名，失戀者夢見重修舊好，而遊子夢之所繫則是家園、是故鄉。返鄉夢，可以說是遊子的期願，至若返鄉以夢境出現，則更表徵著這分情感的迫切。

　　岑參的懷鄉詩常常有夢的出現，如：「陽關萬里夢」，「別後鄉夢數」（俱見本小節所引），又如：「醉眠鄉夢罷，東望羨歸程」（〈臨洮泛舟趙仙舟自北庭罷使還京〉，卷二〇〇）等皆是。不論其中的鄉夢

〔註18〕見夏松涼著《杜詩鑑賞》，頁 355。

是實有其事，抑或只是虛寫，都表達了作者返鄉的心願。此處所引
的宿蒲關詩，則具體地描述夢中所見的景象，長安正是仲春時分，
滿樹的花朵燦爛非常，花的純美，就如故園一般令人心醉神馳。只
是好夢由來最易醒，夢畢竟只是夢，現實仍是現實。返鄉的夢只能
短暫地彌補生活中的缺憾，夢醒之後，鄉愁並無法真正解除，有時
更因為夢境的落空，而增添了無限的惆悵，唯有期待再次入夢，以
尋求虛幻的安慰了。

　　除了以夢境來表達思鄉情懷外，「望鄉」是鄉愁詩中典型的表現
方式。在文學中，故鄉恆是在千里萬里之外，「悠然念故鄉，乃在天
一隅」（儲光羲〈閒居〉，卷一三八），「我家襄水上，遙隔楚雲端」（孟
浩然〈早寒江上有懷〉，卷一六○），身處之地與家園之間，雲水相隔、
山川間阻，屬於空間的距離增加了返鄉的不易，於是滿懷的思鄉情
愁，唯有寄託於對故園的眺望：

　　　　高樓望所思，目極情未畢。……故鄉不可見，雲水空
　　如一。（王維〈和使君五郎西樓望遠思歸〉，卷一二五）
　　　　天末江城晚，登臨客望迷。……鄉山何處是，目斷廣
　　陵西。（丘為〈登潤州城〉，卷一二九）
　　　　旅望因高盡，鄉心遇物悲。故林遙不見，況在落花時。
　　（崔曙〈途中曉發〉，卷一五五）
　　　　客行愁落日，鄉思重相催。……雪深迷郢路，雲暗失
　　陽臺。（孟浩然〈途次望鄉〉，卷一六○）
　　　　亭高出鳥外，客到與雲齊。……唯有鄉園處，依依望
　　不迷。（岑參〈早秋與諸子登虢州西亭觀眺〉，卷二○一）
望鄉，至少具有兩層的意義，就具體的行為而言，是對故鄉的眺望；
就抽象的意涵而論，則意謂著對回歸家園的期盼與渴望。如前所說，
故鄉既高懸在天際，所以必須登高以遠眺；至於登臨的地點，往往是
足供旅人、遊客歇腳的亭臺、樓閣，如王維所登的西樓，岑參所登的
西亭即是，又如孟浩然（〈登萬歲樓〉，卷一六○）、杜甫（〈春日梓州
登樓二首・其二〉，卷二二七），也都是登樓望鄉之作。此外，城頭、

或旅途高處，其視野較爲寬廣高遠，故也可作爲望鄉的據點。

　　漢樂府中已有「遠望當歸」的描寫，透過登高遠望，詩人寄寓著自己返回故園的期望。向著故鄉的所在企踵遠眺，心神彷彿也隨著視線所及趨向故鄉。但是，和鄉夢一樣，望鄉只能在遊子無可奈何之際，給予其心靈些許的安慰與補償，畢竟，它不等於歸鄉。何況，家鄉往往並非遠望所能得見，所謂「鄉山何處是，目斷廣陵西」，「雪深迷郢路，雲暗失陽臺」，鄉關似乎總迷失在視野之外，詩人登眺尋覓，卻只尋得一片鄉思茫茫。然而，只要客居的生涯尚未結束，對故鄉的翹首期盼便不會終止，杜甫不也說：「望鄉應未已，四海尚風塵」（〈奉酬李都督表丈早春作〉，卷二二六）？

　　由以上的論述，都可見詩歌中鄉愁模式的弔詭：鄉思引發歸思，唯以返鄉無由，遂將鬱積的情愁寄託在歸夢、與望鄉之中；但是，在短暫的安慰之後，卻更增添了鄉愁的沈深與悲劇性。然則，也許只有回到家園，鄉愁才能眞正解除吧！可是事實又不盡然。這一點我們將在後文中進一步探討。

二、對親人的懸念

　　鄉愁，顧名思義，其對象是指向故鄉、故園。故鄉的風土人情，故園的一草一木，在遊子的記憶中，隨著時光荏苒而逐漸沈澱、模糊；然而，一旦鄉愁湧動，昔日熟悉、親切的影像又驀然襲上心頭。在種種回憶之中，親人無疑是最教人牽掛、與難以割捨的。因此，懷鄉詩中，有一部分即以懷念家中的親人爲主要內容。

　　《詩經·魏風·陟岵》描寫行役的遊子登上高岡，瞻望父母、兄長，回想起臨別時家人殷切的叮嚀，心中交錯著複雜的情緒。詩中所表現的，可視爲另一種形式的鄉愁：以懷人爲懷鄉。只因爲，中國人的家鄉、故園不只是屬於土地與房舍的組合，更重要的是，它還是一個父慈子孝、兄友弟恭的倫理的家。梁漱溟嘗認爲：「中國是一倫理

本位底社會〔註 19〕」，而家庭倫理正是整個人倫關係的核心；倫理道德被極度強化，家庭中每一成員的情感自然結合得格外緊密，是故，離別後的思念也就特別殷切了。家庭倫理中以父子、夫婦、兄弟三者為主，以下便依此分別條舉詩例以說明之。

（1）子之思親

守歲多然燭，通宵莫掩扉。客愁當暗滿，春色向明歸。玉斗巡初匝，銀河落漸微。開正獻歲酒，千里問庭闈。（丁仙芝〈京中守歲〉，卷一一四）

去歲離秦望，今冬使楚關。淚添天目水，鬢變海頭山。別母烏南逝，辭兄雁北還。宦遊偏不樂，長為憶慈顏。（張萬頃〈登天目山下作〉，卷二〇二）

（2）父之思子

吳地桑葉綠，吳蠶已三眠。我家寄東魯，誰種龜陰田。……嬌女字平陽，折花倚桃邊。折花不見我，淚下如流泉。小兒名伯禽，與姊亦齊肩。雙行桃樹下，撫背復誰憐。念此失次第，肝腸日憂煎。裂素寫遠意，因之汶陽川。（李白〈寄東魯二稚子〉，卷一七二）

去憑遊客寄，來為附家書。今日知消息，他鄉且舊居。熊兒幸無恙，驥子最憐渠。臨老羈孤極，傷時會合疏。二毛趨帳殿，一命侍鸞輿。北闕妖氛滿，西郊白露初。涼風新過雁，秋雨欲生魚。農事空山裡，眷言終荷鋤。（杜甫〈得家書〉，卷二二五）

（3）夫之思婦

夜郎天外怨離居，明月樓中音信疏。北雁春歸看欲盡，南來不得豫章書。（李白〈南流夜郎寄內〉，卷一八四）

今夜鄜州月，閨中只獨看。遙憐小兒女，未解憶長安。香霧雲鬟溼，清輝玉臂寒。何時倚虛幌，雙照淚痕乾。（杜甫〈月夜〉，卷二二四）

〔註 19〕梁漱溟著《中國文化要義》第五章，頁 80。這句話也正是第五章的標題。

（4）兄弟之思

　　獨在異鄉爲異客，每逢佳節倍思親。遙知兄弟登高處，遍插茱萸少一人。（王維〈九月九日憶山東兄弟〉，卷一二八）

　　戍鼓斷人行，邊秋一雁聲。露從今夜白，月是故鄉明。有弟皆分散，無家問死生。寄書長不達，況乃未休兵。（杜甫〈月夜憶舍弟〉，卷二二五）

在以上所徵引的詩中，寫作的時間或在重陽、除夜等佳節，或在月色皎潔的秋夜，或是身當流落不偶之際，或爲手奉家書之時，凡此種種時機總易觸動對故鄉、與家人的情感，而有一種寄向遠方的懸念。而在懷念親友的各類型作品中，無論是對雙親的孺慕，抑或是對妻子的思念、對兄弟的牽掛，詩人都表現得相當委婉含蓄；唯有對子女的舐犢之愛，身爲人父者往往毫無保留地傾吐而出。所謂「熊兒幸無恙，驥子最憐渠」，「念此失次第，肝腸日憂煎」，在在都流露著慈父對子女無限的愛憐與掛心。這或許也間接地反映了倫常中禮以別異的觀念，在夫婦、兄弟、與兒女對父母的關係上，造成一種親而不暱的距離；只有對子女的愛，才敢於踰越倫常所築成的鴻溝。

　　然而，若以作品的數量而論，鄉愁詩中懷念兄弟的篇章卻較其他各類爲多。除上引外，如常建云：「鄉園碧雲外，兄弟溁江頭」（〈江行〉，卷一四四）；杜甫云：「思家步月清宵立，憶弟看雲白日眠」（〈恨別〉，卷二二六），「故園暗戎馬，骨肉失追尋」（〈上後園山腳〉，卷二二一）等，皆是將鄉愁與手足之情聯結在一起。詩人之中，又以杜甫寫下最多思念兄弟的作品〔註20〕，其情感無不眞摯動人，邵子湘云：「憶弟諸作，全是一片眞氣流注〔註21〕」，誠非虛言。

　　血緣因素所形成的親情屬於人的天性，永遠存在著一股牽繫人的

〔註20〕例如，以〈得舍弟消息〉爲題的詩，便有「風吹紫荊樹」，「亂後誰得歸」二首；此外又有〈得舍弟消息二首〉〈得舍弟觀書已達江陵〉等。

〔註21〕見楊倫《杜詩鏡銓》卷三，頁129，〈得舍弟消息二首〉註引。

力量；而夫妻是異姓間所能產生的最親密的關係，也是體驗人我融合的真正起點；是故，故鄉的家人恆是異鄉遊子思念的重心。也就是說，鄉愁詩往往導向對親友的惦念，而這一種情感亦同時深化了鄉愁的強度。然在這些詩篇中，空間的差異與距離仍是作者一再強調的。將上引的八首詩略事分析，其中每一首都可見代表空間差距的語詞，動詞如：離、辭、別、分、散等，形容詞如疏、遠等，副詞如遙、獨等，此外如他鄉、異鄉與故鄉間的對比，或以千里為量詞誇飾空間的迢遙等等，都凸顯出鄉愁詩中空間的疏離感。事實上，詩人的鄉愁正是緣於與故鄉遠離所滋生的孤獨、寂寞；尤其是昔日親人間相處的溫馨和樂，在舉目無親的異鄉生活中，自易牽引著遊子的思緒。我流落他鄉，親人遠在故鄉，這樣的乖隔感亦即是一種空間意識，幾乎深植在盛唐每一個詩人心中。只要一天不返鄉，它就常在詩人心靈中醞酵，催迫他鍛鍊出一篇篇的作品，稍稍寄託懷鄉的情愁。

在懷人的鄉愁詩中，鄉信是連接異地的橋梁，也是緩解空間意識的良方。如李白的「裂素寫遠意」、「明月樓中音信疏」，杜甫的「去憑遊客寄」、「寄書長不達」（俱見上引），都以遠寄鄉信，或家信稀少、音信難通為著墨重心。此外，如：

　　　　劍留南斗近，書寄北風遙。（祖詠〈江南旅情〉，卷一三一）
　　　　往來鄉信斷，留滯客情多。（孟浩然〈初年樂城館中臥疾懷歸作〉，卷一六○）
　　　　開魚得錦字，歸問我何如。（李白〈秋浦寄內〉，卷一八四）
　　　　馬上相逢無紙筆，憑君傳語報平安。（岑參〈逢入京使〉，卷二○一）
　　　　旅魂驚處斷，鄉信意中微。（張鼎〈江南遇雨〉，卷二○二）
　　　　九度附書向洛陽，十年骨肉無消息。（杜甫〈天邊行〉，卷二一九）

的確，當與故鄉的親人相睽隔，家書的往返既可以了解彼此生活的近況，又可以聊慰羈旅生活的孤寂；遊子寂寞、迷惘的心，在父母、兄弟、或妻子的溫情中，重新汲取了奮鬥的勇氣。至於家書中「平安」

二字，更宛若一顆定心丸，能令親人懸掛、不安的心獲得安頓；所以對暫時無由歸鄉的詩人而言，唯有憑藉著書信來寄託兩地的情誼。然而，眾所周知，中國的幅員如此遼闊，古代的交通、以及郵件的往還本就遲緩，若再加上戰亂的因素，每封家書能傳到手中皆是彌足珍貴。在詩人的筆下，鄉信的斷絕幾乎成為常態，空間的阻絕感也因音信的不通而更為強烈，詩人因空間意識而生的鄉愁，自然愈顯得悲哀與無奈了。

三、人生歸宿的詢問

鄉愁詩所以能成為中國詩歌史上的一個重要類型，其原因固然相當複雜；然而，最值得注意的是詩中所寄託的身世飄零之感恰是中國詩人普遍共有的生命感受，故能引發共鳴，蔚為一種特殊的傳統。

孟浩然的〈歲除夜有懷〉、杜甫的〈遣興五首〉云：

迢遞三巴路，羈危萬里身。亂山殘雪夜，孤獨異鄉人。漸與骨肉遠，轉於奴僕親。那堪正飄泊，來日歲華新。（卷一六〇）

蓬生非無根，漂蕩隨高風。天寒落萬里，不復歸本叢。客子念故宅，三年門巷空。悵望但烽火，戎車滿關東。生涯能幾何，常在羈旅中。（卷二一八）

孟詩中，以迢遞形容道途的遙遠，羈危形容羈旅生活的不安，殘亂形容所見景觀的淒涼，而孤獨則是異鄉之人心緒的寫照。「漸與骨肉遠，轉於奴僕親」一聯，點出異鄉生活實和人本然的情感與天性相違〔註22〕，其感慨自是悲涼深切；而「飄泊」，正是全詩的重心，也是詩人除夜燈下心靈湧現的主要感懷。

杜詩中則以蓬草的長辭本根、隨風萬里，比擬自己的任運安排、身不由己。「生涯能幾何？常在羈旅中」，杜甫對自己飄泊一生的命運

〔註22〕《禮記・大學》云：「其所厚者薄，而其所薄者厚，未之有也。」薄待親人，厚對天下，和人的本性自相違背，孟詩正由此呈現心中的無奈。

有分清楚的自覺；然而，卻又無力改變命運的播弄，唯有無奈地任憑著生命在輾轉不定的旅程中消逝。由於戰亂所帶來的殘破、流離，加上老杜對家國強烈的使命感始終無由實現；因此，盛唐詩人中，杜甫的懷鄉詩，可說是最為深沈抑鬱了。

由心理的層面來分析，家是一個人出生後最先認同歸屬的團體，在這裡有濃郁的親情，有美麗的童年回憶，它聯繫著我們生命的源頭，也是情感永遠的根。《史記‧屈原賈生列傳》說：「人窮則反本。故勞苦倦極，未嘗不呼天也；疾痛慘怛，未嘗不呼父母也。」詩人在羈旅的生活中，愈是窮愁潦倒，愈是坎坷飄泊，內心的孤獨無告愈為深切，其鄉愁自然也愈難排遣。以心理學的觀點來看：「懷鄉意識所表現的是一種強烈的重返母體─故鄉的願望，它在尋找溫暖與安全，尋找慰藉與依賴。……需要重返家園的意願實在與需要重返母體和得到母愛的意願無異，它可以使思想的複雜回到單一與純淨，躁動不安歸於安靜與寧謐〔註23〕。」然而，事實上，人自一出生便永遠脫離母體，遊子踏出家門，邁向人生的追尋旅程，便很難真正重返家鄉。是故，杜甫在詩中只有一再重複咀嚼著孤獨飄零的生命情味。所謂：

> 泊乎吾生何飄零，支離委絕同死灰。(〈晚晴〉，卷二二二)
> 漂泊猶杯酒，躊躇此驛亭。相看萬里外，同是一浮萍。
> (〈巴西驛亭觀江漲呈竇使君二首‧其二〉，卷二三四)
> 風塵荏苒音書絕，關塞蕭條行路難。已忍伶俜十年事，
> 強移栖息一枝安。(〈宿府〉，卷二二八)

在每一詩句中，彷彿都可看見詩人徬徨寂寞的身影，字裡行間，亦隱約聽到詩人強忍的嗚咽。其中，包含詩人半生飄泊的酸楚，與暫居幕府的無奈；此外，還懷藏著求安而不能安，未來不知何去何從的悵惘。透過個人生活的體驗，杜甫也觸及到生命飄浮無根的深層悲哀，人似乎永遠只是天地間的旅人，趕過一站站的驛亭，卻不知何處才是人生

〔註23〕見孟修祥〈論李白的懷鄉詩〉，(《中國古代、近代文學研究》，1992年，第一期，頁97)。

終極的歸宿。

　　這樣的情懷不僅杜甫有之，李白詩亦有之：

　　　　吳會一浮雲，飄如遠行客。功業莫從就，歲光屢奔
　　迫。……國門遙天外，鄉路遠山隔。(〈淮南臥病書懷寄蜀中徵
　　君蕤〉，卷一七二)

　　　　天涯失鄉路，江外老華髮。心飛秦塞雲，影滯楚關月。
　　(〈江南春懷〉，卷一八三)

當然，李白在個性上遠較杜甫瀟脫豁達，就懷鄉詩的質量而論，不免
略遜於杜甫；然而，在他的詩中亦同樣表現出人生無根蒂的悲涼。松
浦友久甚至以為李白：「本質上是一位旅人，他的詩本質上是旅人的
詩。……也就是永恆的客寓意識成為他詩歌本質的核心〔註24〕。」

　　所謂的客寓意識，就鄉愁詩所探討的範圍而言，相當接近本文所
說的空間意識。客寓的感受，來自空間的差距和個體生命在空間中的
流徙：

　　　　出門便為客，惘然悲徒御。四海維一身，茫茫欲何去。
　　經山復歷水，百恨將千慮。……故鄉可歸來，眼見芳菲盡。
　　(李頎〈臨別送張諲入蜀〉，卷一三二)

　　　　翳翳桑榆日，照我征衣裳。我行山川異，忽在天一方。
　　但逢新人民，未卜見故鄉。……信美無與適，側身望川梁。……
　　自古有羇旅，我何苦哀傷。(杜甫〈成都府〉，卷二一八)

　　　　賢有不黔突，聖有不煖席。況我飢愚人，焉能尚安宅。
　　始來茲山中，休駕喜地僻。奈何迫物累，一歲四行役。忡忡
　　去絕境，杳杳更遠適。……去住與願違，仰慚林間翮。(杜
　　甫〈發同谷縣〉，卷二一八)。

在這些詩作中，作者用更細膩的筆觸描摹自己經山歷水、杳杳遠適的

───────────────

〔註24〕見松浦先生〈李白蜀中生活—論其客寓意識的泉源〉，(《日本學者中
　　　　國文學研究譯叢三》，頁 79)。文中亦指出：對杜甫說來，能夠歸去
　　　　的故鄉一向是河南之地，而李白卻沒有杜甫河南那樣的故鄉。雖然
　　　　他的詩中也曾直接稱巴蜀為故鄉，但終究而言，那仍只是一個客居
　　　　之地而已。

流浪足跡。「行行重行行」，就在一程又一程的行旅生活中，故鄉已越去越遠。出門爲客，無非是爲了追尋個人的理想，然而在輾轉遷徙的旅程中，實已暗示了通向理想之路的迂迴曲折。生活空間不停地變換，加深詩人無常的感受，與身受命運播弄，無法自主的不安。山川的改異，風土人情的變化，也一再喚起詩人對故園生活的追憶。

　　然則，鄉愁詩中的淒苦悲愴不僅來自對家園的懸念，它亦源於詩人對自我生命的期許，與對家國天下無以釋懷的使命感。當理想在現實的環境中逐漸磨損、幻滅，詩人賴以支撐生命的力量日漸消褪，於是陷入一種悲感之中，吟詠出生命不諧的哀歌。因此，鄉愁的深一層意涵，往往是理想的失落。例如：

　　　　無媒嗟失路，有道亦乘流。客處不堪別，異鄉應共愁。我生早孤賤，淪落居此州。風土至今憶，山河皆昔遊。一從文章事，兩京春復秋。君去問相識，幾人今白頭。(崔曙〈送薛據之宋州〉，卷一五五)

　　　　逆旅相逢處，江村日暮時。眾山遙對酒，孤嶼共題詩。廨宇鄰蛟室，人煙接島夷。鄉園萬餘里，失路一相悲。(孟浩然〈永嘉上浦館逢張八子容〉，卷一六〇)

　　　　臘月江上煖，南橋新柳枝。春風觸處到，憶得故園時。終日不如意，出門何所之。從人覓顏色，自笑弱男兒。(岑參〈江上春歎〉，卷二〇〇)

以上三首詩創作的背景雖不相同，但詩中都將鄉愁和個人的失意落拓相結合。崔曙早年孤賤，淪落宋州，成年後遊宦於兩京，此詩應是開元二十六年登進士第前所作，故有「無媒嗟失路」、「兩京春復秋」的感歎〔註25〕。孟浩然的〈途次望鄉〉詩亦有：「可嘆慺惶子，高歌誰爲媒」（卷一六〇）的傷懷。所謂「媒」，即是有力人士的援引，若缺乏權貴的推薦，要想高中科第，或躋身朝廷，自然都非容易之事〔註

〔註25〕詳見辛文房《唐才子傳》卷二，計有功《唐詩紀事》卷二十。
〔註26〕如《唐書・張行成傳》亦云：「觀古今用人，必因媒介。」可見這是唐人普遍存在的觀念。

26），是故崔、孟二人都以乏人媒介爲憾。此處所引的孟詩中有言：
「鄉園萬餘里，失路一相悲」，鄉園之思與失路之悲的關係，以一種
簡鍊而明確的形式呈現出來；這個特色，在岑參〈江上春歎〉中亦清
楚可見。凡此皆可見鄉愁詩複雜的意涵。

　　在傳統文化中，家與國具有微妙而密切的關係，所謂齊家、治國、
平天下，國與天下是家向外的推展與擴大，君臣關係是另一種形式的
父子、或夫妻關係〔註27〕。唐代的士子們遠離家，展開宦游之路，其
實即是渴望進入朝廷（國的象徵），爲君王所用；然而，眞正能受到
朝廷重用，一展長才的詩人畢竟寥寥可數，於是大多數的詩人往往處
於進退不得、徬徨難安的困境。羈旅的生涯，滿腹的鄉愁，正是生命
飄泊、無所依止的告白。中國詩人的空間意識主要即表現在「位置」
的追尋，就這一層來說：「鄉愁所意向的家，不是物質的家，也不是
充滿倫理親情的家，而是精神的家。是生命的意義，是人在文化中的
意義，是陷入困境下的人對歸宿的詢問〔註28〕。」

　　因此，鄉愁的解除並不完全在於返鄉與否。祖詠〈家園夜坐寄
郭微〉云：「誰念窮居者，明時嗟陸沈」（卷一三一），孟浩然〈留
別王侍御維〉亦云：「祇應守索寞，還掩故園扉」（卷一六○），可
見對一個胸懷經綸之志的盛唐詩人而言，返回故園固能獲得暫時的
溫暖與安慰，長此以往，卻又不甘於就此埋沒一生，而有些許窮愁
無奈。於是，雖明知羈旅的寂寞、徬徨，詩人仍要踏出家園，選擇
一條坎坷曲折的不歸路。鄉愁詩主要表現在思鄉、夢鄉、望鄉、與
家書的期盼，其中已隱約透露出懷念、思念、與追尋才是鄉愁的核
心，孟修祥說：「家園，對詩人並非是一個終極的歸宿，而是一個

〔註27〕朱岑樓〈從社會個人與文化的關係論中國人性格的恥感取向〉有言：
　　　　「中國古代的君臣關係，實是父子關係的投射」，（李亦園編《中國
　　　　人的性格》，頁111）。至於以夫妻比君臣，在詩中頗爲常見，如曹植
　　　　〈七哀詩〉云：「君若清路塵，妾若濁水泥。浮沈各異勢，會合何時
　　　　諧。」詩中即以客子及客子妻比君臣。
〔註28〕見張法《中國文化與悲劇意識》第二章，頁58。

恆久的憧憬〔註29〕。」這也正是鄉愁詩最耐人尋味之處。

肆、鄉愁詩中表徵空間意識的意象

詩歌本就是意象的語言，在前引的盛唐鄉愁詩中，自然也出現各種不同的意象，唯本節將僅就和空間意識相關的部分略事歸納分析。大體而言，下面三類意象是鄉愁詩中最常見的。

一、遠隔家園的意象

鄉愁詩中，空間的距離是再三被強調的重點，千里、萬里的形容所在多是，透過距離，作者呈現出一種睽隔、疏離的情境，而這正成為鄉愁文學基本的型態。以下便擇取其要臚列如後：

（1）江　山

　　江山雖道阻，意合不為殊。（李白〈秋浦寄內〉，卷一八四）

　　瀘水南州遠，巴山北客稀。（岑參〈巴南舟中思陸渾別業〉，卷二〇
　　〇）

（2）雲　岫

　　我家襄水上，遙隔楚雲端。（孟浩然〈早寒江上有懷〉，卷一六〇）

　　故園不可見，巫岫鬱嵯峨。（杜甫〈江梅〉，卷二三二）

（3）長　路

　　悠悠長路人，曖曖遠郊日。（王維〈和使君五郎西樓望遠思歸〉，卷
　　一二五）

　　迢遞三巴路，羈危萬里身。（孟浩然〈歲除夜有懷〉，卷一六〇）

（4）天　隅

　　天末江城晚，登臨客望迷。（丘為〈登潤州城〉，卷一二九）

　　悠然念故鄉，乃在天一隅。（儲光羲〈閒居〉，卷一三八）

（5）關　塞

　　關門鎖歸客，一夜夢還家。（岑參〈宿蒲關東店憶杜陵別業〉，卷一

〔註29〕同註23引，頁99。

九九）

　　風塵荏苒音書絕，關塞蕭條行路難。（杜甫〈宿府〉，卷二二八）

江山，在懷古詩中，象徵著自然的永恆不變，萬古如一；然而，它在懷鄉詩裡，卻成爲遊子返鄉的主要障礙。山的巍峨險峻、連綿無窮，彷彿遮斷了回歸故鄉的途徑，也阻絕了詩人向故園的眺望。大江流水的湍急，風浪的不測，以及水路的迂迴曲折，亦令人深深體會到返鄉之路的艱難。無論是在實際上，或在心理上，江山皆橫梗於暫時居停之地與故鄉之間，成爲遠隔意象的典型。

　　雲，懸浮於天際，雖在眺望所及，卻是距離遙遠；而故鄉總比浮雲更爲縹緲難及。「鄉園碧雲外」（常建〈江行〉，卷一四四），當視線爲雲氣所遮蔽，唯有經由想像去虛擬故鄉的所在。雲往往也被詩人用來增加山水的深幽譎奇，所謂「巫岫鬱嵯峨」（前引）、「雲深黑水遙」（杜甫〈歸夢〉，卷二二八），山水經過雲岫的襯托渲染，愈覺神祕難測。作爲一種遠隔的象徵，雲岫雖不像山水那樣具體質實，然而，因爲它的迷濛氤氳，適足以增添迢遙隔絕的空間感受，故爲多數詩人描寫鄉愁時常用的意象。

　　雲岫與江山之外，漫漫長路也是與家園遠隔的意象。固然，路本具有溝通兩地的功能，亦是引領遊子返鄉的途徑，但是路途的迢遞卻也暗示著旅程、或羈旅生活的漫長，乃至歸期的渺茫。所以，離鄉的旅人常覺得自己走在一條永無止盡的長道上，向前見不到終點，回顧家園亦已消逝在來時路的彼端。路向故鄉延伸，正如詩人的心恆是趨向故土；然而，悠悠長路卻又如此蜿蜒崎嶇，返鄉也就成爲難圓的夢想了。

　　至於關塞，由於地勢的險要，或軍事上的管制，尤其具有隔絕難通的意涵。岑參說：「關門鎖歸客」，一個鎖字，便具體地呈現出內外相隔的處境，邁向故鄉之路的艱難於此可見。

　　他鄉與故鄉之間既存在著遙遠的距離，與重重的阻隔，於是當詩人流落異鄉之際，每有一種被放逐於天涯海角的悲涼感受。江山的險

阻、雲岫的遮蔽、長路的迢遞、以及關塞的閉鎖，彷彿永遠杜絕了屬
於故鄉的溫暖與安慰；因此，詩人以為自己已經走到了天的盡頭，杜
甫〈天邊行〉云：「天邊老人歸未得，日暮東臨大江哭」（卷二一九），
即是一個很好的例證。所謂天邊、天隅、天末，從另一個角度而言，
也是作者用以表現與故鄉遠隔（空間意識）的筆法。那是生命不得其
正，心靈無法自安的飄零之人，對自我存在處境的無奈告白啊！

二、孤獨飄泊的意象

　　鄉愁詩中，個體生命在異鄉的孤獨寂寞、與飄泊不安是另一個表
現的重點。其中最主要的意象是孤舟、孤帆，此外如片雲、孤月、浮
萍、蓬草、孤煙、孤劍等，亦都具有異曲同工的作用。茲條舉數例於
後：

（1）孤舟、孤帆

　　寒潮信未起，出浦纜孤舟。……欲有知音者，異鄉誰可求。（儲
光羲〈寒夜江口泊舟〉，卷一三九）

　　孤舟巴山雨，萬里陽臺月。（岑參〈下外江舟懷終南舊居〉，卷一九
八）

　　疏燈自照孤帆宿，新月猶懸雙杵鳴。（杜甫〈秋夜客舍〉卷二三〇）

（2）片雲、孤月

　　孤雲傷客心，落日感君深。（李頎〈臨別送張諲入蜀〉，卷一三二）

　　永夜角聲悲自語，中天月色好誰看。（杜甫〈宿府〉，卷二二八）

　　江漢思歸客，乾坤一腐儒。片雲天共遠，永夜月同孤。（杜甫〈江
漢〉，卷二三〇）

（3）孤煙、孤劍、飄蓬、與浮萍

　　惆悵極浦外，迢遞孤煙出。（王維〈和使君五郎西樓望遠思歸〉，卷
一二五）

　　淺才登一命，孤劍通萬里。（高適〈登壠〉，卷二一二）

　　蓬生非無根，漂蕩隨高風。……生涯能幾何，常在羈旅中。（杜
甫〈遣興五首・其四〉，卷二一八）

相看萬里外，同是一浮萍。(杜甫〈巴西驛亭觀江漲呈竇使君二首·
其二〉，卷二三四)

由此上的例證分析，「孤」字是最習見的形容語。事實上，人在他鄉
最容易感受到那分孤單和寂寞。人是群居的動物，渴望人與人之間的
情誼，唯有在被接納、被尊重的情況下，心才會感到踏實溫暖。故鄉
有自己的親人，彼此具有血濃於水的親情，又有多年的知友，相互間
曾有一段志同道合的感情；而這一切將隨故鄉的漸去漸遠而逐漸模
糊。來到異鄉，一個陌生之地，風土民情的差距已令人難以完全適應，
何況是要走進一個新的團體？感情的培養不是來自一朝一夕，是故，
遊子不免要感慨知音難求，於是每每興起一種無端的孤獨感。總之，
傳統文化中，人倫本位的思想要求人融入人倫的網絡之中，但是遊子
卻只徘徊在新的團體之外；因此，弔影自憐，燈前月下咀嚼寂寞的況
味，乃是異鄉之人情感的常態。

　　孤獨之外，飄、浮是另一組重要的形容語詞。除了蓬草的隨風遠
揚，浮萍的逐水而流，其他如孤舟在水面的擺盪起伏，浮雲在天上的
飄泊無根，以及孤煙的裊裊無依，莫不暗寓飄、浮不定的特質。凡此
種種意象的選擇，不僅是眼前所見，更是詩人自我生命的比況。正如
本節引言所說，文化中安土重遷的觀念要求傳統的中國人要植根於鄉
土，但士子的理想又驅使他離開故園，走向更為遼闊的天地。如果理
想能夠實現，精神自有其歸屬；否則，離鄉背井所衍生的飄泊感，以
及精神上無所依止的苦悶，自然形成異鄉遊子永遠的鄉愁。孤獨，老
病、悲傷、惆悵、徬徨等情感輻湊而至，生命一如浮雲與飄蓬，既無
根蒂以自安，又常隨環境播遷而不由自主，這或許是詩人經營這一組
意象的主要意涵所在〔註30〕。

三、聯繫故鄉的意象

〔註30〕以交通工具而言，中國大陸舟、車的使用頻率應是車較舟為高；唯
　　　　詩中舟的意象遠較車來得多，其原因或許就在於舟船更能表現飄泊
　　　　感，更能增添鄉愁的情味。

（1）雁

　　　見雁思鄉信，聞猿積淚痕。（岑參〈巴南舟中夜市〉，卷二○○）

　　　起來還囑雁，鄉信在吳洲。（黃麟〈郡中客舍〉，卷二○三）

　　　南菊再逢人臥病，北書不至雁無情。（杜甫〈秋夜客舍〉，卷二三○）

（2）流　水

　　　仍憐故鄉水，萬里送行舟。（李白〈渡荊門送別〉，卷一七四）

　　　渭水東流去，何時到雍州。憑添兩行淚，寄向故園流。（岑參〈西
　　　過渭州見渭水思秦川〉，卷二○一）

　　　信美無與適，側身望川梁。（杜甫〈成都府〉，卷二一八）

（3）雲與月

　　　悠然念故鄉，乃在天一隅。安得如浮雲，來往方須臾。（儲光羲
　　　〈閑居〉，卷一三八）

　　　今夜鄜州月，閨中只獨看。（杜甫〈月夜〉，卷二二四）

　　　思家步月清宵立，憶弟看雲白日眠。（杜甫〈恨別〉，卷二二六）

鄉愁詩中，他鄉與故鄉間的距離與阻隔既難橫越，而遊子思鄉的心情
又必須抒解，書信的往返遂成為最好的溝通橋梁。然在詩中，往往以
雁的意象來表達。雁在中國大陸，秋天向南遷徙，春日北歸，它們飛
行的隊伍排列有序，加以每年在固定的時節飛過天際，是故格外地引
人注意。此外，蘇武「雁足傳書」的故事流傳甚廣〔註31〕，因此，雁
在中國文學中遂成為傳遞書信的空中使者〔註32〕。在前引的例證中，
詩人並賦予雁屬於人的感情，故黃麟要以鄉信「囑雁」，杜甫要責怪
雁的無情了。總之，雁在鄉愁詩中往往寄寓著對家園的懷念之情，它
的無心地經過常觸動詩人對鄉信的期待，一顆心也不免隨其身影飛向
遠方，飛向那隔著千山萬水的家園。

〔註31〕參見班固《漢書‧蘇建傳》所附〈蘇武傳〉。
〔註32〕王立〈雁意象與民族傳統文化心理〉指出，雁意象往往與懷鄉戀舊、
　　　　男女情愛、與傳統倫理道德相關，其象徵的意涵是多方面的。（《中
　　　　國古代、近代文學研究》，1994 年，第六期）

雁能橫渡廣大的天空聯繫家鄉與異鄉，流水則以其綿延不絕和故鄉遙遙相接；心繫故園的遊子彷如只要溯著水流，便可重回家園。流水千里不絕，正如遊子的感情，離鄉愈遠愈為豐沛深沈，而詩人的思鄉之淚，亦可憑藉著流水傳回故鄉。就這一層意義而言，流水實即是遊子情感的表徵，水流悠悠，終朝不息，懷鄉之情亦無日歇止。

除雁與流水之外，天上的浮雲與明月，有時也是詩人寄託思鄉之情的意象。浮雲以其飄浮、虛懸於天際，故常作為遊子的比方；然而，它來去自如的特性，又讓詩人無限嚮往，所謂「安得如浮雲，往來方須臾」，浮雲的往來之間，似乎也暗寓著詩人對故鄉的牽繫。此外，雲與月都高掛在天空，雖然說：「月是故鄉明」（杜甫〈月夜憶舍弟〉，卷二二五），然而，無論故鄉他鄉，只要仰頭而視，雲與月俱在。看雲，自然有一種懷遠的意緒，而月的高潔敻遠，亦令人興起悠遠的遐想。月的陰晴圓缺，宛若預示著人的悲歡離合，而明月的遍照四方，尤令離鄉的詩人興起「共看明月應垂淚〔註33〕」的感懷。杜甫〈月夜〉由憐惜妻子獨看鄜州之月，暗示自己月下思家的淒涼寂寞；又由期待他日夫妻雙看明月，隱含昔日共賞嬋娟的美好回憶。其中，涵蓋了過去、現在、與未來，他鄉與故鄉等錯綜複雜的時空關係；而這種種又完全統攝在明月的意象裡。然則，在鄉愁詩中，明月不僅是聯繫異地與故園的橋梁，還是喚醒故鄉生活回憶最好的媒介了。

基於以上的論述，對於盛唐鄉愁詩作（空間感懷的主要類型）可以歸結如下的看法：

（1）盛唐鄉愁詩所以產生的因素頗為複雜，中國傳統社會中倫理本位的思想，與以農業為主的經濟體制，形成中國人重視家庭、安土重遷的民族性，是故只要一離鄉關，便自覺如飄蓬之無根，鄉愁作品自然大量產生。再就外緣因素而言，唐代科舉制度下游宦與行卷的風尚盛行，詩人幾乎都有漫長的離鄉生涯，而安史之亂更導致家園的

〔註33〕見白居易〈望月有感〉一詩。

殘破、生活的顛沛流離，凡此皆由不同層面促使盛唐鄉愁詩蓬勃發展。

（2）鄉愁詩的核心乃是一種與故鄉遠隔，生命在無限的空間中飄泊不定、無所歸屬的自覺，在此稱爲「空間意識」。它包括了主客兩個方面，客觀方面是由於生活空間的變化，喚醒詩人不同的空間感受；主觀方面則是對新環境的難以認同，於是引發孤寂、飄泊、被棄的空間感懷。

（3）鄉愁詩的起源極早，《詩經》的〈采薇〉、〈東山〉描述征夫行役之苦，與思鄉望歸的情懷，可視爲鄉愁文學的源頭。漢樂府〈悲歌〉中，「悲歌當泣」、「遠望當歸」則成爲後世表達思鄉之情取法的典型。曹氏父子的懷鄉詩以鴻雁、飄蓬、浮雲等意象比喻征夫游子的飄泊，亦頗具代表性。而在陸機的作品中，「遊宦」一詞正式在詩中出現，詩人已自覺地將宦遊、羈旅、與思鄉之愁聯結在一起了。

（4）宦遊與戰亂是盛唐詩人離鄉背井的重要因素，而季節的更迭，民俗節日的到來，則是牽動鄉愁的重要媒介。春日明媚的景致、秋天淒冷悲涼的節候，重九的登高、除夜的守歲，常牽引出遊子對家園的回憶，以及對親情友誼的渴求。

（5）基本上，每一首鄉愁詩都包含著返鄉的期願，然而，盛唐詩作中眞正描寫返鄉之喜的作品並不多見，鄉愁主要表現在「望鄉」與「夢歸」上。唯夢與望往往意謂著內心深處的渴念，甚或是願望在現實中的失落，也許在鄉夢與望鄉之中，詩人能暫時忘卻有家歸不得的遺憾，但鄉愁畢竟無法眞正解除。

（6）鄉愁繫念的對象除故園外，故鄉的雙親、妻子、兄弟更是詩人無時或忘的；而這一分親情實加深了盛唐鄉愁詩的內涵，與情感的強度。我流落他鄉，親人遠在故園，這種空間的乖隔與疏離，彷彿深植在盛唐每一個詩人心中。

（7）盛唐鄉愁詩的悲苦淒涼不僅來自對家園、與親人的懸念，它亦源自詩人對自我生命的期許。當理想在現實中逐一幻滅，個人隨著命運的擺布走過一段又一段的旅程，未來不知何去何從的迷惘，伴

隨著生命飄零無根的悲哀，遂湧上心頭。所以說，鄉愁詩的深一層意涵，往往是理想的失落，以及在徬徨不安的困境中，詩人對生命歸宿的詢問。

（8）盛唐鄉愁詩中關乎空間意識的主要意象包括：和故鄉遠隔的意象，如江山、雲岫、長路、關塞、天隅等；象喻生命孤獨、飄泊的意象，如孤舟、孤帆、片雲、孤月、孤煙、孤劍、飄蓬、浮萍等；以及聯繫他鄉與故鄉的意象，如雁、流水、雲與月等；凡此皆由不同的側面呈現出懷鄉詩中空間感懷的特質。

第二節　京華的戀慕

壹、引　言

在緒論中，嘗論及盛唐詩中空間意識所以產生的因素，其中知識分子對於內聖外王理想的執著是最根本的原因。詩人的理想愈遠大，期望愈殷切，失望往往亦愈深沈，其原因可由傳統社會的政治結構來考察。金耀基認為：「中國二千年來的政治，實是以皇帝為中心的官僚系統所獨佔，整個官僚系統並不是與君主平立或對立的，而根本是臣屬於君主的（註34）。」皇帝既是一切權力的源頭，又是治理天下最高的決策者（註35），是故所謂臣屬的關係即是一種主僕的關係，君主對臣子有絕對的支配權力，乃至手操其生殺大權，臣子則僅能以為君王效犬馬之勞為己任。在這樣的政治體制下，臣子的任用、升遷、獎賞固然亦有一定的管道，但是，最終還是取決於皇帝一人。而盛唐詩人無論是通過進士考試進入朝廷，或者以其他方式謀得一官半職，能真正受君王倚重，發揮經濟長才者究屬少數。大部分詩人或遠調他方，以待進一步舉用，或沈淪下僚，抑鬱不得志；此外，亦有因事坐

〔註34〕見金耀基《從傳統到現代》第一篇，頁62。
〔註35〕同註34，金先生引牟宗三的話說：「皇帝既代表政權，亦是治權的核心。」

罪，或犯顏直諫而遭貶斥者。由於賞罰往往決定於皇帝的喜怒之間，
流落不偶的詩人內心自然夾雜著不平與怨懟，以及渴望垂憐與恩寵的
複雜心理。有時，詩人將這樣的心事隱藏在鄉愁詩的底層，而有時則
以「戀慕京師」的形式出現；在這類詩中，京師是國家的代稱，同時
亦指向朝廷，乃至皇上。空間的遠隔，令詩人有一種被棄置的哀傷，
但遙望京都卻又有一種永恆的嚮慕；因此，對京師的戀慕遂成爲盛唐
空間感懷的主要類型，而怨棄之悲則是其情感的基調。

　　然而這類詩篇所以盛行，既和初盛唐的歷史環境，與民族文化的
心理有密不可分的關係；但若就詩作本身而言，卻又不可避免地受到
前朝同類作品的影響，是故下文中首先將簡要地追溯其歷史淵源。

貳、懷京詩的歷史考察

　　中國文學史中，屈原是第一個將個人的生命與國家的命運緊緊縮
結在一起的詩人。透過香草美人的比喻，可以看到他對完美人格的追
求與堅持；經由九死不悔的誓言，更見出他對國家君王的忠貞與赤
忱。〈離騷〉這一規模宏偉、氣勢磅礴的鉅製，是屈原用全副的生命
所陶鑄而成的偉大詩篇；其中包含了理想與現實間的衝突，追尋與捨
離間的矛盾，而就在種種矛盾衝突之下，詩人的人格節操，以及爲君
主、命運所棄的悲哀皆表露無遺。在現實環境中，屈原面對著致君堯
舜與楚王昏瞶，直道而行與黨人讒佞，獨立不遷與眾芳變節的衝突；
而在其內心之中，忠君與罪君，矢志與隨時，戀國與去國的對立，更
使他的情感起伏動蕩〔註36〕。這種複雜矛盾的心緒糾結纏綿，凝聚成
詩歌史上重要的「怨棄」主題。錢鍾書《管錐篇》第二冊說：「棄置
而復依戀，無可忍而又不忍，欲去還留，難留而亦不易去。即身離故
都而去矣，一息尚存，此心安放？江湖魏闕，哀郢懷沙，騷終未離，
而愁將焉避！」這一段話正是對屈原之怨，與怨棄之悲精到扼要的說
明。林興宅《藝術魅力的探尋》中，進一步將此怨棄之悲析分爲三，

〔註36〕參見林興宅《藝術魅力的探尋》六，頁131。

「一是遺棄感，這是一種忠貞遭棄，壯志難酬的痛苦；二是離異心，這是一種上下求索，徬徨歧路的迷惘；三是故國情，這是一種報國無門，但仍忠於祖國，寧死也不離開故土的苦戀。」所謂遺棄感、離異心、與故國情，不只是〈離騷〉中主導的情感，還是後世所有「戀慕京華」詩的內容核心，甚至也是詩人空間感懷中，深層的情感結構。

　　〈離騷〉固然充分體現了屈原「雖放流，睠顧楚國，繫心懷王，不忘欲反〔註37〕」的感情；然而，若就寫作的形式言，〈哀郢〉則更類近於唐人詩中對京華的戀慕：

　　　　發郢都而去閭兮，怊荒忽其焉極？楫齊揚以容與兮，哀見君而不再得。……

　　　　登大墳以遠望兮，聊以舒吾憂心。哀州土之平樂兮，悲江介之遺風。……

　　　　心不怡之長久兮，憂與愁其相接。惟郢路之遼遠兮，江與夏之不可涉。……

　　　　亂曰：曼余目以流觀兮，冀壹反之何時？鳥飛反故鄉兮，狐死必首丘。信非吾罪而棄逐兮，何日夜而忘之？（朱熹《楚辭集注》卷第四）

〈哀郢〉大約作於楚襄王二十一年，屈原流放出京師，而又值秦將白起攻陷郢都，人民離亂之際〔註38〕。在上面摘錄的數小節中，可見詩人離開家國的無奈與傷痛，以及對故國無時或已的思念，與返回郢都的渴望。唯郢路迢遙，其間又有江夏的阻隔；空間的距離，群小的阻礙，使重返國門益發艱難。《史記・屈原賈生列傳》曾說屈原：「信而見疑，忠而被謗，能無怨乎？屈平之作離騷，蓋自怨生也。」其實不僅是〈離騷〉，在〈哀郢〉中，無罪而遭棄逐的深衷幽怨，與生命不諧的嗟歎，亦是詩人所再三致意的。《文心雕龍・辨騷第五》總括屈作的內涵說：「其敘情怨，則鬱伊而易感；述離居，則愴怏而難懷」，

〔註37〕見《史記・屈原賈生列傳第二十四》。
〔註38〕參見繆天華《離騷九歌九章淺釋》，頁197；又《史記》，〈楚世家第十〉。

所謂的離居、情怨，即是一種怨棄之悲，也是「戀慕京華」詩中，最普遍的特質。

屈原之後，宋玉〈九辯〉第四章云：

重無怨而生離兮，中結軫而增傷。豈不鬱陶而思君兮？君之門以九重。猛犬狺狺而迎吠兮，關梁閉而不通。(朱熹《楚辭集注》卷之六)

篇中的立意、構思，大體都是承襲屈騷而來，「君之門以九重」、「關梁閉而不通」，都是強調溝通途徑的阻絕閉塞，表現出一種空間的乖離情態；而詩人又清楚地覺察到自己的處境，於是「忠怨」之意遂溢於言表了。

相對於屈原的耿耿孤忠，曹植詩中的怨棄之意則染有文士落拓失志的色彩。子建年少時即嶄露文學的才華，因此特別受到曹操的寵愛，幾次想立他為太子，終因他不拘小節、任性行事而作罷。文帝即位後對諸侯的控制嚴密，對子建尤其多所迫害。雖然如此，曹植仍懷抱著為國建功立業的理想，在〈薤露行〉中，他感慨天地的無窮，人生的飄忽，而以「願得展功勤，輸力於明君」自許。在〈與楊德祖書〉中，則說：「吾雖德薄，位為蕃侯，猶庶幾戮力上國，流惠下民，建永世之業，留金石之功」(《文選》卷第四十二) 凡此皆可見他不以一個文士自足，為君王效命，奠立個人不朽的功業，才是他終極的目標。

然而，不幸的是朝廷始終防範著他，未嘗賦予任何的重責大任。《三國志・陳思王傳》亦載：「植常自憤怨抱利器而無所施，上疏求自試」；但是終究不能得用，是故在曹植的詩中，對於自己的未能受到信任與晉用，有掩抑不住的悲傷：

為君既不易，為臣良獨難。忠信事不顯，乃有見疑患。

(〈怨歌行〉，王蒓父《古詩源箋注》)

龍欲升天須浮雲，人之仕進待中人。眾口可以鑠金，讒言三至，慈母不親。憒憒俗間，不辨偽真。願欲披心自說陳，君門以九重，道遠河無津。(〈當牆欲高行〉，同前書)

在傳統封建體制下，作為一個臣子的確並非易事，所謂天威難測，何

況朝廷中權力的爭逐，往往使臣子不擇手段，相互攻詰。小人以讒言離間，以諂諛得寵，忠臣因耿直而被斥，乃至遭到刑戮，這種是非顛倒，價值混淆的現象，可謂所在多有。上引的詩作中，即表達了政治場中的黑暗，忠臣的難為，並隱寓小人在君臣骨肉間的搬弄；在〈當牆欲高行〉的結尾，曹植模擬〈九辯〉的筆法，寫出欲自剖而莫由的無奈，也表明了君臣間永難橫越的空間差距。

　　文帝與明帝既是君王，又是自己的兄長姪子，因此，曹植對自己飄泊的命運有更複雜的感受。〈吁嗟篇〉云：

> 吁嗟此轉蓬，居世何獨然，長去本根逝，夙夜無休閒。
> 東西經七陌，南北越九阡，卒遇回風起，吹我入雲間。自謂
> 終天路，忽然下流泉，驚飆接我出，故歸彼中田。當南而更
> 北，謂東而反西，宕宕當何依，忽亡而忽存。飄颻周八澤，
> 連翩歷五山，流轉無恆處，誰知我苦艱？願為中林草，秋隨
> 野火燔，糜滅豈不痛？願與根荄連。（同前書）

按《三國志》本傳所記載，曹植初封平原、轉徙臨菑、中命鄄城、徙封雍丘，後改邑浚儀、復還雍丘，終歸於東阿與陳，「十一年中而三徙都，常汲汲無歡」。本詩可以說就是他輾轉流徙生涯最好的寫照，詩中以轉蓬自況，極寫其上天入地，南北東西飄泊不定的苦辛。其間宕宕、飄飄、連翩、流轉等語詞描摹了詩人無所依止的彷徨；而去、逝、經、越、吹、起、下、出等動詞，則增添了動態感，讓轉蓬的形象更見鮮明〔註39〕透過這樣的比興手法，我們看到曹植渴求安定、渴求重返本根（鄴下）的期願，同時也看到在傳統的君臣體制下，身為人臣的悲哀。曹植雖位列藩王，但是他一生的命運卻完全無法自主；固然他也曾再三努力，盼能得到君王的恩賜，以實現自我的夢想，然而終究只是枉然。這樣的生命型態和唐代許許多多落魄文士的人生圖像相比，其實並無本質上的差異。

〔註39〕參見《先秦漢魏六朝詩鑑賞辭典》，頁639。

參、京華的戀慕與空間意識

　　盛唐詩人對於京華的戀慕具有相當複雜的內涵，以下試由為君所棄之悲、天涯飄泊之感、與懷戀故國之情三條情感的主軸來探討。當然這三者之間並非互不相容，有些詩中常同時包含不同的感情樣態，唯其輕重淺深仍有各別的差異。

一、君王棄置的怨懟

　　如前所述，唐代的知識分子承繼著儒家的理想，以躋身朝廷，為家國天下服務為職志，而通過科舉考試是最好的一條途徑。然而，君王既是權力的真正根源，又是治權的核心，因此，詩人深心盼望的實是明主的賞識與拔擢。不幸的是，盛唐大詩人中有的雖詩名卓著，才學俱優，卻終身未能踏入仕途；有的雖曾倍受恩遇，名動京師，終遭流放貶斥的命運；前者以孟浩然為代表，後者則有詩仙李白。而無論是落拓未遇，或是放逐貶謫，詩人在詩歌中常流露出一種被遺棄的憾恨和哀傷。

　　孟浩然〈田園作〉，〈歲暮歸南山〉云：

　　　　弊廬隔塵喧，惟先養恬素。卜鄰近三徑，植果盈千樹。奧余任推遷，三十猶未遇。書劍時將晚，丘園日已暮。晨興自多懷，晝坐常寡悟。沖天羨鴻鵠，爭食羞雞鶩。望斷金馬門，勞歌采樵路。鄉曲無知己，朝端乏親故。誰能為揚雄，一薦甘泉賦。（卷一五九）

　　　　北闕休上書，南山歸敝廬。不才明主棄，多病故人疏。白髮催年老，青陽逼歲除。永懷愁不寐，松月夜窗虛。（卷一六○）

浩然嘗隱居於鹿門山，饒有高人雅士的情致，太白對他頗為傾倒，讚美他說：「紅顏棄軒冕，白首臥松雲。醉月頻中聖，迷花不事君」（〈贈孟浩然〉，卷一六八），其中雖容有夫子自道的成分，但也可見他對浩然的推許。然而，事實上孟浩然並非真能敝屣榮華，絕意仕進，在他的詩集中，汲汲於求仕的心情常溢於言表。〈望洞庭湖贈張丞相〉云：

「欲濟無舟楫，端居恥聖明」（卷一六○），〈田園作〉則言：「望斷金馬門，勞歌采樵路」，凡此皆流露出他對功名的渴求，以及盼望親故、權貴援引的心聲。形在江海，心懷魏闕，田園的寧謐並不能安頓一顆追求理想的心。

　　當然，他也曾游於京師，參與進士科考，唯未能及第，於是只好返回襄陽〔註40〕。〈歲暮歸南山〉應該就是落第離京，返回故園的作品。其中，「不才明主棄，多病故人疏」一聯，包含了空有才華未獲賞識的惆悵，並隱含著對「明主」的質疑和埋怨。無怪乎王定保《唐摭言》，宋祁《新唐書‧文藝傳》都記載浩然因此言觸怒玄宗，故放還南山。顧嗣立《寒廳詩話》引巳蒼云：「一生失意之詩，千古得意之句〔註41〕」，誠為的當之論。

　　再由寫作的特質來看，前引的兩首詩中，空間對比的形式相當明確，鄉曲——朝端，采樵路——金馬門，南山——魏闕，就在家園與京師的對照下，透露出作者不甘蟄伏的鴻圖大志，也隱微地呈現他對於自身所處環境的不能自安。男兒本應當立身朝廷，與君王群臣論議天下大事，奈何卻只能屈居於鄉里，徒然唱著采樵之歌；於是產生一種空間的錯置感，也就是這股無以自安的空間意識，驅使詩人由嚮慕他人的位居要津，而展開實際的追尋之路。然而，由家到國的路是曲折又阻礙重重的，或者說其間存在著有形無形的空間距離，必須一一去克服逾越；一如渡河必須舟楫，想要名揚京師也須當政者的薦引，而其中又有幸與不幸的差別。孟浩然在兩京的求仕行動，最後還是落空了，若說「不才明主棄」之句有對君主的怨悱之情，「多病故人疏」一語，則是對親故援引不力的怪責。歸返南山並非自願，只因北闕上書原是徒勞，這已不只是怨懟，而竟是對朝廷用人制度澈底的失望了。在〈自洛之越〉的詩裡，他說：「山水尋吳越，風塵厭洛京」（卷一六○），由追尋而厭離，更道盡了他心灰意冷的心聲。

〔註40〕參見劉昫《舊唐書‧文苑傳》。
〔註41〕見臺靜農編《百種詩話類編》上冊，頁521。

下面再徵引幾首其他詩人的作品作爲印證：

> 迢遞山河擁帝京，參差宮殿接雲平。……自憐久滯諸
> 生列，未得金閨籍姓名。(包何〈長安曉望寄崔補闕〉，卷二○八)

> 二十解書劍，西遊長安城。舉頭望君門，屈指取公卿。
> 國風沖融邁三五，朝廷歡樂彌寰宇。白璧皆言賜近臣，布衣
> 不得干明主。(高適〈別韋參軍〉，卷二一三)

> 天地空搔首，頻抽白玉簪。皇輿三極北，身事五湖南。
> 戀闕勞肝肺，論材愧杞楠。亂離難自救，終是老湘潭。(杜
> 甫〈樓上〉，卷二三三)

這三首詩同樣都表達了懷才不遇的哀傷，以及對帝京仰望懷戀之情。
若和前引的孟詩一起來考察，可以歸結中國失意文上追尋理想的歷程
如下：

　　理想的追尋始於對朝廷、京師的嚮慕，於是詩人入京干謁權要，
或參與科考以求進入仕途；當所求落空後，或滯留於京師，或黯然離
京（返鄉，或遊歷四方），內心則滿懷著被朝廷、君王棄置的悲傷。
然而，追尋的歷程並不因此完全結束，詩人在自憐自傷之餘，依然仰
望著遙遠的京洛，渴望君王的俯察垂憐。絕大多數的落拓文士一生就
在這樣的循環裡驅馳，既不願，也無力掙脫；只因爲在傳統文化的規
範下，不論是爲謀得更好的生活，或是爲終極的理想，這幾乎是文人
唯一的一條出路。

懷才不遇之外，遭到貶謫之時，詩人也常以對京師的懷戀表達一種被
棄之感。例如：

> 謫遠自安命，三年已忘歸。同聲願執手，驛騎到門扉。
> 云是帝鄉去，軍書謁紫微。曾爲金馬客，向日淚沾衣。(綦
> 毋潛〈送平判官入秦〉，卷一三五)

> 天作雲和雷，霈然德澤開。東風日本至，白雉越裳來。
> 獨棄長沙國，三年未許回。何時入宣室，更問洛陽才。(李
> 白〈放後遇恩不霑〉，卷一八四)

> 極浦三春草，高樓萬里心。楚山晴靄碧，湘水暮流深。

忽與朝中舊，同爲澤畔吟。停杯試北望，還欲淚沾襟。(賈
至〈岳陽樓宴王員外貶長沙〉，卷二三五)

「遠謫」對於渴望在政治場中成功立業的詩人而言，實在是非常沈重
的打擊。固然宦海有浮有沈，然而一旦離開京師，重返之日已經不是
自己所能掌握；是故被貶離京不但意謂被拋擲出權力的核心，也意謂
著人生理想終將漸去漸遠。無可如何之際，安於天命或許是較好的抉
擇，但是在某些外緣的觸動下，深心中隱藏的情緒又沸動起來。其中
送友人入京，就常引發遠謫之人對京師生活的憶念；而同是貶謫之人
的聚會，則加深了淪落天涯的落寞。

　　詩人在友朋相同的命運裡，見到自己的生命處境，也獲得同病相
憐的慰藉；但若說自己的流放，是一種歷史的偶然，那麼友朋的淪落
又當如何說解？因此詩人也向前朝的歷史去尋求解答、或安慰，而屈
原、賈誼可以說是歷來貶謫之士的典型，是故成爲詩中最常徵引的對
象。屈原的孤忠幽憤前文已略加論述，至於賈誼，身處漢帝國國勢漸
臻興盛的階段，本身又具有政治家的才華，本當能一展長才，爲國效
命；事實上他也的確得到文帝的賞識，甚至要破格任用爲公卿，然而
卻因爲小人的讒毀，而外調爲長沙王太傅。《漢書·賈誼傳第十八》
云：「誼既以適（謫）去，意不自得，及度湘水，爲賦以弔屈原」，
亦即在弔屈原賦中實寄寓著賈誼個人生命不諧的嗟嘆，而就在對屈子
的追思悼念中，他身遭貶謫的痛苦也才稍稍獲得抒解。

　　若說屈原身處戰國末期，又遭遇懷王與頃襄王這等昏庸之主，才
會導致「忠而被謗，信而見疑」的境遇；那麼賈誼生在盛世，文帝又
是開創文景之治的明君，爲何他也同樣遭受君王的疏離？盛唐詩人在
貶謫之際，常以屈、賈的故事自比，將自己被遺棄的悲傷置入整個歷
史文化中來考察；「才秀人微，故取湮當代〔註42〕」的鮑明遠嘗說：
「自古聖賢皆貧賤，何況我輩孤且直〔註43〕」，唐代詩人和明遠一樣，

〔註42〕見鍾嶸《詩品》卷中。
〔註43〕鮑照〈擬行路難·對案不能食〉，見王蒓父《古詩源箋註》卷三。

正是藉著歷史上才智之士共同的命運，以安慰其受創的心靈。但是在短暫的安慰之後，有時詩人不免要質疑，為何不論在亂世或盛世，總有許多人才被棄置？為何忠貞之士在歷史中反而不斷遭到貶斥放逐？透過〈天問〉，屈原曾以一連串難以求解的問題，發抒他對宇宙人生、天道世道的迷惑；司馬遷在〈伯夷列傳〉中，也曾對天道的公平性提出強烈的懷疑；上天不可恃，命運捉弄人，然則，唯有冀望君王的聖明了。然而，誠如李白所說：

　　　　屈原憔悴滯江潭，亭伯流離放遼海。折翮翻飛隨轉蓬，
　　聞弦墜虛下霜空。聖朝久棄青雲士，他日誰憐張長公。(〈單
　　父東樓秋夜送族弟沈之秦〉，卷一七五)

青雲之士仍難免見棄於聖朝，可見不論時代的盛衰，文人耿介率真的性格終究和官場文化落落難合，這已不是單純的遇合問題，而是傳統君權體制本身的限制與弊病了。

　　然而，詩人畢竟無法超越傳統文化與社會的規範，因此雖然不能無怨，但還是滿懷回到京師的願望，所謂「何時入宣室，更問洛陽才」，「停杯試北望，還欲淚沾襟」，即是這種心情的寫照。以下再引李白詩為證：

　　　　竄逐勿復哀，慚君問寒灰。……二年吟澤畔，顦顲幾
　　時迴。(〈贈別鄭判官〉，卷一七四)

　　　　愁聞出塞曲，淚滿逐臣纓。卻望長安道，空懷戀主情。
　　(〈觀胡人吹笛〉，卷一八四)

　　　　北闕聖人歌太康，南冠君子竄遐荒。漢酺聞奏鈞天樂，
　　願得風吹到夜郎。(〈流夜郎聞酺不預〉，卷一八四)

李白晚年因坐永王璘謀反之罪，而被流放到夜郎，雖然他曾有過詩酒風流的生活，享受過文學近侍的榮寵，並曾遍訪名山，學道求仙，但是當被放逐之際，他的詩中仍反復流露出對君王的懷戀，與期盼天子垂憐，及重返長安的渴求。由此在在說明了，在文化體制的限制下，縱使有再高的才華，再灑脫不羈的胸懷，仍然不免受到傳統思維模式的影響，並依循此模式而終其一生。

從而我們可以歸納盛唐失意詩人理想追尋的歷程如下：

（1）嚮慕：功名與理想的渴求

（2）追尋：進京應舉，或遍干權要

（3）被棄：未受錄用，或貶謫離京

（4）怨棄：自憐自傷，牢騷不平

（5）怨慕：雖遭棄置，仍渴望君王俯察垂憐

雖然，每個詩人的思想、個性都不盡相同，在理想追尋的途中，亦往往歧出到其他的方向；但是大體而言，這個循環的模式，正是盛唐、乃至古代社會中，文人難以自解的命運的鎖鍊。

二、天涯飄泊的徬徨

對於游子而言，踏出家門便是異鄉，生活便成飄泊；而對於一個宦游之人而言，離開京師，即是暌違故國，浪跡天涯。飄泊的感受源於生活空間的輾轉流徙，而身在異域天涯的自覺，更加深了前程茫茫的不安。岑參〈送崔子還京〉云：「匹馬西從天外歸，揚鞭只共鳥爭飛」（卷二〇一），杜甫〈夏日楊長寧宅送崔侍御常正字入京〉則說：「天地西江遠，星辰北斗深」（卷二三二），二首詩都強調自己流落到天的邊陲，乃至於天的覆蓋之外，一種和京師遠隔的情境遂油然而生。

除了誇飾所處之地的偏遠之外，詩人也常著墨於當地的風土民情：

> 際曉投巴峽，餘春憶帝京。……人作殊方語，鶯為故國聲。賴多山水趣，稍解別離情。（王維〈曉行巴峽〉，卷一二七）

> 剖竹向西蜀，岷峨眇天涯。……巖傾劣通馬，石窄難容車。深林怯魑魅，洞穴防龍蛇。……言笑忘羈旅，還如在京華。（岑參〈與鮮于庶子自梓州成都少尹自襄城同行至利州道中作〉，卷一九八）

> 曾為掾吏趨三輔，憶在潼關詩興多。……形勝有餘風土惡，幾時回首一高歌。（杜甫〈覽物〉，卷二三一）

太宗皇帝〈帝京篇十首・其一〉說：「秦川雄帝宅，函谷壯皇居。綺殿千尋起，離宮百雉餘。連甍遙接漢，飛觀迥凌虛。雲日隱層闕，風煙出綺疏。」（卷一）在短短的四十字中，已可略見唐朝京城的雄偉、壯闊、富麗、與堂皇；然而，長安城除了建築規模的恢弘壯觀之外，還是當時全國的政治文化中心，甚至是國際上重要的都會。商旅與各國使節的往來，王公貴族、富商大賈奢華的生活，以及文人學士的雅集，將長安城點綴得多采多姿；再加上它是權力中樞所在之處，是故具有永不消褪的魅力。不論詩人為了什麼因素離開京師，京師的繁華以及在此的生活記憶，仍將不時浮現在其心中；而相對於帝京的人文薈萃，遂覺自己所到之地盡是窮鄉僻壤。

異方與故國，天涯與京華的對比，常表現在風土與人情的差異；語言的隔閡，以及窮山惡水等自然景觀，使得詩人對於新環境總難以完全適應和認同。然而，真正的癥結仍在於心理的因素，杜甫〈地隅〉說：

> 江漢山重阻，風雲地一隅。年年非故物，處處是窮途。
> 喪亂秦公子，悲涼楚大夫。平生心已折，行路日荒蕪。（卷
> 二二八）

這首詩是大曆三年間，杜甫離開瀼西、東屯，出峽，至江陵的作品 [註44]。這時他已經五十幾歲，眼看北歸無望，而年紀又已老大，雖然仍時有「落日心猶壯，秋風病欲蘇」（〈江漢〉，卷二三○）的豪氣，但畢竟也深深感受到時不我予的無情了。「地隅」這一詩題即具有相當的象徵性，因為就盛唐遼闊的版圖而言，江漢之地並非邊界，稱它為天涯地角主要是反映作者心理的感受。詩中，杜甫以屈子，以及「家本秦川貴公子孫，遭亂流寓，自傷情多 [註45]」的王粲自比，並極寫自己輾轉流徙，飄泊不安的晚年生活。處處窮途，行路荒蕪的描述，無不說明詩人飽諳世事的悲涼和滄桑，以及一種被命運逼到無可迴旋

〔註44〕浦起龍《讀杜心解・卷首少陵編年詩目錄》。
〔註45〕見《文選》，謝靈運〈擬魏太子鄴中集詩八首〉。

的死角的無奈。「地隅」一語，不正意謂著如此無告的心境麼？

的確，在盛唐詩人中，杜甫是飄泊感最為深濃的一個。當然這和他一生的遭遇相關，尤其是安史之亂後，因戰亂而流離的時期，與晚年飄泊西南的時期〔註46〕，除了短暫的安定外，十數年間他都過著流寓不定的生活。「支離東北風塵際，漂泊西南天地間〔註47〕」，這兩句詩可說是杜甫對自己行止最具概括性的描寫。所以說，飄泊不只是他的生活常態，更是他一生情感的主要基調，而杜詩的沈鬱也正是在這分飄泊感渲染浸潤下產生的。

當然，羈旅之愁、流離之苦並非杜甫個人獨特的生活經驗，例如李白〈寄崔侍御〉，高適〈自淇涉黃河途中作十三首・其十一〉云：

宛溪霜夜聽猿愁，去國長為不繫舟。獨憐一雁飛南海，卻羨雙溪解北流。（卷一七三）

我行倦風湍，輟棹將問津。……誰能去京洛，顛頷對風塵。（卷二一二）

其中，李白以「不繫之舟」比況自身流浪的生涯，高適則抒寫離京後旅途的疲憊，與僕僕風塵的憔悴；可見羈旅、飄泊是盛唐詩人共有的生活體驗。但是，只要用心去吟詠，不難發現同樣是去國懷京，同樣寫身世飄零，若論情感的厚實沈深，終究無人堪與老杜相頡頏。在上一節關於鄉愁詩的討論中，已指出生命無根、無所依止是老杜詩中反復出現的主題，而由懷戀京師故國的詩篇中，將可進一步了解他飄泊一生的根本原因。以下還是透過他的詩作逐步說明：

追餞同舟日，傷春一水間。飄零為客久，衰老羨君還。花遠重重樹，雲輕處處山。天涯故人少，更益鬢毛斑。（〈涪江泛舟送韋班歸京〉，卷二二七）

五載客蜀郡，一年居梓州。如何關塞阻，轉作瀟湘游。

〔註46〕文學史中常將杜甫的一生分為下列四個時期：一為學習和壯遊時期，二為長安求宦時期，三為戰亂流離時期，四為漂泊西南時期。參見《新編中國文學史》，文復書店。
〔註47〕見〈詠懷古跡五首・其一〉，卷二三〇。

世事已黃髮，殘生隨白鷗。安危大臣在，不必淚長流。(〈去
蜀〉，卷二三四)

客寓的意識是羈旅之人常有的感懷，作客他方的自覺總令詩人耿耿於
懷，無法獲得心靈真正的安頓。何況客中送客更易引發離散、分飛等
花葉飄零的慨歎，而蜀郡、梓州、與瀟湘的空間異動，自然增添了飄
泊的旅愁。此外，兩首詩中都出現了生命流逝的語詞，如衰老、鬢毛
斑、黃髮、與殘生等，在時間意識的襯托下，還京的願望，安邦定國
的理想益覺得渺茫難期，甚至已清楚的知道那是「他生未卜此生休(註
48)」了。由此亦可知，時間意識與空間意識在詩中並非涇渭分明，
去國懷鄉的情感往往伴隨著傷春悲秋、懷古嘆逝的情懷，彼此相互生
發、相互推蕩，而產生更豐富的詩情。浦起龍認為〈去蜀〉一詩：「只
短律耳，而六年中流寓之跡，思歸之懷，東遊之想，身世衰遲之悲，
職任就舍之感，無不括盡。」(《讀杜心解》卷三之四) 浦氏實即由空
間與時間意識的角度來詮釋本詩的內容。

衰老之外，疾病亦加深了杜甫飄泊生涯的艱辛與苦楚，〈清明三
首·其二〉說：「此身飄泊苦西東，右臂偏枯半耳聾」(卷二三三)，
試想這麼一個衰殘多病之人，帶著家眷，在江湖之間奔波流浪，其感
觸能不沈深麼！至於杜甫所以遷徙不定，一直不斷在飄泊的原因又如
何？宋人葛立方認為是「身遭亂離，復迫衣食(註49)」所致。當然社
會的動亂，經濟的壓力，的確對杜甫的浪跡天涯有一定的影響，但是
杜甫的飄泊生涯根本上應是一種追尋，儘管他的生命理想早已確定，
然而通向理想的道路卻不知在何方。

細草微風岸，危檣獨夜舟。星垂平野闊，月湧大江流。
名豈文章著，官應老病休。飄飄何所似，天地一沙鷗。(〈旅
夜書懷〉，卷二二九)

花葉隨天意，江溪共石根。早霞隨類影，寒水各依痕。

〔註48〕見李商隱〈馬嵬二首·其二〉，卷五三九。
〔註49〕見葛立方《韻語陽秋》卷二十，文中云：「士人既無常產，為飢所驅，
　　　　豈免仰給於人，則奔走道途，亦理之常爾。」

　　　　易下楊朱淚，難招楚客魂。風濤暮不穩，舍棹宿誰門？（〈冬深〉，卷二三〇）

　　　　　　更欲投何處？飄然去此都。形骸元土木，舟檝復江湖。社稷纏妖氣，干戈送老儒。百年同棄物，萬國盡窮途。（〈舟出江陵南浦奉寄鄭少尹審〉，卷二三二）

上引的三首詩，浦氏分別繫之於永泰元年，與大曆三年（後二首），其時兩京早已收復，安史之亂亦大體抵定；雖然安史的餘黨猶存，但由詩意來推敲，杜甫晚年飄泊流徙的真正原因並不是受迫於戰亂。這一點我們可以由他以流落瀟湘的屈原自比，又以百年棄物形容自己得到印證。亂離只是方便的說詞，身懷鴻鵠之志，卻始終未得君王倚重，人生理想行將隨年華漸老而趨於幻滅，卻又不甘於此，這才是杜甫捨離略事安定的生活，毅然又踏上征途的原因。祁和暉說：「杜甫追求的目標不是逃避時難，不是解決溫飽，而是佐君安民，為朝廷所用，為朝廷出力。這一點未能實現，他便永不心安。乃至個人局部生活環境的安定（比如浣花草堂時期），也無助於改變他的不安。正是這人生理想的一靈不散，他不斷在漂泊，也不斷在期待〔註50〕。」其實不只是期待，他還勇敢堅決地去追尋，由蜀入夔，出峽至江陵，乃至遊於湘潭，無非都是他追尋的歷程。相信他並不是不知道結果依然是失望與落空，但是他卻未曾真正絕望，仍然永遠堅持著理想。

　　　「更欲投何處？飄然去此都」、「風濤暮不穩，舍棹宿誰門」、「飄飄何所似？天地一沙鷗」，杜甫詩中對於未來該何去何從，生命的歸宿究竟在何方，一而再、再而三地提出疑問，正可見他的焦慮與徬徨。楊朱臨歧路而哭，以其可以南可以北〔註51〕，然而杜甫的困難在於，前程已經無可選擇，「百年同棄物，萬國盡窮途」，日薄西山，窮途末路，這難道不是千古以來有志不逞者的深悲大痛？明知前途已然無

────────────

〔註50〕見祁和暉〈杜甫為什麼要不斷漂泊〉，（《杜甫研究學刊》，1989年，第一期）。

〔註51〕《淮南子・說林訓》：「楊子見歧路而哭之，為其可以南，可以北。」

望，對於家國天下仍滿是不容自已之情，仍要苦苦執著、追尋，這是杜甫一生飄泊的原因；但也正因為他始終不逃避，毅然承擔起命運加諸於他的悲劇，才益顯出其人格的崇高，而能獲得後人衷心的敬仰。

綜合以上所述，試歸納飄泊詩的情感結構如下：

（1）輾轉流徙的生涯

（2）遠離家國的傷懷

（3）飄泊無根的感受

（4）理想與人生歸宿的追尋

固然不是每一首飄泊的詩篇都具備這四個元素，但是總不外是由這些角度來刻劃，只不過是濃淡淺深各有所重而已。

三、戀主報國的赤忱

無論是怨棄之悲，抑或是飄泊之感，情感的焦點皆是落在個人身上，亦即是詩人為自己的際遇與命運而發出嗟歎。然而，在為自己感嘆的同時，京華、或故國的戀慕詩也反復陳述著對君王與故國的赤忱。例如：

> 京邑多歡娛，衡湘暫沿越。……豈惟長思君，日夕在魏闕。（王昌齡〈次汝中寄河南陳贊府〉，卷一四○）

> 魏闕心恆在，金門詔不忘。遙憐上林雁，冰泮已回翔。（孟浩然〈自潯陽泛舟經明海〉，卷一五九）

> 水路東連楚，人煙北接巴。……夢魂知憶處，無夜不京華。（岑參〈郡齋平望江山〉，卷二○○）

> 戀闕丹心破，霑衣皓首啼。老魂招不得，歸路恐長迷。（杜甫〈散愁二首·其二〉，卷二二六）

《莊子·讓王》有言：「中山公子牟謂瞻子曰：身在江海之上，心居乎魏闕之下，奈何？」謝靈運〈遊赤石進帆海〉亦有「子牟眷魏闕」（《文選》卷二十二）之語，而盛唐詩中「魏闕之思」也是常見的主題。孟浩然〈初下浙江口號〉說：「回瞻魏闕路，空復子牟心」（卷一六○），即點化前賢的詩語，以表現對君王、朝廷的戀慕。至於老杜

更以「戀闕丹心破」五字，直接道出他的赤忱與忠心，真可謂擲地有聲。

戀闕之心更具體而言便是戀主之情，李白詩云：「余欲羅浮隱，猶懷明主恩。躊躇紫宮戀，孤負滄洲言〔註52〕」，由明主恩與紫宮戀的對照，即已說明魏闕之思在詩中的真意。而對京師生活的追憶、遙想是詩人表達戀闕之心的常見方式，前引的王昌齡詩即強調了京邑的歡娛，杜甫詩則有「迴首憶朝班〔註53〕」的描述。

追憶、懷想進而牽動了返回京師的渴望，林雁的回翔，魂夢的先歸，無不興發、或洩露詩人返京的心願。然而，或由於君王的疏遠，或由於亂離的播弄，歸路往往是相當迂迴難行的；是故杜甫雖有「歎君能戀主，久客羨歸秦〔註54〕」，「衣冠是日朝天子，草奏何時入帝鄉〔註55〕」的殷切期盼，卻終不免「歸路恐長迷」的感慨了。

當然，詩人亦間有描摹近侍君王的作品，例如：

死去憑誰報？歸來始自憐。猶瞻太白雪，喜遇武功天。影靜千官裏，心蘇七校前。今朝漢社稷，新數中興年。（杜甫〈喜達行在所三首·其三〉，卷二二五）

臘日常年暖尚遙，今年臘日凍全消。侵陵雪色還萱草，漏洩春光有柳條。縱酒欲謀良夜醉，還家初散紫宸朝。口脂面藥隨恩澤，翠管銀罌下九霄。（杜甫〈臘日〉，卷二二五）

第一首詩是杜甫由長安脫困，歷經險阻逃竄至鳳翔面謁君王的作品，第二首則為還鄜州探視家眷後，任職京師所作。兩首詩都流露出一種掩抑不住的喜悅，劫後餘生的慶幸，聖上的恩澤，彷彿使臘日亦隱含著春意。杜甫一生的詩篇大半在寫戰亂下的流離，飄泊天涯的寂寞，以及報國無門的苦悶等；然而，在這裡看到難得的安適與順遂，苦難似乎已經結束，美好的前程就在眼前，所有因飄泊流離、尋覓嚮往所

〔註52〕見〈同王昌齡送族弟襄歸桂陽二首·其一〉，卷一七六。
〔註53〕見〈自瀼西荊扉移居東屯茅屋四首·其四〉，卷二二九。
〔註54〕見〈送司馬入京〉，卷二三四。
〔註55〕見〈承聞河北諸道節度入朝歡喜口號絕句十二首·其七〉，卷二三〇。

引起的焦慮都消融於無形。亦即因為生活遷徙不定,以及與君王遠隔
所產生的空間意識,完全都已泯除。「影靜千官裏,心蘇七校前」,其
中固然側重在寫脫險之後驚魂甫定的心情,但是由另一個角度來考
察,實可見唯有置身於公卿大臣之間,得以親侍君王,與聞家國天下
大事,杜甫的心才能得到真正的安頓。而其實,這也是盛唐詩人共同
的心情,只是杜公表現得更為強烈,足以作為典型罷了。

　　然而,這種喜悅的情緒,寧定的心境往往極為短暫,詩人又展開
飄泊的人生旅程。對故國的懸念,與對時局的憂患常伴隨著個人身世
之感而生,彼此糾結錯雜,難以釐析:

　　　　花近高樓傷客心,萬方多難此登臨。……北極朝廷終
　　不改,西山寇盜莫相侵。(〈登樓〉,卷二二八))

　　　　十年戎馬暗萬國,異域賓客老孤城。渭水秦山得見否,
　　人經罷病虎縱橫。(〈愁〉,卷二三一)

　　　　西京安穩未,不見一人來。……直苦風塵暗,誰憂鬢
　　催。(〈早花〉,卷二三四)

　　　　已衰病方入,四海一塗炭。乾坤萬里內,莫見容身
　　畔。……故國莽丘墟,鄰里各分散。歸路從此迷,涕盡湘江
　　岸。(〈逃難〉,卷二三四)

對於自身的境況,杜甫的形容是衰老疲病,作客異域,而又無處容身;
而天下的局勢是寇盜相侵、虎狼縱橫,萬方多難、四海塗炭。面對這
樣昏濁黑暗的時局,處身如此風雨飄搖的時節,雖然他已年華衰遲,
形容枯槁,但是仍張大冷靜且熱切的雙眼,緊盯住動亂的變化,希望
為國家的前途指出光明的方向。在每一首詩中,都可以看到他不僅為
自己的生命而悲嘆,也對因戰亂而飽嚐流離之苦的百姓寄予深切的同
情;不僅為自己的歸宿而茫然,也為國事的發展而憂心。儘管他未曾
真正受到重用,儘管早已遠離朝廷,儘管一生飄泊落拓;但是令人訝
異的是他對理想的堅持,對君王的忠愛,可謂一息尚存,永矢弗諼。
若說「唯將遲暮供多病,未有涓埃答聖朝」(〈野望〉,卷二二七)是
他一生的憾恨,「尚想趨朝廷,毫髮裨社稷」(〈客堂〉,卷二二一),

則是他永遠不悔的抉擇。

　　總之，在懷戀京師與故國的詩篇中，固然詩人常反復吟詠著失志、乃至遠謫的悲傷，或者爲轉徙不定的生活感到茫然，但是大多數的詩人始終面向京師，期盼有再返朝廷的一天，以實現忠君愛民，立身揚名的理想。若和上一節所討論的鄉愁詩相較，鄉愁詩中亦常觸及個人的失意落拓、飄泊無依，然而詩人採取的是面向家鄉，背向朝廷的姿態，就理想的追尋而言，這毋寧是代表著一種消極退縮的傾向〔註56〕。至於懷戀君土故國的詩篇，雖含有怨棄之悲、飄泊之感，但對理想九死無悔的追尋，卻是積極而熱切的。

肆、懷京詩中表徵空間意識的意象

一、嚮慕京師的意象

　　詩人無論是因爲落第、貶謫、外調，或者迫於戰亂離開京師，固然內心感慨多端，但是對京師的懷念卻無時或忘。詩篇中，用以指稱的意象除京、京師、西京、京洛、京華外，最具代表性的有長安、帝鄉、魏闕、紫微（或紫宸）等，以下各條舉數例於後：

（1）長　安

　　　　寄語朝廷當世人，何時重見長安道。（孟浩然〈和盧明府送鄭十三還京兼寄之什〉，卷一五九）

　　　　長安如夢裡，何日是歸期？（李白〈送陸判官往琵琶峽〉，卷一七七）

（2）帝　鄉

　　　　帝鄉北近日，瀘口南連蠻。（岑參〈失題〉，卷二○一）

　　　　帝鄉愁緒外，春色淚痕邊。（杜甫〈泛江送魏十八倉曹還京因寄岑中允參范郎中季明〉，卷二二七）

　　　　雲歸帝鄉遠，雁報朔方寒。（賈至〈長沙別李六侍御〉，卷二三五）

（3）紫微（紫宸）

〔註56〕張法《中國文化與悲劇意識》中認爲：鄉愁是源於追求的失落，它是種退縮、逃逸的意識。頁58。

云是帝鄉去，軍書謁紫微。（綦毋潛〈送平判官入秦〉，卷一三五）

閶闔開黃道，衣冠拜紫宸。……西江元下蜀，北斗故臨秦。（杜甫〈太歲日〉，卷二三二）

江路東連千里潮，青雲北望紫微遙。（賈至〈岳陽樓重宴別王八員外貶長沙〉，卷二三五）

（4）魏闕（參見〈戀主報國的赤忱〉一節）

　　長安位於渭河平原中部，渭河平原土地肥沃，氣候溫和，農業生產發達，古代曾是全國最富庶的地區之一。由於東有函谷關，南有武關，西有散關，北有蕭關，故自古以來就稱爲關中之地，形勢非常險要。佔據關中後，進可攻、退可守，因此，歷史上的西漢、隋、唐等朝代都在這裡建都〔註57〕。長安既是唐代的政治、經濟、文化的中心，又是全國的國都所在，自然具有一種象徵性。有時它代表朝廷，有時甚至是國家的表徵，是故無論詩人身在何處，總是魂牽夢縈，念茲在茲。

　　對長安的繫念，最終仍是一種戀主的情結，李白〈觀胡人吹笛〉說：「卻望長安道，空懷戀主情」（卷一八四），正是這種情結的告白。正因爲這個緣故，盛唐詩人常以帝鄉來指稱長安。帝鄉意謂帝王所在之地，但是「鄉」字是否也隱含著那是詩人的另一個故鄉？屬於精神與理想層面的。所以在懷念京華的詩篇中，往往亦蕩漾著一種近乎鄉愁的情緒，由此可見詩人對家與國的情感雖然有所不同，但其間亦不乏隱微相通之處。

　　至於以紫宸、紫微、或紫宮作爲帝闕的代稱，源於漢民族將天文和政治相結合的傳統。《論語・爲政》有言：「爲政以德，譬如北辰，居其所而眾星共之。」的確，若由中原地區來觀察，北極星彷彿居於天的中心位置，眾星拱衛環繞，而它自身卻是永遠高懸不動，是故用以象徵君王之俯臨天下。《史記・天官書》則說：「斗爲帝車，運於中

<hr>

〔註57〕見栗斯《唐詩的世界之一・唐代長安和政局》，頁7。

央，臨制四鄉」，「璇璣玉衡，以齊七政」，亦即以北斗七星的運行象徵朝廷政通人和、體制完備，四時、天文、地理、與人道七政修齊〔註58〕。北極星既是君王的象徵，該星兩側的紫微垣遂成為帝闕的代表〔註59〕。陳江風論及長安的建築曾提出如下的觀點：「唐之都以宮城象紫微，以皇城象地平線以上北極星為圓心的天象。……形象地反映了周秦以來以北極為天中而眾星拱之的思想〔註60〕。」而由建築上有意地模擬天象，亦反映了中國人天人相應的觀念。

　　杜甫詩云：「西江元下蜀，北斗故臨秦」（見前引），〈登樓〉詩則云：「北極朝廷終不改」（卷二二八），而無論是以北極、北斗象徵君王、朝廷，或是以紫微、紫宮象徵帝闕，它們都高掛在天際，令詩人永遠仰望。推而廣之，不論紫微、魏闕，抑或長安、帝鄉，雖然名義不盡相同，但都可謂詩人情感的中心點。不管身在何處，盛唐詩人總是面向著京師帝闕，有如葵之向日，無時或已。

二、遠謫流徙的意象

　　空間意識的產生常源於空間的異動或對比，在懷京詩中，京師是詩人情感傾注的所在，身處之地與京師間的遠隔與對比遂成為詩中常見的表現方式，而「天涯」便是遠隔意象的典型。此外，長沙和瀟湘這烙印著歷史記憶的地方，也常在此類詩中被提起。

（1）瀟　湘

　　因之泛五湖，流浪經三湘。觀濤壯枚發，弔屈痛沈湘。（孟浩然〈自潯陽泛舟經明海〉，卷一五九）

　　遠別淚空盡，長愁心已摧。二年吟澤畔，憔顇幾時迴。（李白〈贈別鄭判官〉，卷一七四）

　　一片仙雲入帝鄉，數聲秋雁至衡陽。借問清都舊花月，豈知邊

〔註58〕參見司馬貞《史記索隱》。
〔註59〕據《晉書。天文志》所載，紫宮垣在北斗星之北，一曰紫微，大帝之座也。
〔註60〕見其《天文與人文》第五章，頁139。

客泣瀟湘。（賈至〈送王道士還京〉，卷二三五）

（2）長　沙

一爲遷客去長沙，西望長安不見家。（李白〈與史郎中欽聽黃鶴樓
上吹笛〉，卷一八二）

漠漠舊京遠，遲遲歸路賒。……賈生骨已朽，悽惻近長沙。（杜
甫〈入喬口〉，卷二三三）

莫道巴陵湖水闊，長沙南畔更蕭條。（賈至〈岳陽樓重宴別王八員
外貶長沙〉，卷二三五）

（3）天　涯

汎舟大河裡，積水窮天涯。……回瞻舊鄉國，淼漫連雲霞。（王
維〈渡河到清河作〉，卷一二五）

絕域地欲盡，孤城天遂窮。彌年但走馬，終日隨飄蓬。（岑參〈安
西館中思長安〉，卷一九八）

天路看殊俗，秋江思殺人。……故國愁眉外，長歌欲損神。（杜
甫〈雨晴〉，卷二三〇）

瀟湘與長沙是自古以來遷客騷人最常流連徘徊之地，屈原秉持其高潔
的人格，全心奉獻於國家君王，卻不能受到信用，乃至流放三湘、行
吟澤畔，終至懷石自沈於汨羅而死。賈誼以不世之才遠謫長沙，過湘
水爲賦以弔屈原，只因爲在屈子的悲劇裡，他看到了自己的命運，賦
中對屈原深切的同情，何嘗不是爲自己的才命相妨而哀傷。正因爲屈
賈故事的交相輝映，爲瀟湘與長沙憑添無限淒迷的情致，進而使它們
成爲貶謫之地的代稱。

因此，當左遷的詩人一旦踏入湘水流域，或臨近長沙之際，其心
境往往是複雜多端的。蕭條、憔悴、沈痛、悽愴，眼前所見與心中所
感錯綜交織；其中有對賢哲的惋惜，也有對自身遭遇的悲嘆。亦即在
自己切身的感受中，詩人眞正體會到前賢的怨悱之情；同樣的，歷史
的憑弔也增添其內心的悲涼。長沙與瀟湘就在歷代詩人文士不斷重演
的故事裡，被賦予了深沈的悲劇色彩，它導引詩人去反省自我的處

境，並尋思自己的未來。

　　至於天涯，在鄉愁詩中亦曾論及。其實天何有涯，地豈有角，然
而遠離京華的詩人，卻每有被放逐於天涯地角的感懷。若說京師、帝
鄉是詩人永遠嚮慕之地，一如圓的圓心，那麼懷京詩中，空間意識的
強度實與距離京城的遠近成正比。當距離京師愈遠，空間的遠隔感愈
強，飄泊感愈濃，而生命被錯置的感受也愈深，於是天涯遂成為盛唐
詩人表現空間意識常取用的空間意象。是故，在詩人筆下，無論是身
在嶺南、在巴蜀、或在西域，總覺得流落天涯，所謂「絕域地欲盡，
孤城天遂窮」，天窮地盡，此去無路，而環顧所在之處，語言既殊，
風俗又異，天窮地愁之感自然奔赴於心，無由自解了。

三、雲山阻絕的意象

　　京師帝闕既是盛唐詩人永遠嚮慕的處所，而流落之地又是如此的
寂寞淒涼；然則，詩人為何不整束行裝回返帝鄉？在下列的詩篇中，
可以得到部分解答：

　　　　總為浮雲能蔽日，長安不見使人愁。（李白〈登金陵鳳凰
臺〉，卷一八○）

　　　　十年戎馬暗萬國，異域賓客老孤城。渭水秦山得見否，
人經罷病虎縱橫。（杜甫〈愁〉，卷二三一）

　　　　雲白山青萬餘里，愁看直北是長安。（杜甫〈小寒食舟中
作〉，卷二三三）

　　　　西京安穩未，不見一人來。……直苦風塵暗，誰憂容
鬢催。（杜甫〈早花〉，卷二三四）

眾所周知，盛唐的文治武功皆頗昌盛，版圖自然相當遼闊〔註61〕；因
此雖然各地交通往還頻繁，但是相對於幅員的廣大，舟車運輸的速度
實是有所不足，是故距離的遙遙遂成為返回京師的障礙。雲山萬里即
意謂著自然空間的阻隔，山的高聳矗立，雲的氤氳繚繞，既遮斷了向

_____

〔註61〕據傅樂成《隋唐五代史》第九章所述，玄宗時的版圖東到海，西至
　　　天山南北路和蔥嶺以西，南到今越南東北部，北則在河套以北。

長安遠眺的視線，也彷彿封閉了返京的道路；而帝鄉在萬里之外，何嘗不是暗示著返京之夢的迢遙？

除了山川等自然界的意象外，風塵也常用以表示空間的阻隔。杜甫〈野望〉云：「海內風塵諸弟隔，天涯涕淚一身遙」（卷二二七），又此處所引：「直苦風塵暗，誰憂容鬢催」，風塵都意指戰亂；而戰亂不但導致詩人的流離失所，亦使朝廷號令失統，南北的交通阻絕，至於叛軍亂賊如虎狼縱橫盤踞，更增添行旅的困難與危險。因此，戰爭所帶來的動蕩不安，脫軌失序，是杜絕詩人返京之念另一個重要原因。面對時局與環境這實質上的阻礙，有時詩人只得暫時安住於遠離戰火的世外桃源，吟詠著：「錦里煙塵外，江村八九家。……卜宅從茲老，爲農去國賒〔註62〕」的詩句，但是由其中仍可讀出幾許無法返回故國的無奈。凡此皆可見，風塵、煙塵在本類詩作中具有阻隔、抑或封鎖的意涵。

最後再略加討論浮雲的象徵意義，王逸《楚辭章句·離騷序》說：「虬龍鸞鳳以託君子，飄風雲霓以爲小人〔註63〕」，以浮雲比喻小人，自屈原之後便逐漸蔚爲傳統。盛唐詩人中，李白是最善於運用「浮雲蔽日」筆法的作家，除了上引的名句外，下列詩句亦有異曲同工之妙：

　　而我竟何辜，遠身金殿傍。浮雲蔽紫闥，白日難回光。
〈〈古風·其三十七〉，卷一六一）

　　白日掩徂輝，浮雲無定端。梧桐巢燕雀，枳棘棲鴛鸞。
〈〈古風·其三十八〉，卷一六一）

　　古道連綿走西京，紫闕落日浮雲生。（〈灞陵行送別〉，卷一七六）

　　當年待詔承明裡，皆道揚雄才可觀。……浮雲蔽日去不返，總爲秋風吹紫蘭。（〈答杜秀才五松見贈〉，卷一七八）

白日在此比喻君王，浮雲則指如李林甫、楊國忠等弄權亂國的小人，

〔註62〕杜甫〈爲農〉，卷二二六。
〔註63〕按〈離騷〉有：「吾令鳳鳥飛騰兮，繼之以日夜。飄風屯其相離兮，帥雲霓而來御」之句。

君王爲充斥朝中的邪佞之臣所包圍，正如白日被浮雲所遮蔽一般。陸賈《新語‧愼微篇》說：「邪臣之蔽賢，猶浮雲之障日月也」，忠貞正直之士受困於群小，以致遠離京華、報國無門，這是李白的悲哀，也是古代懷才不遇者共有的感慨。當然，如果由另一個角度來看，在君權體制下，政治是否清平，用人是否得當，最終仍取決於君王的聖明與否。然而，受限於文化思想的規範，縱使遇到的是昏庸之主，詩人亦不敢直抒其憤怒，於是將情緒化爲怨悱的形貌出現；或者，將批判的對象指向朝中的奸邪，把問題導向忠奸、賢愚的分辨，進而痛斥權奸的誤國〔註64〕。就是在這曲折隱微的心思下，李白將自己遭到君王的疏離，乃至身貶夜郎，返京無由的命運，解釋爲小人從中的破壞與阻撓；也因此浮雲遂成爲詩中常出現的意象，用以表示返京之路的重重阻隔，以及險阻崎嶇了。

　　基於以上的論述，對於盛唐詩人戀慕京華的詩篇可歸結如下的看法：

　　（1）通過進士科考進入朝廷，或者以其他方式謀得一官半職的詩人，眞能獲得君王倚重，發揮經濟長才者究屬少數。他們往往遠調州縣，沈淪下僚，乃至因事獲罪，而遭貶謫；由於賞罰通常取決於皇帝的喜怒，因此，詩人內心不免夾雜著不平與怨懟，以及渴望垂憐與恩寵的複雜心理。詩人對京師的戀慕，實隱含著一種「怨棄」的傷悲。

　　（2）唐以前的詩人中，屈原、曹植在詩賦裡常見怨棄的主題；入唐之後，詩人的怨棄之悲亦反復出現於詩中。從其中可見落拓不偶的文士其理想追尋的模式：嚮往、追尋、被棄、與怨慕的循環。雖然，每個詩人的思想、個性不盡相同，但大體而言，這一循環模式正是盛唐文士難以掙脫的命運的鍊鎖。

　　（3）對於遊子而言，踏出家門便是異鄉，而對於宦遊之人而言，

────────────

〔註64〕同註56，張法在論及屈原的悲劇時認爲：「屈原在關鍵性的地方把昏君忠臣置換爲忠奸之爭，爲文化的雷區建立了一道安全屏障」，頁125。

離開京師即是睽違故國，浪跡天涯。因此，詩人對京華的戀慕，由另一個角度而言，自然包含天涯飄泊的感懷。天涯與京師，本就存在著語言的隔閡，以及風土人情的差異，再加上心理因素的影響，詩人對於新環境更難以完全適應和認同。於是輾轉流徙的生活、遠離家國的傷懷、飄泊無根的感受、人生歸宿的追尋等情感，遂交織成懷京詩中動人的詩情。

（4）然而，在懷戀故國與京師的詩篇中，詩人固然常詠歎著個人的失志、遠謫、和飄泊之苦，但是大多數的詩人始終面向京師，期能再返朝廷，以實現忠君愛民、立身揚名的理想，這分九死無悔的精神，是積極而熱切的。

（5）盛唐詩人在懷戀京華的詩篇中，與京師遠隔、乖違，以及自身行止不定、不得其所的空間意識可謂其抒情的核心。詩人除用自身流落之地與京師作對比外，亦常擇取典型的意象以呈現此空間意識。其中長安、帝鄉、紫微、魏闕，在詩中作爲朝廷、國家、甚或君王的代稱，對京師的戀慕，實含蘊著返回朝廷、泯除空間距離的渴求，亦即與君王重新和合的心願。

（6）瀟湘、長沙烙印著屈原與賈誼遠謫異地的歷史記憶，而天涯暗示著空間距離的迢遙；詩人或透過古今賢哲的共同命運，寄託個人的怨悱之情，或經由空間的遠隔，加深生命被錯置的感受，瀟湘、長沙、與天涯遂成爲另一組常見的意象。此外，雲山代表自然空間的隔絕，風塵意謂戰亂的封鎖，而浮雲則象徵小人的阻撓，在自然與人事的重重阻隔下，返京之路益發顯得崎嶇漫長了。

第三節　邊塞的征逐

壹、引　言

　　邊塞詩是唐代相當特殊的一個詩類，它所描繪的對象包括：「戰爭的酷烈、將士的英勇、統帥的驕奢、戍卒的苦痛，以及邊地的民俗、

異域的歌舞、塞野的風光〔註65〕」等等，由於詩中是以遼闊的大漠、荒寒的邊關作爲空間背景，而抒情的重心又在於塞外邊城的生活體會，是故洋溢著濃郁的「異域情調」〔註66〕。換句話說，邊塞的自然景觀與風土人情，在在喚醒詩人身處異域的空間感受；因此，「空間所具的特殊樣態不但被強調而成爲詩作內涵的主體，而且映現爲一種空間意識的醒覺，經由這種醒覺個人一己的生命重新被體味、冥思、感知〔註67〕。」所以，邊塞詩和鄉愁詩、懷京詩一樣，都是盛唐空間感懷詩中最主要的類型。

論及盛唐邊塞詩產生的原因，當然和對外戰爭的頻仍有關。無論是抵禦外族入侵，或者爲了宣揚國威、開疆闢土，對外戰爭都是無法避免的選擇。關心時局與天下大事的詩人，自然直接、間接受其影響，而表現於詩作之中〔註68〕。然而除此之外，下列因素亦和邊塞詩的盛行息息相關：

一、民族性格的相應

詩歌以表現詩人之情志爲主，詩人之情感固然深受時代的激蕩，然而在自覺與不自覺間實又烙印著民族心靈的印記。是故，民族性格的特質和詩文學間，潛存著一種不即不離的關係。

中華民族繁衍生息於黃河流域，由於地理環境的因素，發展出以農業爲主的生產和生活方式，進而形成追求穩定、寧靜，愛好和平、溫柔敦厚的民族性〔註69〕。然而，東晉之後，隋統一中原以前，前後

〔註65〕見陳伯海《唐詩學引論》，頁49。陳先生以爲邊塞與都市是唐人所開闢的新的藝術天地。

〔註66〕參見柯慶明《境界的探求》中〈略論唐人絕句裡的異域情調：山林詩與邊塞詩〉一文。

〔註67〕同註66，頁183。

〔註68〕詳見第一章緒論，第三節。

〔註69〕參見高亞彪《在民族靈魂的深處》，頁9。書中認爲：生產方式屬於文化表層結構即物質文明的範疇，但對於文化的中層結構（制度文明）和深層結構（意識型態）卻具有決定意義的影響。

約二百六十年左右，中國北方長期處在胡人的統治之下，由於漢胡雜處的時間相當漫長，加上胡人的漢化政策，以及胡漢通婚日漸普遍，南北民族逐由衝突、交流、模仿、而逐步地邁向融合之路〔註70〕。隋唐就是在這樣的基礎上所建立的新民族。以李唐而論，其后族，例如李淵的母親獨孤氏，妻子竇氏，以及李世民的妻子長孫氏都源出於鮮卑，亦即唐王室本就雜有胡族的血胤〔註71〕。段成式《酉陽雜俎》卷一記載：「高祖少神勇，隋末，嘗以十二人破草賊號無端兒數萬。又龍門戰，盡一房箭，中八十人。」又云：「太宗虬鬚，嘗戲張弓掛矢。」這兩段描述雖出自筆記小說，容有誇飾的成分，然而亦由側面呈現出唐民族豪邁、雄強，勇武尚戰的精神特質。

而「邊塞的壯烈戰爭、雄偉景色等，都處處與這本質起深深的共鳴〔註72〕」，因此，邊塞的烽火，大漠的風沙，對於唐代的詩人自有一種奇異的魅力，吸引著詩人投入它的懷抱；邊塞詩中雜揉著磅礴壯闊與蒼茫悲涼的美學特質，也才能深受當代詩人的讚賞與認同。

二、任俠精神的發揚

韓非在〈五蠹〉篇中說：「儒以文亂法，俠以武犯禁」，的確，一般而言，俠總離不開武，而儒士與俠客可謂文武殊途。至太史公《史記‧卷一二四遊俠列傳》，對俠的行事風範方有進一步的說明，所謂：「其行雖不軌於正義，然其言必信，其行必果，已諾必誠，不愛其軀，赴士之阨困」，這種重然諾、輕生死，千里赴義的精神，將俠客的生命境界提升到相當高的境地。至於以修習儒家經典為主的文人學士，其性格傾向於溫文儒雅，乃至近乎文弱的地步。當他們在傳統社會中

〔註70〕參見陳寅恪《隋唐制度淵源略論稿‧唐代政治史述論稿》，頁 165。陳氏云：「自鮮卑拓拔部落侵入中國，統治北部之後，即開始施行漢化政策，如解散部落同於編户之類，其尤顯著之例也。此漢化政策，其子孫遵行不替，及魏孝文帝遷都洛陽，其漢化程度更為增高。」
〔註71〕同註70，頁 165。
〔註72〕見何寄澎《總是玉關情——唐代邊塞詩初探》，頁 34。本節之架構與內涵受益於何先生之處頗多。

遭受到不公的待遇，或者眼見政治、社會的黑暗，而又無可如何之際，俠客慷慨笑傲、揮劍滌蕩人間不平的風標，又何嘗不是滿心抑鬱的文士私心之所期許、嚮慕！俠，在黑暗的時代，彷彿就是正義的化身，又宛若正氣的顯現，那種擊筑高歌、痛快淋漓的生命情調，正是許多文士「雖不能至，然心鄉往之」（《史記》卷四十七，〈孔子世家贊〉）的渴求。

　　到了唐代，對於俠客的憧憬，已不僅是文人的一種補償心理，如前面所論，大唐是一個融合了外族的新興民族，在漢民族溫厚的血液中，注入了這一股野性的、剽悍的原始生命力後，漢族固有的任俠精神遂在其激蕩之下，蔚為整個社會與文化中重要的風尚。這種風尚表現在文士身上的便是對俠客的謳歌和仿效，例如：

　　　　出身仕漢羽林郎，初隨驃騎戰漁陽。孰知不向邊庭苦，
　　縱死猶聞俠骨香。（王維〈少年行四首・其二〉，卷一二八）

　　　　少年負膽氣，好勇復知機。仗劍出門去，孤城逢合圍。
　　殺人邊水上，走馬漁陽歸。（崔顥〈古遊俠呈軍中諸將〉，卷一三
　　〇）

　　　　邊城兒，生年不讀一字書，但將遊獵誇輕趫。……儒
　　生不及遊俠人，白首下帷復何益。（李白〈行行遊且獵篇〉，卷
　　一六二）

在這些詩篇中，詩人對於俠客縱馬騎射，快意恩仇，以及隨軍轉戰邊庭的事蹟，皆流露出由衷的讚賞，其中李太白甚且以為「儒生不及遊俠人」；而事實上他的確嘗以俠士自許，《新唐書・文藝傳》說他：「喜縱橫術，擊劍為任俠，輕財重施」，凡此皆可見任俠的精神已被盛唐詩人視為一種高貴的英雄氣質。就在這種觀念影響之下，許多詩人紛紛脫下儒衣，披上戰袍，投身於軍旅的行列，將仗劍行俠的願望，化為更堅實的愛國行動，直接間接促成了邊塞詩的蓬勃發展。

三、邊塞生活的體驗

　　以上由對外戰爭的頻繁、民族性格的相應、以及任俠精神的發揚

等方面，略論唐代邊塞詩興盛的緣由，然而詩歌的產生源於作者的創作，若詩人缺乏眞實的邊塞生活體驗，作品只是向壁虛構，又如何能引起讀者的共鳴？因此，唐代詩人爲追求軍功，赴邊從軍，親自體驗了豐富的邊地生活，這才是邊塞詩派所以能蔚爲大國的根本原因；不過話雖如此，詩人的赴邊從軍又和前面二個因素有著密不可分的關係。

　　若從另一個層面來考察，唐代文人赴邊從軍主要可分爲兩類：「一類是基於愛國主義的情操與立功封侯的心理。……另一類則由於懷才不遇而投入幕府〔註73〕。」然而，不論是爲了立功封侯，或者懷才不遇而遠赴塞外，其實都可看作是唐人宦游的另一種型態。所謂：

　　　　忘身辭鳳闕，報國取龍庭。豈學書生輩，窗間老一經。

　　（王維〈送趙都督赴代州得青字〉，卷一二六）

　　　　功名袛向馬上取，眞是英雄一丈夫。（岑參〈送李副使赴

　　磧西官軍〉，卷一九九）

　　　　萬里不惜死，一朝得成功。畫圖麒麟閣，入朝明光宮。

　　（高適〈塞下曲〉，卷二一一）

其中有掃除邊患，報國忠君的愛國情操；也包含了冒死沙場，摘取功名的渴望；有對友朋的勉勵，也有實現自我理想的期許。如前所說，初盛唐的君主既重邊功，應募從軍的升遷往往極爲優渥，所以許多胸懷經綸之志，不幸科場失意的文士，遂踏上這條容易速成而又艱險的道路〔註74〕。胡震亨《唐音癸籤》卷二七論及文人投入幕府之事說：「唐詞人自禁林外，節鎭幕府爲盛。如高適之依哥舒翰，岑參之依高仙芝，杜甫之依嚴武，比比而是，中葉後尤多。蓋唐制，新及第人，例就辟外幕。而布衣流落之士，更多因緣幕府，躐級進身。」以高適爲例，即因哥舒翰的器重，而掌幕府書記，安史之亂後，朝廷徵召哥舒翰討賊，高適則官拜左拾遺、轉監察御史，仍輔佐哥舒翰守潼關；其後夤緣晉升爲蜀州刺史、劍南西川節度使（詳見《舊唐書·高適

〔註73〕同前註，頁27、28。
〔註74〕見李志慧《唐代文苑風尚》，頁27。

傳》），可見主帥的賞識、薦舉對於幕府文士的重大意義，這也正是爲何有那麼多的文人甘心投身幕府的內在原因。

　　總之，由於唐代詩人追求軍功的風尚頗爲普遍，當他們「親歷邊塞的風雪，目睹廣大無涯的瀚海，身經偉大悲壯的戰爭，耳聞富有異國情調的胡樂，接觸到許多奇異的外域器用和人物。種種絕異於中原的景象，給了他們一種新刺激、新生命，因而產生了新境界的新作品〔註75〕。」唐代的邊塞詩就是在這樣的背景下，由初唐的肇始，邁向盛唐的興盛階段了。

貳、邊塞詩的歷史考察

　　論及邊塞詩的根源，或以爲可追溯到《詩經》〔註76〕；然而，事實上《詩經》中雖不乏征伐、行役之作，如〈東山〉、〈采薇〉、〈出車〉、〈采芑〉等等，但其情調、以及寫作的重心皆和後世的邊塞作品大相逕庭。至漢代樂府詩中已有〈出關〉、〈入關〉、〈出塞〉、〈入塞〉、與〈隴頭吟〉等橫吹曲，觀其名目，其內容應與邊塞詩相近，唯文詞皆已亡佚〔註77〕。今日所見的漢詩之中，李陵與烏孫公主歌是較具邊塞風格之作：

　　　　徑萬里兮度沙幕，爲君將兮奮匈奴。路窮絕兮矢刃摧，士眾滅兮名已隤。老母已死，雖欲報恩將安歸。（《漢書》卷五十四，〈李廣蘇建傳〉）

　　　　吾家嫁我兮天一方，遠託異國兮烏孫王。穹盧爲室兮旃爲牆，以肉爲食兮酪爲漿。居常土思兮心內傷，願爲黃鵠兮歸故鄉。（《漢書》卷九十六下，〈西域傳〉）

在這兩首楚辭體的詩作中，簡單幾筆已經勾勒出塞外的自然環境、迥

〔註75〕見史墨卿〈盛唐邊塞戰爭詩興起的時代背景〉，（《建設》第二十卷，第八期）。

〔註76〕繆文傑〈試用原始類型的文學批評方法論唐代邊塞詩〉中認爲：「邊塞詩的根源可追溯到詩經，及漢代民間歌中的一些軍歌。」該文收錄于呂正惠編《唐詩論文選集》。

〔註77〕參見《樂府古題要解上》，（臺靜農《百種詩話類編後編》，頁1580）。

異中土的異族生活、以及殘酷無情的戰爭；此外更寄託了有家歸不得，甚或無家可歸的淒涼。雖然和唐代成熟的邊塞詩相比，仍有相當的差距，但可視爲其萌芽的階段。

至於六朝，詩人鮑照的〈出自薊北門行〉云：

羽檄起邊亭，烽火入咸陽。徵騎屯廣武，分兵救朔方。嚴秋筋竿勁，虜陣精且強。天子按劍怒，使者遙相望。雁行緣石逕，魚貫度飛梁。簫鼓流漢思，旌甲被胡霜。疾風衝塞起，沙礫自飄揚。馬毛縮如蝟，角弓不可張。時危見臣節，世亂識忠良。投軀報明主，身死爲國殤。（《文選》卷二十八）

這首詩描寫北方發生邊患，壯士誓死捍衛家國的勇氣與決心。篇中對於胡軍的兵強馬壯，和塞北飛砂走石、天寒地凍的景象，皆有精采的刻劃。結尾所流露的愛國情操，承繼著屈原〈國殤〉：「身既死兮神以靈，魂魄毅兮爲鬼雄」，那種豪放中又帶著悲壯的情懷，尤爲感人。郭茂倩《樂府詩集》以爲本詩屬雜曲歌辭，並引《樂府解題》云：「其致與從軍行同，而兼言燕薊風物及突騎勇悍之狀。」《朱子語類》也說：「疾風衝塞起，砂礫自飄揚。馬尾縮如蝟，角弓不可張。分明說出邊塞之狀，語又俊健〔註 78〕」，由此可見，鮑照是探討早期邊塞詩值得特別注意的詩人。

此外，他的〈擬行路難十八首・其十四〉云：

君不見少壯從軍去，白首流離不得還。故鄉窅窅日夜隔，音塵斷絕阻河關。朔風蕭條白雲飛，胡笳哀急邊氣寒。聽此愁人兮奈何，登山遠望得留顏。將死胡馬跡，寧見妻子難。男兒生世轗軻欲何道，綿憂摧抑起長嘆。（郭茂倩《樂府詩集》卷七十）

〔註 78〕見《朝鮮古寫徽州本朱子語類》卷百三十八，〈作文上〉。據此，則邊塞一詞至遲在朱子書已見。何寄澎以爲：詩歌中被劃分出邊塞一類，最早見於明楊愼的《升菴詩話》中（同註 72，頁 4），實有待商榷。

和上一首詩相較，本詩內容偏重在表現長期戍守邊境、鄉愁難以抑止的苦楚，缺少了前詩慷慨昂揚、一往無悔的積極精神；而近似於傳統征夫行役之詞，如《詩經・東山》、漢樂府〈十五從軍征〉般，有一種低迴感傷的情致。但是，就形式而言，它是以七言爲主的歌行，最適合表達豪放不羈、奇譎多變的邊塞特質，對於盛唐邊塞詩中七言歌行的作品，應有示範、啓迪的作用。

到了梁代以後，誠如何寄澎《總是玉關情——唐代邊塞詩初探》所說：「唐邊塞詩中所用的樂府舊題，諸如隴西行、從軍行、雁門太守行、度關山、關山月、隴頭水、胡無人行、出塞等，才首度俱備。尤其重要的是詩中使用樓蘭、輪臺、龍城、陰山、交河、玉門、遼水、榆關等地名，以及邊秋、胡馬、虜塵、烽火、羽檄、刁斗、胡笳、羌笛等意象，遂交織成一種與唐代邊塞詩頗爲近似的情調。」（頁 15）例如：

> 寒沙四面平，飛雪千里驚。風斷陰山樹，霧失交河城。
>
> （范雲〈傚古〉，《文選》卷三十一）

> 月暈抱龍城，星流照馬邑。長安路遠書不還，寧知征
>
> 人獨佇立。（梁簡文帝〈隴西行〉，《樂府詩集》卷三十七）

然而南朝後期雖然在詩題上、詩語上已經草具了邊塞詩的規模，但或許由於身處偏安的形勢，又缺乏眞正的邊塞生活體驗，因此描摹塞外的作品雖日益增多，可是屬於作品內蘊的本質，那種氣呑六合、橫掃千軍的豪情，或者獨立天地、蒼涼沈雄的悲愴意境，卻有待於大唐的詩人進一步去開拓〔註79〕。

入唐之後，唐人的詩風在承繼與革新之間擺盪，而其邊塞諸作正是揚棄綺靡文風，體現初唐新精神的典型。試看四傑詩，如楊炯與駱賓王的〈從軍行〉云：

〔註79〕何寄澎認爲梁、陳二代邊塞作品中，詩本質內所呈現出的作者心態，如豪氣、壯志等方面已日益接近於唐（同註 72，頁 19）；唯筆者認爲梁陳與唐代邊塞詩的差異，正由於其本質上的不同。

　　　　烽火照西京，心中自不平。牙璋辭鳳闕，鐵騎繞龍城。
雪暗凋旗畫，風多雜鼓聲。寧爲百夫長，勝作一書生。（楊
炯〈從軍行〉，卷五〇）

　　　　平生一顧重，意氣溢三軍。野日分戈影，天星合劍文。
弓弦抱漢月，馬足踐胡塵。不求生入塞，唯當死報君。（駱
賓王〈從軍行〉，卷七八）

這樣的詩作，顧盼自雄的意氣是何其豪邁，獻身報國的心志又何其果
決，兩首詩的結尾更可說是鏗鏘有力、擲地有聲。

　　再如郭震、陳子昂詩云：

　　　　塞外虜塵飛，頻年出武威。死生隨玉劍，辛苦向金微。
久戍人將老，長征馬不肥。仍聞酒泉郡，已合數重圍。（郭
震〈塞上〉，卷六六）

　　　　東山宿昔意，北征非我心。孤負平生願，感涕下沾襟。
暮登薊樓上，永望燕山岑。遼海方漫漫，胡沙飛且深。峨眉
杳如夢，仙子曷由尋。擊劍起嘆息，白日忽西沈。聞君洛陽
使，因子寄南音。（陳子昂〈登薊丘樓送賈兵曹入都〉，卷八三）

郭震與陳子昂都具有任俠使氣的英雄性格，郭元振曾任梁州都督，在
涼州五年，夷夏畏慕；先天元年，爲朔方軍大總管，始築定遠城，對
於鞏固西、北邊塞，功績卓著〔註80〕。陳子昂於垂拱年間，從左補闕
喬知之北征；萬歲通天元年，隨建安王武攸宜討伐契丹〔註81〕。他們
既有眞切的邊塞生活體驗，發爲詩文自然不同於模擬樂府舊題之作。
元振的詩篇亟寫塞外生活的艱辛，長征久戍的疲憊，但全詩仍歸結於
奮發昂揚的精神。子昂詩則似有一種厭戰懷歸的情緒，據史傳所載，
武攸宜號令不彰，全無將略，又不能任賢納諫，子昂在失望之餘，自
有不勝抑鬱之慨。總之，他們的作品實下啓盛唐邊塞詩，兼具豪邁與
沈鬱的詩風。

〔註80〕參見《舊唐書》卷九七，〈郭元振傳〉。
〔註81〕參見劉遠智《陳子昂及其感遇詩研究》第一章，〈陳子昂之生平行
　　　誼〉，頁12、14。

參、邊塞詩中觸發空間意識的因素

盛唐邊塞詩中，存在著強烈的空間意識，這已是無庸說明的事實，然而，喚醒詩人空間意識的原因究竟為何？換句話說，屬於邊塞的空間特質如何？以下擬就自然景觀的特殊，四時節候的失序，風俗民情的異同，與戰爭氣息的濃厚幾方面加以說明。

一、自然景觀的特殊

中國的幅員十分遼闊，各地的自然景觀也有相當的差異，江南的明媚，中原的清朗，沿海的低溼，西南的奇譎，可謂一地有一地的風候；然而，更引起詩人注目的是關內與塞外、中土與異域間，迥然不同的自然環境。當詩人越過關塞的界線，視覺上最強烈的震撼並不是牛羊成群的曠野，而是一望無際的黃沙、大漠。且看下面的詩句：

> 向夕臨大荒，朔風軫歸慮。平沙萬里餘，飛鳥宿何處？

（王昌齡〈從軍行二首・其一〉，卷一四○）

> 關城榆葉早疏黃，日暮雲沙古戰場。表請回軍掩塵骨，
> 莫教兵士哭龍荒。（王昌齡〈從軍行七首・其三〉，卷一四三）

> 大漠橫萬里，蕭條絕人煙。孤城當瀚海，落日照祁連。

（陶翰〈出蕭關懷古〉，卷一四六）

> 十日過沙磧，終朝風不休。馬走碎石中，四蹄皆血流。

（岑參〈初過隴山途中呈宇文判官〉，卷一九八）

> 萬里流沙道，西征過北門。但添新戰骨，不返舊征魂。

（杜甫〈東樓〉，卷二二五）

類似於這樣的描寫，幾乎是盛唐邊塞詩不可或缺的要素。沙漠橫亙萬里，宛如汪洋一般，遼闊而浩瀚，那是何等雄偉而又蒼茫的景象。「大漠」、「大荒」，暗示著它的荒涼、蕭條不僅草木難以生長，人煙亦極為稀少；肉體上的乾渴，心靈上的枯寂，以及自我的渺少，自然的偉大，都隱藏在這兩個熟見的語詞中。若說「平沙」指出沙漠的遼遠無際，「流沙」則暗含著難以測度的危險，如螻蟻般的個人生命，隨時都有被大漠吞噬的可能。更何況塞外的沙漠，往往被視為沙場的同義

詞；在沙漠的一角，或許正有浴血的苦戰，新添的戰骨，舊日的征魂，
為大漠增加了幾許蕭殺淒涼的氣氛〔註82〕。然而，沙漠也不全然只帶
來荒寒的感受，王維〈使至塞上〉云：「大漠孤煙直，長河落日圓」
（卷一二六），將大漠風光的宏偉壯麗點染得極其動人；杜甫〈後出
塞五首・其二〉云：「平沙列萬幕，部伍各見招」（卷二一八），也描
摹了大漠上軍容的壯盛整齊；凡此都可見塞外的沙漠景觀，對於詩人
而言，不僅在視覺上，進而還在心靈層次上，烙下了相當深刻的印象。

　　除了大漠、平沙外，塞外的冰雪、霜露、寒風、火山、砂石等等，
也都是最能牽動詩人空間自覺的外在因素。祖詠〈望薊門〉云：

　　　　燕臺一望客心驚，簫鼓喧喧漢將營。萬里寒光生積雪，
　　三邊曙色動危旌。（卷一三一）

漢營中喧填雄壯的簫鼓之外，讓祖詠強烈地感受到邊塞情味的，不正
是積雪萬里、寒光閃耀的奇麗景象麼？首句一個「驚」字，即已點出
面對和往昔迥然不同的生活空間，詩人內心的悸動。在岑參膾炙人口
的〈白雪歌送武判官歸京〉裡，我們可以進一步領略邊地冰雪的威力：

　　　　北風捲地白草折，胡天八月即飛雪。忽然一夜春風來，
　　千樹萬樹梨花開。散入珠簾溼羅幕，狐裘不煖錦衾薄。將軍
　　角弓不得控，都護鐵衣冷難著。瀚海闌干百丈冰，愁雲黲淡
　　萬里凝。（卷一九九）

在詩人筆下，冰雪隨著北風來襲，彷彿一夜之間，席捲整個大地；驟
然下降的寒氣，使得英勇的將軍，都護也凍得瑟縮而笨拙。但是在「千
樹萬樹梨花開」、「瀚海闌干百丈冰」的描寫裡，又呈現出璀璨瑰麗的
奇幻色彩，令人要目不暇給地讚嘆謳歌。

　　除了冰雪，飛沙、走石也含藏大自然無與倫比的力量。岑參〈走
馬川行奉送出師西征〉說：

　　　　君不見走馬川行雪海邊，平沙莽莽黃入天。輪臺九月
　　風夜吼，一川碎石大如斗，隨風滿地石亂走。……半夜軍行

<hr>

〔註82〕松浦友久說：「唐代詩歌裡，沙漠的意象裡重疊著戰場或者戰爭意
　　　　象的例子多極了。」見其《唐詩語匯意象論》，頁149。

戈相撥，風頭如刀面如割。馬毛帶雪汗氣蒸，五花連錢旋作
冰。（卷一九九）

這種風吼石走、排山倒海的聲勢，怎教人不為之心驚魄動，神魂欲飛？
在〈銀山磧西館〉中，岑參又寫道：「銀山磧口風似箭，……颯颯胡
沙迸人面」（卷一九九），如刀箭般銳利的寒風，還有迎面撲來的黃沙，
在在顯現出大自然向人展現的天威。相形之下，李頎所謂的「行人刁
斗風沙暗」（〈古從軍行〉，卷一三三），李白的「孟冬風沙緊」（〈出自
薊北門行〉，卷一六四），則顯得相對蓄許多。

此外，中原罕見的火山、熱海，其景象也聳人聽聞：

火山今始見，突兀蒲昌東。赤焰燒虜雲，炎氛蒸塞空。
不知陰陽炭，何獨然此中。（岑參〈經火山〉，卷一九八）

側聞陰山胡兒語，西頭熱海水如煮。……蒸沙爍石然虜
雲，沸浪炎波煎漢月。（岑參〈熱海行送崔侍御還京〉，卷一九九）

請看這種赤焰騰空、蒸沙爍石的景象是多麼奇崛特異，無怪乎翁方綱
要說：「嘉州之奇峭，入唐以來所未有」（《石洲詩話》卷一），施補華
則以為：「岑嘉州七古，勁骨奇翼，如霜天一鶚，故施之邊塞最宜」
（《峴傭說詩》）〔註83〕。但是不要忽略，岑嘉州奇峭勁健的風格，固
然雜有個人的性格特質，不過邊塞環境的陶鑄之功，尤具有不可磨滅
的影響。

大漠的雄偉荒涼，冰雪霜露的酷寒壯麗，飛沙走石的驚心動魄，
以及火山熱海的奇崛特異，用一種強而有力的形態展現了大自然的雄
強、奇幻，乃至於凜烈、無情。塞外的自然景觀，對於久居中原的詩
人而言，是如此的新奇、陌生，也因此不由自主地被吸引，乃至於深
受震撼。這一個和過去生活經驗截然不同的世界，逼使他重新去思
索、探究自然的本質，自我和存在空間的關係，與個人生命的方向和
歸宿。余正松認為：「邊塞詩人寫自然之偉力，並不止於表現它的美
和偉大，它的真正價值在於反襯人們與威猛的自然力進行艱苦卓絕的

〔註83〕見臺靜農主編《百種詩話類編前編》，頁445。

抗爭中，最終征服和掌握它所表現出的偉大力量﹝註84﹞。」然而，除了抗衡和征服之外，大漠的浩瀚，更讓人真正的發現自己的渺小與孤獨，因而對自然有一分畏敬之情，也因為有這分空間意識，是故能激發出慷慨悲壯的盛唐邊塞詩篇。

二、四時節候的失序

中國本土大體而言屬於大陸性氣候，雖然春、秋二季較為短暫，然而四季更迭輪替，十分地鮮明。而在傳統農耕社會中，主要的農事也都必須配合著節令來進行，所以對於中國人來說，四時的運行代表著一種生活的軌範與秩序。《易經・乾卦文言》說：「夫大人者，與天地合其其德，與日月合其明，與四時合其序」，更由天人合德的觀點，賦予四時陰陽的推遷一種道德的意義。由此都反映出，春夏秋冬以時運行，在這古老的農業民族的深層心裡，實象徵著農事的順遂、生活的保障、歲月的安穩，乃至於天道之不爽等重要的意涵。

因此，當四時的運行違反了常識的認知，對於詩人而言，自然會引起相當複雜的心理反應。例如：

秦中花鳥已應闌，塞外風沙猶自寒。（王翰〈涼州詞二首・其二〉，卷一五六）

五月天山雪，無花祇有寒。（李白〈塞下曲六首・其一〉，卷一六四）

聞說輪臺路，連年見雪飛。春風曾不到，漢使亦應稀。（岑參〈發臨洮將赴北庭留別〉，卷二〇〇）

河塞東西萬餘里，地與京華不相似。燕支山下少春暉，黃沙磧裏無流水。（屈同仙〈燕歌行〉，卷二〇三）

在上面摘錄的詩句裡，包含兩個主要的特點，一是京師（中土）與塞外的對比，一是對春光的期盼。春天，在丘遲的筆下是一個草長鶯飛、雜花生樹的美麗節令﹝註85﹞，但是在塞北的沙漠之中，沒有駘蕩的春

﹝註84﹞見余氏《高適研究》附錄三，〈論盛唐邊塞詩的雄渾美〉，頁 320。
﹝註85﹞參見〈丘希範與陳伯之書〉，（《文選》第四十三卷）。

風，不見春花的競豔、鳥語的呢喃，甚至到了五月，仍自必須忍受飛雪和風寒。若說春天原本意謂著生機、溫暖、柔和、或希望，塞北的春日，卻只有荒蕪、寒苦、粗糙、和期盼落空的抑鬱。因此，詩人的心恆向著記憶中春光爛漫的故國和家園〔註86〕。

若說，塞北的春天來得太遲，那麼它的秋冬又來得太早。詩人在邊塞詩中如是吟詠：

> 莫將邊地比京都，八月嚴霜草已枯。（王縉〈九日作〉，卷一二九）

> 二庭近西海，六月秋風來。（岑參〈登北庭北樓呈幕中諸公〉，卷一九八）

> 北風捲地百草折，胡天八月即飛雪。（岑參〈白雪歌送武判官歸京〉，卷一九九）

不論詩中是否明確表明，在節候失序的感嘆中，通常是以邊地與代表中土的京師相比。京師長安的節候是詩人衡量的標準，在這個標準的衡量下，六月的秋風，八月的嚴霜、飛雪，無疑地破壞了四時循環的規律。在這種四時失序的認定下，讓詩人更意識到自己是置身在迥異於中土的邊境。對於詩人而言，無論是肉體或心理上，都遭受到嚴酷的考驗，必須進一步去調適。如前所說，季節的循環代表著一種秩序和保障，一旦循環的規律嚴重受到破壞，人遂彷彿陷入無以預測的危險之中，唯有戰戰兢兢邁向未來。四時寒暑不能以常情忖度，似乎也隱微地指向胡人出沒無常的行蹤，或者象徵文明與文化的土崩瓦解。總之，在節候失序的大漠生活中，敏感的詩人不免要深刻地體會到，自己畢竟不屬於這裏，所謂的空間意識也就油然而生了。

三、民俗風情的異同

自然景觀與四時節候屬於天文與地理的層面，而民情風俗則是文化生活的不同所造成的。其實唐人與外族之間的文化交流，在歷史上

〔註86〕繆文傑認為：「故園」一詞，在「故國家鄉」與「蠻荒邊地」兩個象徵性的空間對照下，便成為樂園的意象了。同註76，頁128。

算是相當頻繁的，唐代的君王對於絲路的安危暢阻一向十分重視，因此西域各國的文化、器用，一直源源不絕地輸入中國。「胡樂更爲流行，甚至開元末年，政府若干典禮所用的音樂，也以胡曲是尚。……此外，胡食（如葡萄酒、燒餅、沙糖等）、胡服，也風靡於當時的貴族士女之間，由此可以想見唐人生活的胡化程度〔註87〕。」然而，唐人固然對於胡人的飲食器用並不陌生，但是，這與身在塞外，親聆胡樂，目睹異族逐水草而居的生活，感受上是完全不同的。岑參〈輪臺即事〉云：

> 輪臺風物異，地是古單于。三月無青草，千家盡白榆。
> 蕃書文字別，胡俗語音殊。愁見流沙北，天西海一隅。（卷二〇〇）

本詩由自然節候與中土的差距起興，進而論及語言、文字的隔閡，以致心頭湧現被拋擲在海隅天涯的孤獨感，具有濃郁的空間感懷特質。的確，語言、文字是人際間溝通的橋梁，也是表情達意的工具，若言語無法溝通，文字又互不相同，不可避免地會有許多隔閡，乃至於誤解。對於一個異域的旅人而言，既不熟諳當地的語文，即注定了難以眞正被接納、認同，心靈上自有一種無所歸屬的飄泊之苦。再加上源於文化的優越感，對於所謂「南蠻鴃舌之音」潛意識的歧見，更增加了學習外族語言、文字的困難，於是只有自絕於當地的文化生活，永遠作個旁觀的異鄉人。

語言文字之外，胡人的居處方式也和漢族有著天壤之別。岑參〈首秋輪臺〉說：「雨拂氈牆溼，風搖毳幕羶」（卷二〇〇），氈牆毳幕的原始風貌，和長安城金碧輝煌的建築是何其不同！然而，最能喚醒詩人空間意識的莫過於胡地的音樂，例如下列的詩句所言：

> 琵琶出塞曲，橫笛斷君腸。（李頎〈古塞下曲〉，卷一三二）
> 向晚橫吹悲，風動馬嘶合。（王昌齡〈變行路難〉，卷一四〇）

〔註87〕見傅樂成《隋唐五代史》，頁83。

　　　　夜聽胡笳折楊柳，教人意氣憶長安。（王翰〈涼州詞二首‧

　其二〉，卷一五六）

　　　　胡琴琵琶與羌笛，紛紛暮雪下轅門。（岑參〈白雪歌送武

　判官歸京〉，卷一九九）

《禮記‧卷三七樂記》云：「凡音之起，由人心生也。人心之動，物
使之然也。感於物而動，故形於聲。」其意以爲音樂源自於人心，人
的心靈受到外物的感動、影響，遂有不同情調的音樂產生。然則，每
一個民族因自然環境、與民族性格的異同，其音樂特質亦千差萬別。
邊疆民族大都是音樂的愛好者，無論是唱歌或器樂，早已是生活、慶
典中不可或缺的部分。因此，當詩人走入邊塞，富有異國風情的胡樂
便成爲邊塞生活的一環。

　　琵琶、羌笛、胡琴、與胡笳，其曲調與音質的特色已無須眞正去
分辨，對於盛唐的邊塞詩人來說，這些饒有神祕色彩的異域音樂本就
足以勾起異鄉遊子的情愁。伴隨著沙漠中狂野的風沙，和戰場上蕭蕭
的馬鳴，在向晚的時分，或者大雪紛飛的夜晚，每一首異國的曲調總
夾雜著屬於大漠邊陲的蒼莽悲涼。琴弦的震動，笛音的起伏，牽引詩
人領略這屬於邊塞的況味，同時也觸動詩人的記憶，那是深藏在心靈
深處，雖漸淡遠卻難遺忘的過往生活經驗。

　　總之，邊地的語言、文字、居處、以及音樂，種種民情風俗的差
異，都無一不是促使邊塞詩人產生空間意識的原因。

四、戰爭氣息的濃厚

　　邊塞顧名思義原是指邊防要塞而言，詩人來到邊塞，或是爲了弭
平邊患，抑或是肩負著戍守邊疆的職責；是故其生活型態與平素的社
會生活可謂迥然不同。如前所說，在唐代將塞北、沙漠、和戰場聯想
在一起是極其自然之事，邊塞生活本就充滿著戰爭的氣息，或者可以
進一步說，戰爭才是邊塞生活的主體。

　　若將盛唐的邊塞詩略事歸納，活躍於詩人筆下的人物包括，李將
軍、李牧、李輕車（李菜，李廣弟）、霍嫖姚、上將、猛將、將軍、

都護、壯士、漢兵、驛騎；與匈奴、單于、天驕、戎虜、戎狄、戎夷、
蕃軍、虜騎、胡騎、胡兒、豺虎等等；這不正是胡漢兩軍對峙的情勢？
至如其他屬於軍事方面的器用如：長劍、玉劍、寶劍、金戈、干戈、
角弓、弓箭、兵刃、甲兵、金甲、鐵衣、刁斗、鐵騎、戎車、輕車、
簫鼓、金鼓、鼓鞞、鼓角、旌旗、大旗、紅旗、旌節、羽書、虎竹、
烽火等等，也無不洋溢著濃厚的戰爭意味。所以對於征夫戍卒，乃至
將軍都護來說，邊塞可以說完全籠罩在戰爭的氛圍裡。

　　虎背熊腰、荷戈帶劍的將士，勇武善戰、出沒無常的戎虜，遠處
的烽火，雄壯的戰鼓，交織成屬於前線邊防特殊的氣氛。事實上，戰
事的確不時出現：

> 秋草馬蹄輕，角弓持弦急。去為龍城戰，正值胡兵襲。
> 軍氣橫大荒，戰酣日將入。長風金鼓動，白露鐵衣濕。（王
> 昌齡〈從軍行二首·其二〉，卷一四〇）

> 暮雨旌旗濕未乾，胡煙白草日光寒。昨夜將軍連曉戰，
> 蕃軍只見空馬鞍。（岑參〈獻封大夫破播仙凱歌〉，卷二〇一）

至此，戰爭不再只是遠方傳來的消息，戰鬥時情勢的緊急，浴血苦戰
的艱苦，以及戰後沙場的景況，都是近在咫尺，那麼接近於生活中的
事。凡此種種，相對於京師的繁華文明，故園的寧謐溫馨，與文人風
流倜儻的生活，不論在情調或本質上，都大異其趣。因此，邊塞濃厚
的戰爭氣息，具有一種強大的衝擊力量，它讓詩人清楚地意識到自己
正處於一個迥異於故國的生活空間，面對這個充滿戰爭、危險、和死
亡的不毛之地，到底該勇敢地去征服，抑或是回歸文明、富庶的中土？
下文中，將有進一步的解答。

肆、邊塞的征逐與空間意識

　　空間意識一方面表現在對存在空間的醒覺，另一方面，深一層而
言，牽涉到生命的歸屬、認同，以及人生的方向、歸宿等問題。盛唐
邊塞詩若就空間意識的角度來考察，其內涵展現了下面幾個重點：

一、獻身報國的豪情

　　大唐的詩人其血脈中既融有北方民族勇武豪強的特質,又承繼著漢族重義輕生的任俠傳統;是故當面臨敵人寇邊之際,每能效法定遠侯投筆從戎的精神,投身於邊塞的戰鬥生活之中,為掃平邊患、捍衛國家而貢獻心力。他們絲毫無懼於戰爭的危險,只期求勝利的到來。王昌齡的〈從軍行七首〉第四、五首是最典型的例子:

　　　　青海長雲暗雪山,孤城遙望玉門關。黃沙百戰穿金甲,
　　不破樓蘭終不還。
　　　　大漠風塵日色昏,紅旗半捲出轅門。前軍夜戰洮河北,
　　已報生擒吐谷渾。(卷一四三)

這兩首七絕在取景上較偏向於淒涼蕭颯的情境,雪山、日色為長雲、風塵所掩,天地間一片昏暗,整個大漠都籠罩在戰爭沈重陰霾的氣氛之下。戰甲在頻繁危險的戰鬥中已經磨損,戍守的城池孤獨地矗立在荒漠之中;然而,面對著這無垠的沙漠,與永無止息的戰爭,詩人雖然飽諳異域的寂寞,但是心境卻猶自昂揚。「不破樓蘭終不還」的報國決心,「已報生擒吐谷渾」的凱旋消息,就像鏗鏘激越的音符,一掃戰爭所帶來的陰霾氣氛。

　　這種激揚的情調,有時表現在對邊將,或對戰事的謳歌:

　　　　漢家大將才且雄,來時謁帝明光宮。……畫戟雕戈白
　　日寒,連旗大旆黃塵沒。疊鼓遙翻瀚海波,鳴笳亂動天山月。
　　麒麟錦帶佩吳鈎,颯沓青驪躍紫騮。拔劍已斷天驕臂,歸鞍
　　共飲月支頭。(王維〈燕支行〉,卷一二五)

　　　　三十羽林將,出身常事邊。……烽火去不息,胡塵高
　　際天。長驅救東北,戰解城亦全。報國行赴難,古來皆共然。
　　(崔顥〈贈王威古〉,卷一三〇)

　　　　百戰沙場碎鐵衣,城南已合數重圍。突營射殺呼延將,
　　獨領殘兵千騎歸。(李白〈從軍行〉,卷一八四)

在上面引述的詩篇中,可以略見:胡人憑藉著兵強馬壯的優勢,頻頻南下而牧馬,烽火不息,邊塞的戰爭似乎永無休止的一天。不論是短

兵相接，或是圍城之戰，俱可想見沙場戰鬥生活的凶險與艱辛；然而，詩人卻用對比的句式，詠歎軍威的壯盛、武器的精良。畫戟雕戈、連旗大旆、急鼓鳴笳、錦帶吳鉤、青驪紫騮，凡此種種對於武器的描述，皆飽含著誇飾、讚美的色彩。王昌齡〈出塞曲二首・其二〉亦云：「驪馬新跨白玉鞍，戰罷沙場月色寒。城頭鐵鼓聲猶振，匣裡金刀血未乾」（卷一四三），驪馬的神駿、戰鼓的威武，以及金刀飲血所煥發出來的殺氣，都成為詩人刻劃的題材，這與北朝遊牧民族源於生存與自衛本能，對於盔甲、兵器、戰馬、與其他衝鋒陷陣必備之物的讚美，實有雷同之處〔註88〕。除了對武器和軍容的鋪陳之外，邊將潰圍斬將的快戰，千里解圍、克敵致勝的救援行動，無不突顯出他們英勇豪邁的風采。然而，詩人所以用浪漫的筆調去歌詠邊塞將士，乃是因為他們是「為著一個大一統的帝國，為著它的疆域安定和鞏固而浴血戰鬥。他們的事業與光榮皆同自己身後的祖國緊相維繫〔註89〕。」在「拔劍已斷天驕臂，歸鞍共飲月支頭」，和「報國行赴難，古來皆共然」的詩句裡，我們可以見到一種「壯志飢餐胡虜肉，笑談渴飲匈奴血」（岳飛〈滿江紅〉）的豪情，以及慷慨赴義、獻身報國的情操。這種高視闊步，顧盼自雄的語調和風采，或許正由側面反映出大唐帝國欣欣向榮的國勢，與波瀾壯闊的時代精神。也由於國力的強盛、時勢的澎湃，激發出盛唐詩人強烈的民族自信心，與對家國天下的使命感；因此雖然置身於邊塞荒漠之地，面對此一險惡的空間，並不退縮逃避，反而興起迎接挑戰的勇氣，與弭平邊患的決心。李白詩云：

> 虜陣橫北荒，胡星耀精芒。……揮刃斬樓蘭，彎弓射
> 賢王。單于一平蕩，種落自奔亡。收功報天子，行歌歸咸陽。
>
> （〈出自薊北門行〉，卷一六四）

〔註88〕參見霍然《唐代美學思潮》，頁141。北朝民歌如〈折楊柳歌辭〉云：「健兒須快馬，快馬須健兒」，〈瑯琊王歌辭〉云：「新買五尺刀，懸著中梁柱。一日三摩挲，劇于十五女」，即是表現出對快馬與寶刀的讚美和熱愛。

〔註89〕同註87，頁139。

　　將軍發白馬，旌旗度黃河。……倚劍登燕然，邊烽列
嵯峨。蕭條萬里外，耕作五原多。一掃清大漠，包虎戢金戈。

（〈發白馬〉，卷一六五）

這正是典型的盛唐之音，詩中洋溢著詩人對於邊塞戰爭的樂觀心態，
彷彿只要談笑用兵，掃清大漠、凱旋還京的目標即可達成。或許這只
是浪漫的理想，但是卻可見盛唐詩人安定邊陲的雄心壯志。岑參說：
「萬里奉王事，一身無所求〔註90〕」，詩人處身邊塞，面臨特殊的自
然空間和生活型態之際，能割捨自己的身家性命，一心報效國家，亦
即將小我的生命融入國家民族的命運之中，這確是最積極的安頓自我
生命的方式。

二、立功封侯的嚮往

　　視死如歸、獻身許國的愛國情操固然是邊塞詩中常見的內涵，
但是詩人遠赴邊塞，往往也懷有建立邊功、裂土封侯的理想。若說
前者是崇高而無私的，後者則傾向於一己功名的追求。王昌齡〈變
行路難〉云：

　　向晚橫吹悲，風動馬嘶合。前驅引旗節，千里陣雲帀。
單于下陰山，砂礫空颯颯。封侯取一戰，豈復念閨閣。（卷
一四〇）

這首詩具有濃郁的邊塞情氛，悲涼的異域音樂，淒緊的風聲，戰馬的
嘶鳴，敵我兩軍的對峙，以及砂礫在空中飛揚的景象，在在喚醒詩人
迥異於中土的空間感受。而時間已接近傍晚時分，逐漸昏黃的天色更
將大漠染上淒迷的色彩；夕陽落入沙磧的盡頭，牽動詩人思家的情
懷。在逶邐前進的行伍間，詩人宛如獨自面對著蒼茫的宇宙，咀嚼著
異域生活的悠悠況味。然而，誠如柯慶明所論：「置身異域的目的原
在尋求人與人間敵對關係的解決，因此邊塞詩的基本關心始終自然而
然地偏向人與人的關連，以及確定這種關連的意志〔註91〕」，對故國

〔註90〕見其〈初過隴山途中呈宇文判官〉，卷一九八。
〔註91〕同註66。

親友的繫念與征服敵人的決心,即是看似矛盾實則並存於詩人心中的主導意志。本詩結尾云:「封侯取一戰,豈復念閨閣」,正是詩人暫且壓抑心中柔弱的、懷歸的情緒,奮起屬於剛強的、克敵致勝的心念;而立功封侯,衣錦還鄉的願望,則是促使其勇於慷慨一戰的內在力量。

這種對功名的渴慕,在岑參詩中亦有相當清楚的告白。〈銀山磧西館〉云:

銀山磧口風似箭,鐵門關西月如練。雙雙愁淚沾馬毛,颯颯胡沙迸人面。丈夫三十未富貴,安能終日守筆硯。(卷一九九)

據《新唐書・地理志》所載,銀山磧位於西州交河郡西南三百餘里處,鐵門關則在焉耆(今新疆焉耆附近)西五十里之地,作者隨安西四鎮節度使高仙芝赴安西時,曾經此處。詩中前四句描寫邊地特殊的風物,及其所引發的愁緒,末兩句則說明自己遠赴邊城的動機。其實在岑參其他的作品中,都可見他具有強烈的功名取向,例如〈感舊賦并序〉云:「參,相門子。五歲讀書,九歲屬文,十五隱於嵩陽,二十獻書闕下。嘗自謂曰:雲霄坐致,青紫俯拾。金盡裘敝,蹇而無成,豈命之過歟?……參年三十,未及一命,昔一何榮矣,今一何悴矣!」在這一段序言中,道盡他坎坷的求仕歷程,也流露出他求取富貴、重振家聲的渴望。廁身幕府,投入邊塞生活,實即是這分心願的延續;所謂「天子不召見,揮鞭逐從戎」(〈送祁樂歸河東〉,卷一九八),雖是送別時對友人境遇的描述,但又何嘗不是他在干謁無成後,離別京師而投身軍旅的心聲?所以在岑參的邊塞詩中,除了報國之情外,求取邊功、進而出將入相的想法遂不時出現〔註92〕。

〔註92〕譚雅倫〈岑參的邊塞詩〉認為:岑參的出塞動機,並非為了愛國,而是追求他的功名、富貴、與榮華。(《幼獅文藝》,第三九卷,第三期,頁241)。何寄澎先生〈「岑參的邊塞詩」讀後〉,則修正譚文觀點,認為岑參出塞的動機與其他唐人無異,是國家與個人兼顧的。說他的出塞是由於愛國,或由於自私,皆只是一偏之論。(《幼獅文藝》,第四十卷,第一期)。

　　王龍標、岑嘉州之外，杜甫的〈送高三十五書記〉則說：「十年出幕府，自可持旌麾」（卷二一六），而後來高適果然由哥舒翰的幕府，晉升爲蜀州刺史、劍南西川節度使（詳見前文）；在〈後出塞五首・其一〉中，杜甫又說：「男兒生世間，及壯當封侯。戰伐有功業，焉能守舊丘」（卷二一八）；凡此皆可見立功異域、以取封侯，實是詩人不惜艱險，遠赴大漠的主要動機之一。

　　然而，求取邊功的途徑並不如詩人所想像那般平坦易行，嘉州〈登北庭北樓呈幕中諸公〉云：

　　　　嘗讀西域傳，漢家得輪臺。古塞千年空，陰山獨崔嵬。
　　　　二庭近西海，六月秋風來。日暮上北樓，殺氣凝不開。大荒
　　　　無鳥飛，但見白龍迴。舊國眇天末，歸心日悠哉。上將新破
　　　　胡，西郊絕煙埃。邊城寂無事，撫劍空徘徊。幸得趨幕中，
　　　　託身廁群才。早知安邊計，未盡平生懷。（卷一九八）

如前所說，岑參具有強烈的立功封侯的企圖，因此登臨漢代古塞，雖不免有一種歷史的滄桑感，置身大漠、親自體驗邊地的荒寒，亦有一種無以名之的異域情感；但是他並不任憑自己沈溺在逃離荒漠、回歸中土的情緒中，仍然希望能在邊疆異域一展長才，實現自己的理想。不過，戰事並非永不止息，邊城也有寧靜無事的時刻，對於渴求建立戰功的詩人而言，便不免有「早知安邊計，未盡平生懷」的遺憾了。在〈首秋輪臺〉中，他亦有「輪臺萬里地，無事歷三年」（卷二○○）的感嘆，這種以「無事」爲恨的心態，一方面反映出唐人好大喜功的民族性格，一方面也呈現出詩人急於建功，而又壯志難酬的情態。

　　然則，戰事不斷，是否就能夤緣戰功，平步青雲？其實亦不盡然。試看下列的篇章：

　　　　百戰苦風塵，十年復霜露。雖投定遠筆，未坐將軍樹。
　　　早知行路難，悔不理章句。（王昌齡〈從軍行二首・其一〉，卷一
　　　四○）

　　　　苦戰功不賞，忠誠難可宣。誰憐李將軍，白首沒三邊。
　　（李白〈古風・其六〉，卷一六一）

　　　　兩度皆破胡，朝廷輕戰功。十年秖一命，萬里如飄蓬。
容鬢老胡塵，衣裳脆邊風。(岑參〈北庭貽宗學士道別〉，卷一九
八)

　　　　五將已深入，前軍止半迴。誰憐不得意，長劍獨歸來。
(高適〈自薊北歸〉，卷二一四)

在以上節引的詩句中，有「苦戰功不賞」、「朝廷輕戰功」的怨懟，有
「容鬢老胡塵」、「白首沒三邊」的感傷，有「悔不理章句」的懊悔，
更有「長劍獨歸來」的自憐；浪漫的報國熱情，美麗的封侯憧憬，就
在邊地風塵的磨洗下，逐一幻滅了。走向邊塞，在大漠中征逐，其本
質乃是一種追尋；邊城大漠只是中點，真正的目的仍是回到朝廷。然
而，求取邊功以實現自我理想之路，亦和參與進士科考一般，是如此
崎嶇而難行啊！

三、邊塞生活的厭離

　　邊塞生活的重心，就消極面而言，在於弭平邊患、防止外族入侵，
若就積極面而言，則在於開疆拓土、建立邊功；然不論如何，其本質
與戰爭是不相離的。而戰爭意謂著人與人的對抗、爭鬥，勝利是戰場
上追求的唯一目標，衝鋒陷陣、短兵相接，勝利的代價是鮮血，失敗
的結局則往往是死亡。當目睹了戰爭的慘酷，詩人對於邊塞的征逐自
有另一番的體會：

　　　　白日登山望烽火，黃昏飲馬傍交河。……聞道玉門猶
被遮，應將性命逐輕軍。年年戰骨埋荒外，空見蒲桃入漢家。
(李頎〈古從軍行〉，卷一三三)

　　　　邊頭何慘慘，已葬霍將軍。部曲皆相弔，燕南代北聞。
功勳多被黜，兵馬亦尋分。更遣黃龍戍，唯當哭塞雲。(王
昌齡〈塞下曲四首·其四〉，卷一四○)

　　　　北海陰風動地來，明君祠上望龍堆。髑髏皆是長城卒，
日暮沙場飛作灰。(常建〈塞下曲四首·其一〉，卷一四四)

唐代對外的戰爭常被賦予保國衛民的神聖意義，而事實上，打通玉門
關，掌控安西四鎮，以維持絲路的暢通，一方面關係著唐人與歐洲、

西亞間國際貿易的榮枯〔註93〕；另一方面這也是扼制吐蕃，斷絕其與大食通援之道，進而保障關中安危的必要措施〔註94〕；因此，唐朝對西域用兵自有其政經上的考量。但是，如果轉換視角，由邊城戰士的立場來看，自我生命的存亡，以及個人前途的榮辱，或許是更切身的問題。尤其是當沙場上的髑髏、戰骨，以最赤裸原始的方式，暴露出戰爭與毀滅、死亡的緊密關係，戰爭的殘酷本質遂深深衝撞邊塞詩人的心靈。

　　李頎說：「年年戰骨埋荒外，空見蒲桃入漢家」，杜甫〈兵車行〉亦云：「邊亭流血成海水，武皇開邊意未已」（卷二一六）；詩人由人道的胸懷出發，對於帝國開拓邊境、擴張版圖，進而獲取經濟利益的軍事行動，有極尖銳的批判。的確，當戰場上屍骨橫陳的景象映在眼簾，詩人不禁為古往今來橫屍沙場的將士而悲哀；因此，以無數寶貴生命為代價所換得的國家利益，在他們眼中，自然是極其無謂了。至於世所稱羨的邊功又如何？王昌齡指出縱使是貴為將領，雖然一時間享有統領大軍，叱吒風雲的權柄；然而兵凶戰危，一旦兵敗身殞，生前所有的功勳、權勢，亦將風流雲散，轉眼間不留痕跡。

　　由此可以發現，詩人對於邊塞生活的感受是繁複多端、而且起落不定的。有時他們洋溢著豪氣干雲、報國無悔的情懷，有時則表現出揮劍快戰、抉取封侯的企圖；但是在飽諳死亡的震撼之後，報國的理想消褪了，封侯的期許似乎也顯得虛幻不實，唯一真實的是大漠亙古長存的荒寒，戰爭所帶來的無以測度的危險，以及死亡巨大的陰影！於是，對於邊塞生活厭離的情緒遂油然而生了。

　　下面再以岑參詩為例，說明厭棄邊塞生活的另種情態：

　　　　走馬西來欲到天，辭家見月兩回圓。今夜不知何處宿，
　　平沙萬里絕人煙。（〈磧中作〉，卷二○一）

〔註93〕參見董乃斌《流金歲月‧絲綢之路》，頁64。
〔註94〕同註70，頁282。陳寅恪以為「唐代之所以開拓西北，遠征蔥嶺，
　　　　實亦有其不容已之故，未可專咎時主之黷武開邊也。」

黃沙磧裡客行迷，四望雲天直下低。爲言地盡天還盡，
行到安西更向西。(〈過磧〉，卷二○一)

沙上見日出，沙上見日沒。悔向萬里來，功名是何物。
(〈日沒賀延磧作〉，卷二○一)

在這三首短詩中，岑參極寫沙漠的浩瀚遼闊，平沙萬里，日出於斯復
沒於斯；而舉目所見，除了黃沙之外，還是黃沙，景觀單調而荒涼。
孤獨的旅人，在一望無際的平沙中踽踽而行。彷彿已跋涉到天地的盡
頭，但是抬眼遠眺，目的之地仍在更遠的一方。長期的旅途勞頓，迥
異於中土的空間感受，人煙斷絕的孤獨淒涼，遠離家國的懷念，種種
複雜的情感交織於心；詩人心中自有一種舉目無親的寂寞，以及不知
伊於胡底的茫然。「悔向萬里來，功名是何物」，一個「悔」字，正道
出作者對於邊塞生活厭離的心聲。

伴隨疲憊、厭倦的情緒而生的，往往是逃離的心態，而這種心態
在邊塞詩中常表現於對故國、家鄉的懷念。例如：

薊城通漠北，萬里別吾鄉。……琵琶出塞曲，橫笛斷
君腸。(李頎〈古塞下曲〉，卷一三二)

秦中花鳥已應闌，塞外風沙猶自寒。夜聽胡笳折楊柳，
教人意氣憶長安。(王翰〈涼州詞二首・其二〉，卷一五六)

漢月垂鄉淚，胡沙費馬蹄。……送子軍中飲，家書醉
裡題。(岑參〈磧西頭送李判官入京〉，卷二○○)

君不見漁陽八月塞草腓，征人相對併思歸。……厭向
殊鄉久離別，秋來愁聽擣衣聲。(屈同仙〈燕歌行〉，卷二○三)

已去漢月遠，何時築城還。浮雲暮南征，可望不可攀。
(杜甫〈前出塞九首・其七〉，卷二一八)

上文中曾指出，自然景觀的特殊、四時節候的失序、風俗民情的異同、
與戰鬥氣息的濃厚，乃是喚醒邊塞詩人空間意識的主要因素。因此在
此處所引的詩句中，富有異國情調的音樂，塞北的自然節候，與沙漠
的風沙等，一再反復地出現。當征服大漠的雄心冷卻之後，懷歸的情
緒便益發深濃，而漠北與吾鄉、秦中和塞外、漢月及胡沙的對比，在

在增添了詩人身處邊境的徬徨不安。繆文傑認為：由地理環境所引起的孤絕感，使詩人自覺被棄於世界的邊緣，「現實眼前的危機，遙遠戰場裡可以想見的死亡，恆常是戍邊者心頭的負擔」；而「蠻夷的生活方式與他們所賴以生存的異地異物，在唐代戍邊之人心中引發了對遙遠的家、故鄉、文化永恆的記憶。」〔註95〕

的確，盛唐邊塞詩所以感人，並不止於大漠風光的描繪，或是單純的英雄主義的標榜；而是在於置身異域，面臨生死時，對於生命處境的思索。個人和綿延不盡的大荒相比，是如此孤獨而渺小，生命在戰爭的威脅、蹂躪下，又何其危脆而無常；詩人時而慷慨高歌，時而低吟徘徊，時而勇敢果決，時而柔腸百結；正是這種種心念的起伏、矛盾、和激盪，構成了邊塞詩悲壯蒼涼的風格，展現其動人的力量。

基於以上的論述，對於盛唐詩人的邊塞征逐可以得到如下的看法：

（1）初盛唐時期，由於對外戰爭的頻仍、民族性格的相應、任俠精神的發揚、與求取邊功的風尚等因素的影響，詩人往往遠赴塞外，親自體驗了豐富的邊地生活。這種異域情調的生活，不但拓展了詩人的視野，喚醒詩人的空間意識，並促使其重新去體會、冥思個人生命的處境與未來。

（2）盛唐邊塞詩中，喚醒詩人空間意識的因素首在於自然景觀的特殊，塞北一望無際的黃沙、大漠，何其雄偉而蒼茫；至於冰雪霜露的酷寒壯麗，飛砂走石的驚心動魄，以及火山熱海的奇崛特異，都展現了大自然的雄強、奇幻。置身於其中，詩人不由自主地被吸引，乃至於深受震撼，甚至逼使他進一步去思考、探索自然的本質，以及自我與存在空間的微妙關係。

（3）對中國人來說，四時的運行不爽意謂著天道的秩序，和生

〔註95〕同註76，頁151。

活的保障。一旦節候的更替違反了常識的認知,人遂彷彿陷入一個失序的世界之中,前途滿是不安與危險。邊地的四時寒暑不能以常情忖度,似乎隱微地指向胡人出沒無常的行蹤,或者象徵文明對野蠻的退讓。是故,節候的失序亦容易引發詩人的空間意識。

(4)此外,邊塞民族的語言文字、居處方式、以及音樂情調等種種民情風俗的差異,加上塞北濃厚的戰爭氣息,無不令詩人清楚地意識到自己正處於一個迥異於故國的生活空間,面對這個充滿戰爭、危險、和死亡的不毛之地,到底該勇敢地去征服,抑或是早日回歸中土?這遂成爲盛唐邊塞詩人難以抉擇的課題。

(5)大唐詩人其血脈中既融有北方民族勇武豪強的特質,又具有漢民族重義輕生的任俠精神,是故當其投身於邊塞軍旅的生活,常表現出慷慨赴義、獻身報國的情操。在邊塞詩中,盛唐詩人往往對英勇的將士、精良的武器、以及戰事的勝利,極盡謳歌之能事,並流露出安邦定國的決心。凡此亦反映出唐帝國欣欣向榮的國勢,與波瀾壯闊的時代精神。

(6)獻身許國的愛國情操之外,立功封侯的理想亦是盛唐詩人在邊塞生活中勇於有爲的內在力量,如王龍標、岑嘉州詩,即不時有「封侯取一戰」的告白。由此觀之,走向邊塞,在大漠中征逐,其本質仍是一種追尋,邊城大漠只是中點,眞正的目的依然是回到朝廷。

(7)然而,當沙場上的屍首、戰骨,以最原始的方式暴露出戰爭與毀滅、死亡的密切關係,戰爭殘酷的本質遂深深撼動邊塞詩人的心靈。何況求取邊功之途並不能盡如人意,報國的理想也常在沙場生活的磨損下,逐漸消褪;唯一眞實的是大漠亙古長存的荒寒,於是伴隨著疲憊、厭倦的情緒,對家鄉、故國的懷念,與對邊塞生活的厭離之情便油然而生了。這種種複雜的情懷,構成了盛唐邊塞詩蒼涼悲慨的風格,而有一種獨特的動人力量。

結　語

在本章中，我們分別由思鄉、懷京、與邊塞等詩類，探討盛唐詩中空間感懷的主要內涵，以及空間意識在不同類型的詩作裡所呈現出來的特殊樣態。大體而言，思鄉與懷京是身處他鄉、異地，對於故園與京師這一特定空間的憶念。詩人對現存的生活空間，在情感上採取否定和排斥的態度，無法真正認同、歸屬；因此總有一分飄泊、流浪的感受。而邊塞詩中，由於迥異於過往的空間景觀的刺激，詩人固然頻頻回首，思念著遠方的故國家園，但是卻也激起一股征服此一空間的雄圖和豪情！

就表現的形式而言，透過對比以彰顯故園和他鄉、京師和外地、中土和異域的空間差距，進而引發深沉的空間感懷，爲不同詩類共同的特色。唯懷京與思鄉詩，較偏重於心境的渲染、刻劃，邊塞詩則對於異域風情多所著墨。

再就空間意識的深層意涵，亦即生命定位、與理想追尋的層面而言，懷鄉往往隱含著理想追尋之路的坎坷崎嶇，於是有一種不如歸去之嘆。懷京則反映出身遭君王棄置，飽受挫折創傷之後，對理想九死不悔的執著精神。至於邊塞的征逐，則揉和了征服、和回歸兩種不同的心態。

然而，不論是在那一類的空間感懷詩中，都可見盛唐知識分子對家國天下的使命感，及其實現自我的殷切期盼。中國人的空間意識最終導向於生命歸宿的尋求；所以無論是鄉愁、懷京、抑或是邊塞詩，其本質皆是一種追尋，詩中雖反復訴說著理想的挫折、與生命的創傷，但也流露出詩人對人生意義、與生命理想永遠的期望。